『今昔物語集』の漢語研究

郭　木蘭
GUO, MULAN
kasamashoin

笠間書院

序文

日本語史上、平安時代末期の院政期は音韻・語彙・語法（文法）・文字表記・文体などの各分野にわたって、古代語的要素が近代語的様相を見せ始める過渡期として注目される。特に、語彙の面からは漢語の使用が増大し、固有の日本語の中に深く浸透するとともに、それまで文字文献などにあまり現れてこなかった日常語や通俗語などが表面に出てきたということ、また、文章様式や文体の面からは和文と漢文訓読文との語法を基調として、漢字・漢文を多用し、さらには当時の口頭語や俗語を混ぜ用いた和漢混交文が成立したということなどが院政期の特徴としてあげられる。

本書は、以上のような特徴を有する平安時代末期の院政期に成立した和漢混交文による代表的説話集『今昔物語集』（以下、『今昔』と略称）における漢語の実態を調査し、文体的、計量的観点から、『今昔』に用いられている漢語の分布、出自、和語への浸透の程度、変遷などを考察したものである。現代日本語の表記法の中心である漢字仮名交じりの源流とされる『今昔』における漢語についての実態調査は、漢語の浸透や変遷の研究の一環として、重要な意義を持つと言える。

第一章で『今昔』の各部・各巻における漢語の分布実態を調査し、漢文訓読的色彩の濃い文体の天竺震旦部・本朝仏法部に漢語が多く、和文脈的色彩の強い本朝世俗部には少ないことを明らかにし、漢語を漢文訓読文体の指標と考えた場合、『今昔』の漢語の分布は、各巻の文体的傾向と一致すると結論づけている。第二章では、漢籍系漢語・仏典系漢語・日常実用語の三系列から『今昔』の漢語の位相を『大漢和辞典』『広説佛教語大辞典』『色葉字類抄』（『色葉』と略称）の辞書を活用して、それぞれの辞書の見出し語と共通する『今昔』の漢語を比較分析して、使用頻度数と異なり語数から『今昔』の漢語の漢籍語・仏典語・日常実用語の割合を検証し、『今昔』の漢語は当時広く頻用されたものであることを明らかにした。第三章は、漢語を中心に、和語を参考にしながら、『今昔』に見られる衣・食・住など生活に直結する語彙の概観的調査を行い、漢語の日本語語彙への浸透度に着目し、『今昔』に見られる漢語の層別化、すなわち古記録文献から仮名文学作品まで広く使用され、日本語に浸透していた漢語（A）、Aほどは浸透していなかったが、古記録や古文書または古辞書（『色葉』）に出現し、平安時代では日常実用語として通行していたと思われる漢語（B）、『今昔』の説話の典拠となった仏典・漢籍の漢語をそのまま踏襲したもので、日本語に浸透していなかったと思われる漢語（C）を試み、『今昔』では漢語の使用頻度がA層、B層、C層の順に低くなっている傾向にあるということの言及は極めて興味深いといえる。第四章は、『今昔』に見られる漢語が現代に生きているかどうかを、『新漢語辞典』や現代の雑誌などによって検討し、約61％が『新漢語辞典』に見られ、その中の約半分は『現代雑誌200万字言語調査語彙表』に見えることを明らかにしている。また、『色葉』に見られる『今昔』の漢語の約85％が現代に生き残っており、『今昔』の日常実用語としての漢語が現代でも生きている確率が高いことを指摘している。漢語の語義の変遷については「次第」を取り上げ、本義から転義への展開を実質的な意味から抽象的な意味への展開と捉えている。

本書は、『今昔』における漢語を数量的観点から調査検討し、そこにいくつかの傾向が存することを明らかにすることに成功している。例えば、『今昔』の漢語の分布と文体との関係を明らかにし、漢語の浸透度と使用頻度、そして現代への継承などを解明し、仏教説話ではあるが、漢籍系漢語や日常実用語が多用されていることを突き止め、きちんと整理検討している。各種データベースを活用し、膨大な作業を踏まえた労作である。

本書の成果を踏まえた氏の今後の更なる研究の発展を期待する。

平成三十年二月吉日

坂詰力治識

『今昔物語集』漢語の研究

目次

第四章　現代語との関連——漢語の伝承——　197

凡　例

・用例や引用文は、原則として原文通りに示すが、適宜処理を行う場合もある。例えば、宣命書きをせずに、通常の書き方に改める。

・文字に関しては、原文通りに提示するように努めたが、入力の都合上改めたものもある。

・「……」などで本文の省略があることを示す。

・論旨に関わる語の字体は太字に変えて示す。原文に見られるルビは適宜省略する場合がある。

序章　和漢混淆文の漢語

一　本研究の動機

日本の歴史を辿って見ると、平安時代は王朝史・文学史・宗教史・日本語史等の上で、揺るぎない重要な地位を占めていることに疑問の余地はない。学部生時代から平安時代の文学・文化・言語・生活意識等々に深い興味を覚えていた。平安時代の文化や言語生活には、もちろん中国の文化や言語の影響も見られる。しかし、日本の人々は中国の文化や言語の影響を受けつつも、独自の文化・言語を創り出した。その点に魅力を感じ、平安時代の日本語、特に中国から受け継いだ漢語の実態について、より深く探究したいと思うようになった。

しかし、平安時代について考える時、ある時期まで多くの研究者は女流文学・和歌に目を向けがちであった。このことに関しては、かつて山田俊雄（一九七八）[*1]は、次のように述べている（本書ではすべての敬称を省略する）。

平安時代について、また平安時代の日本語について物を考え物を書く人々が、文学の方に好尚を有する場合には、しばしば女流文学に目を向け、和歌の領域に出入することが多いようであるが、その態度自体が偏向したものである。平安時代の文学は、平安時代の言語や文字の上に築かれた楼閣である。平安時代の言語の状態は、遺された文献から逆に再建されるときに判明するものであるから、遺された文献に限度があるときは、平安時代の言語の状態の全貌は、遂に判明することはないといわなければならない。しかし遺された文献の一部分をもって、全体であるかの如くに看なすとしたら、それはただ不正確の結果を引出すにとどまらず、虚偽の像を捏造して人を誤ることにも至るのである。

平安時代の日本語が、女流の創作する文学たる日記・物語や、男女間贈答の文学たる和歌などの言語に限らなかったことは、多少視野をひろげてみれば誰の眼にも明白である。（pp.97～98）

この指摘からもわかる通り、平安時代の言語状態の全貌を窺い知るためには、なるべく多くの異なるジャンルの作品を視野に入れるのが望ましい。平安時代は、人々の読書や書写の領域がとても広くなっていた。仮名文学のほかに、漢詩文、日記記録があり、それに、漢籍や仏典や国書を読み、注するものなど、多様である。即ち、平安時代には、和文・和歌の世界とは別に、漢字・漢語・漢文の世界が存在し、末期の院政期には、和文・和歌の世界と漢文の世界の境目にあたる和漢混淆文があった。以来、各ジャンルにおける研究は大いに進展してきた。中でも私は和文と漢文両者の要素を受け継ぎながら、独自の性格を有する和漢混淆文に興味を持っている。それは、平安末期の和漢混淆文に見られる漢語の研究は必ずしも尽くされていないからである。本書は和漢混淆文に着目し、平安時代末期（院政期）の日本語、特に『今昔物語集』を主な資料として、漢語の側面を探求することを目指したものである。

『今昔物語集』は和漢混淆文形成の最初の大きな指標として捉えられており、言語量も厖大で、平安末期（院政期）の国語資料として、重要な位置を占めている。小峯和明（一九九三）[*二]は、

漢訳仏典からそれらを抄出集成し、体系的に組織立てた金言類聚抄のごとき類書、そして日本化した物語集（説話集）へ。「釈典仏書」から「街談巷説」への変容は、大きく〈漢〉から〈和〉への展開にかかわる。この展開は決して点と点をつなぐ直線的なものではなく、面として、さらには幾重にも亘る層としてとらえる必要がある。（p.15）

と指摘している。即ち『今昔物語集』は漢訳仏典から日本化した説話集であり、その展開は重層的なものである。その幾重の層は漢語語彙の上にも現われているのだろうか。本研究ではその一つ一つを解明していくことを試みることとする。

二　『今昔物語集』の概要

『今昔物語集』は平安末期頃の漢字仮名まじり文の代表とされており、十二世紀初頭に成立した日本最大の説話集である。その確かな成立年代は明らかではない。片寄正義（一九七四）[*三]では、『今昔物語集』の出典の一つである弘賛法華伝が日本に伝来したのが、保安元年（一一二〇）をさかのぼらないことから、『今昔物語集』の成立を同年以後とした。国東文麿（一九九九）[*四]が述べているように、「撰述年時については一一三〇年前後」の可能性が高いであろう。

『今昔物語集』（以下、『今昔』と略称する）の書名の由来は、説話が「今ハ昔」で始まり、「トナム語リ伝ヘタルトヤ」で結ぶ形式をとるので、この書き始めの「今昔」から書名が付けられたものとされている。この書名は鎌倉中期ごろの書写と言われている鈴鹿本にすでに見られる。

『今昔』の内容はとても豊かで多彩である。日本の話のみではなく、世界を意識し、天竺・震旦・日本の三国の説話を類聚して社会の有様を語ろうとしているのである。『今昔』の三国世界観などに関しては、多くの研究者が言及しており、最近の例を挙げると、鈴木彰（二〇一四）[*五]は次のように述べている。

『今昔物語集』は三国世界観にもとづき、（中略）三部構成からなる、（中略）。釈迦の誕生に始まる仏法史とそれと表裏をなす世俗の諸相を語るあまたの説話を強固な類聚意識のもとに収集、配列し、人間社会のありようを長大の時空のなかに見定めようとする志向に貫かれている。」(p.141)

また、具体的な内容に関して、かつて佐藤武義(一九八四)[*六]は

登場するものは上は仏・菩薩・天皇・后妃・国王・皇族をはじめとして僧尼・国司・武士・庶民・賎民・盗賊・非人乞食・鬼畜・動植物などに至るまで森羅万象取り上げないものがないほど多方面にわたり、それらの行動は気高く気まじめであるかと思えば滑稽卑俗であり、時には悲しく哀れでもあるし、嫉妬・非情にかられてもいる。(p.2)

とまとめているように、この上なく尊い仏・菩薩・天皇が登場して、その由々しい物語を語っているかと思えば、次に登場してくるのは、盗賊・乞食など卑しい人物で、さらに、鬼畜・動植物など、人でさえない者達が社会の底にある世界を語ってくれるのである。言い換えれば、当時考えられるあらゆる生(生命力のあるもの)霊(霊を有するもの)が取り上げられているのである。その内容の幅広さ、多様さは日本文学の上でもかなり特異なものかもしれない。

『今昔』の編述主体(本書では便宜的に「編者」と称す)については、さまざまな説があるが、一九八〇年代までの議論は、概ね次の四つの説によって展開されていた。

①『宇治大納言物語』の著者宇治大納言源隆国であるという説。
②奈良や比叡山の大寺に所属する書記僧という説。
③散佚した『宇治大納言物語』や中国の『法苑珠林』などを基に僧団の唱導説法の種本として僧侶たちによって編

集されたという説。

④東大寺東南院の覚樹かとする説。

これらの説については、今野達（一九九九）[*七]は「裏付けとなる証拠は皆無に等しい」（p.520）、『宇治大納言物語』の存在は今昔撰集の一動機ともなり、撰者はそれをいわば反面教師」（p.519）として取り扱ったと考えられている。国東文麿（一九九九）[*八]は「巻別から説話配列に至るまで、すべてが編者一人によって遂行されたもの」（p.525）と述べている。関連する議論を逐一あげないが、このように右記の四つの説に対して、いずれも否定されて扱うことになっていたのである。即ち、現段階における研究では、『今昔』の編者は不明のままとなっている。

諸伝本については、古本と流布本とがあり、小峯和明（二〇一四）[*九]は「最も古い写本とは別の断簡が紹介されており、個別の古写本が存在していたことをうかがわせる」（p.33）と述べている。現存諸伝本のほとんどが鈴鹿本から出ていると言われている。ただし、鈴鹿本は九巻（巻二・五・七・九・十・十二・十七・二十七・二十九）しか現存しないため、他の巻は他の伝本によって補う以外方法がない。大正年間、芳賀矢一は『攷證今昔物語集』[*一〇]三冊を纂訂し、全巻を揃えて、諸本を校合した本文を世に送った。その『攷證今昔物語集』は、以後の研究に利便を提供し、大きな役割を果たしている。岩波書店の日本古典文学大系と新日本古典文学大系とは、鈴鹿本と東大本甲などがある巻のみは同じ底本であったが、次の各巻の底本は異なっている。（前者は大系、後者は新大系の底本）。

巻二十三　東大本乙・静嘉堂文庫本

巻二十四　内閣文庫本A・旧三井文庫本

巻二十八・三十・三十一　内閣文庫本A・蓬左本

ただし、底本を異にしても、内容はほぼ同じである。

『今昔』の構成は極めて組織的である。現存する説話は全部で一〇四〇話ある（本文の首尾のいずれかを欠く十余話が含まれている）。巻一から巻三十一まで全部で二十八巻（巻八・巻十八・巻二十一は欠巻）である。巻一～巻五は天竺部（印度）、巻六～巻十は震旦部（中国）、巻十一～巻二十は本朝仏法部（日本）、巻二十二～巻三十一は本朝世俗部（日本）である。各部において仏教説話と世俗説話が対立し、殆ど同じ比例で編集されている。その比例は終始一貫したもので、坂井衡平（一九六五）[*一一]は早々に『今昔』の天竺部・震旦部・本朝部の、各部における仏教譚と世俗譚との比率は四：一であると指摘している。

『今昔』の文体[*一二]は重層的なものであるとされている。坂井衡平（一九六五）は巻二十以前と巻二十以後とを区別して、前半は漢文や変体漢文の影響が強い、漢文脈の文章で、後半は和文脈の文章であるとしている。前半巻二十までは漢文訓読的色彩が濃いとするのが一般的であるが、巻によって反対の傾向を示す場合がある。例えば、巻五・巻十・巻十九などは、和文的色彩がより濃い文章である。山口佳紀（一九六七）[*一三]は、「本集（『今昔』）の文体は、出典・説話源の文体の反映と全集を貫く文体基調との交錯として、即ち重層的なものとして」捉えるべきとしている。

『今昔』の説話の出自については、仏典・史書・説話集など、多くの原拠の存在が指摘されている。直接中国漢文を出典とされるものは『三宝感応要略録』『冥報記』『孝子伝』『釈迦譜』等が挙げられる。日本の資料として、『日本霊異記』『三宝絵』『日本往生極楽記』『大日本国法華験記』『後拾遺和歌集』『江談抄』『注好選』『俊頼髄脳』『地蔵菩薩霊験記（中世の改作以前のもの）』等が直接的な出典とされている。また、中国の漢文資料を訓読、和訳したものを、間接的に受け継いだり、巷間に流布している説話を直接採集したりしていたと考えられている。

三　先行研究

『今昔』における漢語を対象とした先行研究について、本研究との関連のあるものを中心にまとめておく。

『今昔』の漢語サ変動詞について、その分布と『今昔』の文体との関係を検討した研究として挙げられるのが、桜井光昭（一九六六）『今昔物語集の語法の研究』（明治書院）である。桜井光昭（一九六六）の調査結果は、巻二十と巻二十二を境に前半に漢語（サ変語幹）の使用が多く、後半に使用が少ないということである。これは、漢語を漢文訓読文体の指標と考えた場合、前半に漢文訓読文体的色彩が濃く、後半に和文体的色彩が濃いという一般的傾向と一致する。本研究においても漢語の分布と『今昔』の文体との関係を考える。

語構成に関して、桜井光昭（一九六六）によれば、『今昔』の漢語サ変動詞は他の語と連合して複合が行われやすいものがあること、特に接頭語「アヒ」を伴う場合や、接尾語「カタシ」「ヲハル」を伴う場合があることや、漢語サ変動詞の上下に来るものに「上グ」「敢フ」「得」「思フ」などが多く、自由に複合を行っていることがわかると述べている。

高橋敬一（一九九四）「今昔物語集における漢語サ変動詞研究試論巻十五の出典との関連を通して」（『活水日文』（上野日出刀先生退任記念号）二八 pp.49～60）は、漢字文『極楽記』『験記』から、漢字仮名交り文「今昔」巻十五への文章様式の展開の過程を、漢語サ変動詞を通して観察し、『今昔』における漢語サ変動詞の生成・定着などについて検討している。

右の両者の検討によって、『今昔』の複合動詞は漢語の翻案による場合が多く含まれていることが明らかにされた。さらに、藤井俊博（二〇〇三）「今昔物語集の複合動詞―漢語サ変動詞をめぐって」（『今昔物語集の表現形成』和泉書院）は、漢語サ変動詞と和語動詞とをあわせて調査し、単純動詞や複合動詞の構成法全般の傾向を整理した上、『今昔』で臨時的な複合動詞（『法華験記』等の漢文の直訳による複合動詞）が用いられた背景には、翻訳による複合動詞や、類義語を重ねるような複合動詞が、一つの類型として用いられたことを指摘している。

漢語の出自に触れた浅野敏彦（一九八二）「今昔物語集の漢語語彙―避板法を手がかりに二」（『日本霊異記の世界』三弥井書店）は、『今昔』における「過去・往昔」「罪人・犯人」のような避板法にのみ用いられる漢語の多くは、「漢籍系」の漢語であることを指摘している。

漢語の用法と読みに関して、滋野雅民（一九九三）「『今昔物語集』における『薬ヲ服ス・食う・食ス』について」（『小松英雄博士退官記念　日本語学論集』pp.237 ～ 258）は、『今昔』に見られる「人が薬（毒）をのむ」という意を示す場合の用法として、同時に存在する三通りの用法、「薬ヲ服ス・食う・食ス」について考察し、その存在の理由や位相的相違などを追究している。また、「今昔物語集における「食」の読みと用法」（一九九二『山形大學紀要　人文科學』12(3) pp.1 ～ 34）の論文も出されている。

漢語の層別に関して、田中牧郎（二〇〇三）「語彙層別化資料としての今昔物語集―二字漢語サ変動詞を例として―」（『国語語彙史の研究二十二』和泉書院 pp.17 ～ 36）では、『今昔』における二字漢語サ変動詞、十回以上使われた五五語を取り上げ、文体の変異と語の出現状況を分析し、漢語を次の三つに層別に分けている。

漢文調の説話にのみ現れている語　A層　浸透していない漢語（「命終ス」など）
和文調の説話に進出している語　B層　浸透しつつある漢語（「殺害ス」など）
本朝世俗部に多い語　C層　深く浸透している漢語（「対面ス」など）

それを踏まえて、田中牧郎（二〇〇四）「今昔物語集に見る和漢の層別と意味関係―〈祈ル〉語彙の分析を通して―」（『国語学研究』44 pp.2 ～ 12）は、「祈る」等の語を通して、和語を基層、漢語を上層とする構造があることを指摘している。

ここで右記以外、筆者の博論提出後になるが、最近特に注目したい研究も記しておく。田中牧郎（二〇一五）「『今昔物語集』に見る文体による語の対立　本朝仏法部と本朝世俗部の語彙比較」（近藤泰弘・田中牧郎・小木曽智信［編］

『コーパスと日本語史研究』（ひつじ研究叢書〈言語編〉第127巻）ひつじ書房p.119～148）は『今昔』のコーパスによる、漢文訓読文の資料と和文の資料を相互に語彙を比較し、語彙の位相差を分析して、従来言われていた漢文訓読語と和文語の対立の間に、段階的層をなしており、それがより広範囲の語彙に及んでいるという。

山本真吾（二〇一五）「『今昔物語集』話末評語の漢語の性格について」（『国語国文』八十四（一）pp.1～16）は、原拠にない独自の表現として、話末評語に見られる漢語を抽出して分析し、それが『今昔』の文体基調に関わる枢要な語と認めがたく、また話末評語の漢語は、原則的にはまず説話の中で使用された語であることなどを明らかにした。

四　研究の目的と方法

本研究は、『今昔』における漢語の実態を明らかにすることが主な目的である。

「漢語」の定義について、『国語学大辞典』[*一四]によると、

> 日本では、狭義には中国起源の語で主として呉音・漢音で唱えるものを指し、広義には「和語」「外来語」に対して字音語をこう呼んでいる。（中略）漢語の認定に出所・起源を重視するとしても、それだけで割切れないところに問題がある。（p.184）

とあるが、『今昔』は仏法説話の性格を考慮し、本研究は音訳語も除かず、中国起源のもののみではなく、さまざまな出自の字音語、即ち広義の漢語を扱うことにする。したがって、『今昔』に見られる字音語を対象とし、語及びサ

変動詞の語幹が音読されるものに限定する。例えば、「愛惜・悪行」などは勿論、「着ス・居ス・飲食ス」「軽軽ニ・物ジテ」などは対象にするが、「生霊《いきリヤウ》・弓勢《ゆむぜイ》」などの混種語は対象外とする。

また、平安時代末期（院政期）における『今昔』の漢語の位置づけを考えるため、人名、神仏名、地名、寺社名、宮宅名、官職名（僧職名）、書名（経典名）、などを含む固有名詞を対象外とする。なお、「四位」「五位」などの（官職の）位階、「一」「第一」「十貝」などの数詞や、「臣下」「簺論」などの語義が未だに解明されていないもの等も、対象外とする。その他、五字以上の漢語「非情皆成佛・无上菩提心・悩乱説法者・魔訶曼陁羅花・波利質多羅樹」などは経典名などの固有名詞ではないが、明らかに仏典に見られることばであり、仏教関係の行いとは密接な関係にあることがわかる。その数も少ないため、本研究の対象からはずすことにする。

本研究は、まず、『今昔』に見られる漢語を抽出した上で（細則に関しては第一章を参照）、その分布の実態等を明らかにし、『今昔』の文体との関係を考える。

次に、「漢籍語」「仏典語」「日常実用語」という視点から、『今昔』の漢語を見る。峰岸明（一九七四）[*一五]は、すでに、和漢混交文の漢語を出自等によって、「仏典系漢語」「漢籍系漢語」「日常漢語」の三群に分けて考えることの必要性を指摘している。それを踏まえ、本研究は『大漢和辞典』『広説佛教語大辞典』『色葉字類抄』のような性格を異にする辞書を対照し、グループ分けして、「日常実用語」（日常の実用文を書くなど日常の漢語）「漢籍語」（日常的に使用されない漢籍出自の漢語）「仏典語」（日常的に使用されない仏典出自の漢語）を見極め、『今昔』における漢語の形成実態を検討する。

第三に、『今昔』における衣食住に関する漢語に注目し、語彙の基盤を成している生活語彙について調査する。平安時代の語彙を考える場合、生活に直結する語彙を検討するのは重要な方法である。本研究は『今昔』に見られる衣食住に関する和語を参考にしながら、漢語を調査検討する。あわせて、それらの漢語の平安時代における浸透の程度、使用の範囲等に着目し、仮名文学作品や古記録においての使用等を考察する。

第四に、周知のように平安語彙は現代日本語の基盤を成しているので、『今昔』に見られる漢語と現代日本語との関連を考えたい。

平安時代の日常実用語を留意しながら、右の四つの視点を異にする調査によって、漢語の実態や位相の一面を明らかにする。

五　資料に関して

本研究に用いたテキストは、主として『日本古典文学大系　今昔物語集』による。調査（対照や検索する）の際に使用する仮名文学作品のテキストは、『日本古典文学大系』（岩波書店）の当該各巻によるが、『うつほ物語』は『うつほ物語の総合研究』本文編（勉誠出版）を使用する。古記録のテキストは『大日本古記録』（岩波書店）の当該各巻による。

主要な参考資料は次のとおりである。

『日本古典文学大系　今昔物語集』一～五（山田孝雄・山田忠雄・山田英雄・山田俊雄（一九五九～一九六三）岩波書店）
『新日本古典文学大系　今昔物語集』一～五（今野達・小峯和明・池上洵一・森正人（一九九三～一九九九）岩波書店）
『攷證今昔物語集』（芳賀矢一（一九一三～一九二一）冨山房）（巻上：天竺震旦部　大正二年、巻中：本朝部上　大正三年、巻下：本朝部下、附録：本文補遺・攷証補遺・難訓字解　大正十年）
『新日本古典文学大系　今昔物語集索引』（小峯和明（二〇〇一）岩波書店）

『今昔物語集漢字索引』（馬渕和夫（一九八四）笠間書院）
『色葉字類抄研究並びに総合索引』（中田祝夫・峰岸明（一九七七）風間書房）
『大漢和辞典』修訂版（諸橋轍次　鎌田正・米山寅太郎修訂（一九八四〜一九八六）大修館書店）
『広説佛教語大辞典』（中村元（二〇〇一）東京書籍）
『岩波新漢語辞典』第二版（山口明穂・竹田晃（二〇〇〇）岩波書店）
『古典対照語い表』三版（宮島達夫（一九九二）笠間書院）
「現代雑誌二〇〇万字言語調査語彙表」（国立国語研究所が公開した「現代雑誌二〇〇万字言語調査」（二〇〇一年度〜二〇〇五年度実施）の成果）

注

一　山田俊雄（一九七八）『日本語と辞書』（中公新書四九四）中央公論社
二　小峯和明（一九九三）『今昔物語集の形成と構造』（笠間叢書192）笠間書院（初版一九八五）。Ⅰ「資料と周辺」の第一章「天竺部の資料」にある。
三　片寄正義（一九七四）『今昔物語集の研究　上』芸林舎
四　国東文麿（一九九九）『新編　日本古典文学全集35・今昔物語集（1）』（馬渕和夫［ほか］小学館）の解説に於いて、「撰述年時については一一三〇年前後であろうと推定されている」と述べている。
五　鈴木彰（二〇一四）「Ⅲ　戦争と文学」小峯和明［編］『日本文学史』吉川弘文館
六　佐藤武義（一九八四）『今昔物語集の語彙と語法』明治書院
七　今野達（一九九九）『新日本古典文学大系　今昔物語集一』（岩波書店）の解説に於いて「撰者と成立事情」について述べ

八　ている。
九　注四を参照。
一〇　小峯和明［編］（二〇一四）『日本文学史』（吉川弘文館）のⅠ　東アジアの漢文文化圏と日本の文学史の章で述べている。
一一　芳賀矢一（一九一三〜一九二一）『攷證今昔物語集』冨山房（巻上：天竺震旦部　大正二年、巻中：本朝部上　大正三年、巻下：本朝部下、附録：本文補遺・攷証補遺・難訓字解　大正十年）
一二　坂井衡平（一九六五）『今昔物語集の新研究』増訂版名著刊行会
一三　本研究における文体とは、語彙・語法から見た文章の様式を言う。
一四　山口佳紀（一九六七）「今昔物語集の文体基調について―「由（ヨシ）」の用法を通して―」『国語学』（通号六十七）pp.1〜19
一五　国語学会［編］（一九八〇）『国語学大辞典』東京堂出版 p.184「漢語」の項にある。
峰岸明（一九七四）「和漢混淆文の語彙」山田俊雄・馬渕和夫［編］『日本の説話7　言葉と表現』東京美術 pp.195〜249

第一章

『今昔物語集』の漢語の分布
――文体との関わり――

一　はじめに

『今昔』における和漢両文体の混在・対立に関しては、すでに多くの研究者によって検証され、認められている。その文体の基本的特徴を整理すると、天竺・震旦部（巻一～巻十）は、大部分が漢文の原典を有することにより、漢文訓読的色彩の濃い文体となっており、本朝仏法部（巻十一～巻二十）は、漢文訓読的文体と和文的文体が混在しており、本朝世俗部（巻二十二～巻三十一）は和文的色彩の濃い文体となっている。なお、漢文訓読的文体と和文的文体とは巻二十がその境とされているが、前半では、巻四・巻十などに和文体の説話が存在し、後半では巻二十五などに漢文訓読的文体の説話があり、巻によって例外があることも指摘されている。

本章では、『今昔』から漢語の抽出作業を行う。抽出した漢語の分布実態を調査し、右のような『今昔』の文体との関連を明らかにしたい。

作業は、まず新日本古典文学大系『今昔物語集索引』の語彙索引に見られる音読語を抽出し、見出し語の後に示されている所在の数を以ってその語の延べ語数とする。漢語の認定は、より一般化するため、笠間書院の『今昔物語集漢字索引』を参照し、それらの語が音読されているかどうかを確認し、一致しないものは対象外とする。

また、人名、神仏名、地名、寺社名、官宅名、官職名（僧職名）、書名（経典名）、などを含む固有名詞を除き、いわゆる「一般漢語」についてのみ考察する。なお、「四位」「五位」などの（官職の）位階、「一」「第一」「十貝」などの数詞や、仏教特有な偈などで、「魔訶曼陁羅花」「自業自得果」などの五字以上のものや、「臣下」「簺論」などの語義等が未だに解明されていないもの等も、対象外とする。

漢語を抽出する際の細則は次の通りである。
①「医」「毉」、「以下」「已下」、「朗等」「良等」などの旧体字・異体字や、借字等を持つ漢語については、新日本文学古典大系『今昔物語集索引』において別々の見出し語とされていても、同一語であることが確認できた場合は、一語として扱うこととする。
②『今昔物語集索引』の見出し語の文字列に、「経ノ案　きやうのあん」のように「ノ」が入っている場合は、「経きやう」と「案　あん」と二つの漢語として扱う。また、「香炉箱　かうろのはこ」のように、読みに「ノ」が入っている場合も、二語として扱い、「香炉」を採取し、「箱」は和語なので、対象外とする。
③サ変動詞の場合は、語幹を採取する。例えば「令書写ム」は「書写」の例とする。
④二つあるいは二つ以上の語からなる複合語の場合は、笠間書院の『今昔物語集漢字索引』を参考にし、より小単位の語に分解して扱う。『今昔物語集索引』、『今昔物語集漢字索引』の両書とも一語とされている場合は、一語として扱う。

二　『今昔物語集』における漢語の分布

抽出した語彙の延べ語数をどのように提示すれば、より正確にその使用実態を反映できるのかを考えてみる。一ページあたりの延べ語数で『今昔』の漢語を考察する場合、二つの問題がある。一つは、同様の内容を、漢文訓読的文体で書く場合は和文体で書く場合より、文章が短くなるので、ページ数が少なくなるが、反対に和文体で書く

表一　各部の漢語部分

部別	延べ語数／%		ページ数／%		1ページあたり延べ語数
天竺部	8488	24%	456	19%	18.61
震旦部	5459	15%	365	15%	14.96
本朝仏法部	15842	44%	851	36%	18.62
本朝世俗部	6116	17%	705	30%	8.68
合計	35905	100%	2377	100%	15.11

場合は、ページ数が多くなり、使用状態を見極めるのが困難となる点である。二つ目は、助詞・助動詞などを考察する場合は、ページ数で割った方が、より正確に把握できるが、漢語の場合は、ページ数で考えると必ずしも正確とは言いきれないとの指摘があることである。しかしながら、ページ数はその文章の長さを示す一つの手段であり、正確とは言いきれなくても、その傾向が見えてくる。特に文体の同じ、あるいは文体の似ている文章の間での比較には、ページ数等の情報は非常に参考になる場合がある。また、一ページあたりの延べ語数だけを提示するのではなく、併せてそのページ数・延べ語数なども示しておけば、それを参考にして、より客観的に分析できるのではないか。その上、基本的には、和文体の文章は漢文訓読の文章よりは漢語が少ないと考えられるので、もしその数字が極めて近い、または漢文訓読の文章よりも多い場合、その事実をもってその箇所こそ検討すべき箇所であることを示唆することになると思われる。以上の理由から、筆者も『今昔』の漢語の一ページあたりの延べ語数によって検討することにした。ページ数は新日本古典文学大系『今昔物語集』による。

抽出した漢語の異なり語数は三二二四語で、延べ語数は三五九〇五語である。天竺部・震旦部・本朝仏法部・本朝世俗部、それぞれの延べ語数とページ数をまとめると表一のようになる。

表一に示した通り、四割以上もの漢語は本朝仏法部にあり、最も多く見られる。その次が天竺部で、全体の約二四%（本書の端数処理方法は四捨五入とする）を占めている。震旦部は最も漢語数が少ないが、ページ数とは比例しており、一ページあたり延べ語

数は約一五語で、全巻の平均値に近い。

一ページあたりの延べ語数については、天竺部と本朝仏法部と両方とも約一九語であり、震旦部と本朝世俗部よりは多い。本朝世俗部の一ページあたりの延べ語数は約九語で、天竺部と本朝仏法部の半分にもならない。

それぞれの総延べ語数や総ページ数を占める割合を比較してみると、震旦部は両方とも同じ割合を占めている。天竺部と本朝仏法部は、延べ語数が占める割合のほうが、ページ数の占める割合より大きいが、本朝世俗部はそれと対照的に、ページ数の占める割合は、延べ語数より一三%も多い。本朝世俗部における漢語の使用は、非常に少ないことが明らかである。

天竺部と本朝仏法部は、一ページあたりの延べ語数は約十九語と同じであるが、本朝仏法部は、総延べ語数を占める割合が総ページ数を占める割合を八%も上回っているのに対し、天竺部は、五%の差しかない。したがって、『今昔』では、漢語の使用が最も多いのは、本朝仏法部であると言える。

ところで、天竺部と震旦部とは文体が似ており、両方とも漢文訓読的文体の色彩が強いが、なぜ震旦部には漢語が少ないのであろう。**二**で各巻に見られる漢語数を比較することによって、明らかにすることができよう。

総じて見れば、各部の中で、漢語が最も頻繁に用いられているのは、本朝仏法部（一ページに約十九語）で、その次が天竺部、震旦部であり、漢語の使用が最も少ないのは、本朝世俗部である。

従来『今昔』の天竺部・震旦部・本朝仏法部は漢文訓読的文体の傾向が濃厚であり、本朝世俗部は和文体的であると言われてきた。表一に示した漢語の量はそれに対応している。すなわち、漢文訓読傾向の強い説話には、漢語が大量に用いられているのに対して、和文的傾向の強い説話には、漢語の使用は少ないのである。それは「漢語の使用が漢文訓読文体に多く、和文体に少ない」という一般的傾向と一致する。

桜井光昭（一九六六）[*一]は、和漢両文体と漢語サ変動詞（語幹）の分布を調査し、その調査結果について、次のように述べている。

文体と漢語分布の関係では、巻二〇と巻二二を境に前半に使用が多く、後半に使用が少ない。これは、漢語（サ変語幹）を漢文訓読文体の指標と考えた場合、前半に漢文訓読文体の傾向が強く、後半に和文体の傾向が強いという、一般的傾向と一致する。（p.285）

すなわち、『今昔』における漢語全体の分布から見た場合も、漢語サ変動詞に限定して見た場合も、その漢語の分布は、今まで指摘されてきた『今昔』の文体的傾斜と対応しているものであると言える。

三　各巻における漢語の分布状況

各巻における漢語の延べ語数をまとめると、次頁の表二になる。

表二は、一ページあたりの延べ語数の高い順になっている。全体的に見ると、天竺部・震旦部・本朝仏法部のほとんどの巻は、平均一ページあたりの延べ語数が一五語を上回っているのに対して、本朝世俗部のほとんどの巻の一ページあたり延べ語数は、十語を下回っている。

その中で、一ページあたりの延べ語数が最も多いのは、本朝仏法部の巻十五で、約二五語ある。最も少ないのは巻三十で、約五語である。

延べ語数が最も多いのも本朝仏法部の巻十五で、二二二六語ある。延べ語数が最も少ないのは本朝世俗部の巻二十

表二　各巻の延べ語数及びページ数

部別	巻別	延べ語数	ページ数	1ページあたり延べ語数
天竺部	巻三	1777	82	21.67
	巻一	2018	94	21.47
	巻二	2000	102	19.61
	巻四	1547	91	17
	巻五	1146	87	13.17
小計		8488	456	18.61
震旦部	巻六	1814	87	20.85
	巻七	1586	79	20.08
	巻九	1289	101	12.76
	巻十	770	98	7.86
小計		5459	365	14.96
本朝仏法部	巻十五	2226	89	25.01
	巻十三	1999	81	24.68
	巻十四	2004	90	22.27
	巻十二	2073	94	22.05
	巻十七	1809	93	19.45
	巻十一	1733	93	18.63
	巻二十	1537	94	16.35
	巻十九	1551	115	13.49
	巻十六	910	102	8.92
小計		15842	851	18.62
本朝世俗部	巻二十八	1096	101	10.85
	巻二十五	520	52	10
	巻三十一	773	78	9.91
	巻二十四	941	100	9.41
	巻二十三	328	35	9.37
	巻二十六	700	87	8.05
	巻二十九	775	99	7.83
	巻二十二	175	23	7.61
	巻二十七	584	88	6.64
	巻三十	224	42	5.33
小計		6116	705	8.68
合計		35905	2377	15.11

二で、一七五語しかない。それは巻二十二の分量が最も少ない（二十三ページしかない）という理由からだけではなく、一ページあたりの延べ語数も巻三十に次ぎ、二番目に少ないということもその理由である。

本朝世俗部を除いて、天竺部・震旦部・本朝仏法部は各巻のページ数は、殆ど九十から百の間にある。本朝世俗部は各巻のページ数がばらついている。

天竺部の各巻における漢語の使用は大体バランスが取れている。ただ、巻四と巻五には漢語がやや少ない。巻五の一ページあたりの延べ語数は巻九、巻十九とほぼ同じである。

震旦部は、巻六と巻七に関しては天竺部の巻一・巻二・巻三と同じ頻度で漢語が用いられている。それに対して、巻九と巻十に関しては、ページ数はより多いが、延べ語数が少ない。特に巻十の一ページあたりの延べ語数は、本朝世俗部の一ページあたりの延べ語数が二番目に少ない巻二十二に近い。この巻九と巻十の影響で、震旦部の平均一ページあたり延べ語数が少なくなるのである。

本朝仏法部には、巻十五・巻十三・巻十四・巻十二という順に、全巻を通して見た一ページあたりの延べ語数の上位四つが続いている。それが表一に示した本朝仏法部の平均一ページあたりの延べ語数が上位を占める要因となったのであろう。巻十九と巻十六、特に巻十六の一ページあたりの延べ語数の少なさもそれを示唆する。

巻十九は、本朝仏法部において最も分量の多い巻（ページ数が多い）でありながら、一ページあたりの延べ語数は、巻五と巻九とほぼ同じである。巻十六は本朝仏法部の中で二番目に分量の多い巻であるが、その一ページあたりの延べ語数は本朝世俗部の平均一ページあたりの延べ語数ほどである。

一方、本朝世俗部の巻二十八・巻二十五は、一ページ十語以上あり、全体の中では多くないが、本朝世俗部の上位を占めている。

桜井光昭（一九六六）は『今昔』の漢語サ変動詞についての調査結果を、次のように述べている。

漢文訓読文体の傾向の強い天竺・震旦部（巻一～一〇）で漢語の使用が目立つのは、巻一・巻六・巻七である。逆に少ないのは、巻五・巻九・巻一〇である。中間帯的性格を持つ本朝仏法部（巻一一～巻二〇）の中では、多いのが巻一三・巻一四・巻一五少ないのが巻一六・巻一九・巻二〇である。本朝世俗部（巻二二～巻三一）の中では、

巻二五がやや多い以外大差はない。（p.282）

表二に示した各巻の漢語の分布状況は、桜井光昭（一九六六）の調査結果とはおおむね一致しており、氏の調査結果に漢語使用の多い巻として、天竺部に巻三、本朝世俗部に巻二十八を加えることとなる。

では、なぜ巻五・巻九・巻十・巻十九・巻十六の一ページあたりの延べ語数が少ないのか。

「はじめに」で述べたが、『今昔』における和漢両文体の混在については、多くの研究者が言及している。

桜井光昭（一九九八）[*二]が『古事談』の漢字表記の語と『今昔』のそれとを比較して、

> 「以為（巻一、三―六）」は語そのものの用例が『今昔』になく、「奉為（巻三、七八―八）」は表記例が『今昔』（よみは「おほむため」）にない。また、「等」と「ドモ」の使用例に関しては、『今昔』では、全般的には、「ドモ」が主流で「等」は従であるのに対して、『古事談』では「等」が主流で「ドモ」は従である。つまり、『今昔』はその前半は後半に比較して漢文訓読文体の傾向が濃厚であるといわれているが、その前半でもなお、漢文訓読語への傾斜には限界があり、天竺・震旦部が『古事談』の状況にやや近い。

と『今昔』の前半でも、漢文訓読語への傾斜には限界があることを指摘している。

田中牧郎（一九八八）[*三]は、『今昔』にあって、『類聚名義抄』『色葉字類抄』のいずれにも和訓として収録されない、漢語サ変動詞を除外した和語動詞（単純動詞）を取り出し、調査した結果、仮名表記によって表記されたものは、本朝世俗部への偏在がいちじるしく、また天竺・震旦・本朝仏法部では、巻四・五・九・十・十一・十九に見られるとしている。この結果からも、巻四・五・十・十九は、天竺・震旦・本朝仏法部にあっても、和文体の傾向が強い巻であることが確認される。

また、桜井光昭（一九六六）も次のように述べている。

一般的傾向に対し、巻々または個々の説話によって、反対の傾向を示す場合がある。巻単位で顕著な場合を指摘する。漢文訓読文体の傾向の強い天竺・震旦部（典型的なのは巻六・巻七）においては、巻五と巻一〇に和文体の傾向が見られる。ことに巻五の方が傾向が強いようである。本朝仏法部では、巻一六と巻一九に和文体の傾向がある。和文体の傾向の強い本朝世俗部において、漢文訓読文体の傾向を見せる巻は、将門記などに出典を持つ説話を含む巻二五、および巻三一である。

こうした傾向は巻として持っているというよりは、実は、そのような傾向の説話を多く内包していると言った方が正しい。また、和文体・漢文訓読文体の指標として用いる要素によって結果に相当の開きのあることが多い。

(p.5)

ということで、表二に見られる巻五・巻九・巻十・巻十九・巻十六の一ページあたりの延べ語数が少ない理由は、それらの巻に、漢語の使用がより少ない和文的な文体で書かれている説話が含まれることに影響されたからであると言えよう。

余談ではあるが、新日本古典文学大系の注を確認して見ると、巻十六の各話に、「出典未詳」と記されているものが多いことがわかる。その「出典未詳」なものは、第四話・第五話・第七話・第八話・第九話・第十五話・第十七話・第十八話・第十九話・第二十話・第二十一話・第二十二話・第二十四話・第二十八話・第二十九話・第三十話・第三十一話・第三十二話・第三十三話・第三十四話・第三十七話・第三十九話であり、全部で二十二話に上る。巻十六

（全三十九話）の六割弱を占めている。

同じく本朝仏法部にある漢語の使用率の高い巻十五を見ると、巻十五の中で、「出典未詳」とされているものは、第四話・第十四話・第十五話・第二十二話・第二十三話・第二十四話・第二十七話・第三十九話・第四十一話・第四十二話・第四十七話・第五十四話であり、全部で十二話である。わずか巻十五（全五十四話）の二割ほどを占めているのみとなっている。

この二巻を比較してみると、出典説話とつながりがしっかりしている巻は、漢語がよく用いられており、出典説話との関係が薄い巻は、漢語が用いられる機会が少ない、という可能性が考えられる。なぜなら、出典の影響から解放されれば、文体や表現などはもっと自由になるはずだと思われるからである。ただし、それについては、緻密な調査が必要である。

四　おわりに

本章は、『今昔』に見られる漢語の延べ語数を調査し、各巻における漢語の分布実態を見るものである。調査した結果、全体的には、天竺部、震旦部、本朝仏法部における漢語の使用頻度が高く、本朝世俗部における漢語の使用頻度が低いことがわかった。

漢文訓読的文体の文章には、漢語が多く使用され、和文的文体の文章には漢語の使用が少ないというのが一般的な傾向とするなら、『今昔』の漢語の分布実態は、天竺部、震旦部、本朝仏法部は漢文訓読的文体の傾向が強く、本朝世俗部は和文体の傾向が強いという傾向と一致する。

各巻における漢語の分布状態を確認して見ると、巻五・巻九・巻十・巻十九・巻十六は、漢文訓読的色彩が濃い文体を持つ天竺部、震旦部、本朝仏法部の中に置かれているが、漢語の使用が少ないことがわかった。それは巻五・巻九・巻十・巻十九・巻十六に、和文的色彩の強い文体を持つ説話が存在することに影響されたからであると思われる。巻五・巻九・巻十・巻十九・巻十六の各話に見られる漢語数を比較すると、その和文的色彩の強い文体を持つ説話を特定できると思われるが、それは今後の課題としたい。

注

一　桜井光昭（一九六六）『今昔物語集の語法の研究』明治書院

二　桜井光昭（一九九八）「仮名交じり文4　説話集―『古事談』の漢字とことば―」佐藤喜代治［編］『中世の漢字とことば』明治書院　pp.211～245

三　田中牧郎（一九八八）「仮名交じり文3『今昔物語集』」佐藤喜代治『漢字講座　5　古代の漢字とことば』明治書院　pp.282～309

第二章　『今昔物語集』の漢語の形成

一　はじめに

佐藤喜代治（一九七九）[*一]は「中国から伝えられたことばは、おおまかに二つの系統に分けて考えることができる。一つは、中国固有の生活・文化の中で発達したことばであり、他の一つは、中国に伝えられた外来文化に伴って発達したことばである。この外来文化の中で、わが国に最も関係が深いのは仏教とそれに伴う種々の文化である。」と指摘している。すなわち、中国から伝わった言葉を二つの系統に分けることができる。一つは、「中国固有の生活・文化の中で発達した」言葉であり、その典拠を漢籍に求めることができる。これは一般に言う「漢籍漢語」そのもので、本書は「漢籍系漢語」とする。もう一つは、中国から伝わった仏教関係の言葉であり、その典拠を漢訳仏典に求めることができる「仏教語」である。本書は「仏典系漢語」とする。

峰岸明（一九七四）は一早く和漢混交文の漢語を出自によって、「漢籍系漢語」「仏典系漢語」「日常漢語」の三群に分けて考えることの必要性を指摘している。峰岸明（一九七四）[*二]は次のように述べている。

> 和漢混淆文においては、そこに使用された漢語の出自がその文体とかかわる面もあるようなので、漢語について特にその来歴に注目することは、有意義なことであろうと思う。すなわち、漢語の源流を明らかにすることにより、和漢混淆文においてその文体形成に果たす漢語の役割を改めて認識し直すことができるのではないかということである。これはなお、私案の域を出で（ママ）ないが、和漢混淆文に用いられた漢語についてその文体とのかかわりを観察する場合には、少なくとも二群、さらには三群のものを区別すべきではないかと考えている。その二群

というのは、その出自が仏典、漢籍いずれに求められるかという区別に基づくものであって、象徴的な言い方をすれば、〈仏典系漢語〉〈漢籍系漢語〉と言うことができる。さらに三群というのは、これらに〈日常漢語〉という概念を加えたものである。ここに日常漢語と言うのは、仏典・漢籍に源流はあるが、本邦に入って日常語となったもの、また仏典・漢籍に典拠を求めることができず、本邦において新たに造られたと見られるもの、これらのことである。しかして、その日常漢語の中核を占めるものとして記録語出自の漢語を想定している。(中略)(略)説話文学作品においては、仏典系漢語は仏教説話に主として、また、漢籍系漢語は政道・文学などの説話に主として使用される。これに対して、日常漢語は公事・芸能どの説話を始めとして、世俗説話を中心に広く用いられている。他の文献においても、事情はほぼ同様であろう。(pp.241 ~ 243)

「日常漢語」は、本来「漢籍系漢語」や「仏典系漢語」であっても、日本語に浸透しており、その用法が日本化したものも見られ、独自の体系を成している。語彙発展の視点からは、それをもう一つの系列として見るのが合理的である。本章はこの三系列(数学的にいうと「三大集合」)に着眼し、『今昔』に用いられている漢語の形成を考察したい。この三系列の重なり合う部分を見極め、日常的に使用されない漢語で、漢籍出自のものを「漢籍語」、仏典出自の漢語を「仏典語」と称し、「日常漢語」(後に述べるが「日常実用語」としたほうが妥当)との分類に挑戦してみる。

「漢籍系漢語・仏典系漢語・日常漢語」三系列を検討するには、対応の辞書を使用して対照する。諸橋轍次[編]『大漢和辞典』[*三](以下『大漢和』と称す)の凡例には、採録の範團について、次のように述べている。

資料は殿版康煕字典を中心としたが、外に説文・玉篇・廣韻・集韻・字彙・正字通・中華大字典、その他の字典類等をも參照して補正した。

語彙は普通の成語、故事熟語、格言俚言、詩文の成句、及び人名・地名・書名・官職名・年號・動植物名等を主としたが、外に法律・經濟その他の學術語、及び普通の現代時文・中國語をも載せ、仏教語・邦語はその普通のものだけを採録した。

「引用書名及び傳注の略称」の項目からは、次のような書名が窺える。

易経・書経・詩経・礼記・春秋経文・春秋左氏傳・春秋公羊傳・春秋穀梁傳・汲冢周書・戦國策・呂氏春秋・晏子春秋・王通中説・劉勰新論・書経の孔安國傳　詩経の毛傳・詩経の鄭玄箋・皇侃の論語義疏・朱子の詩経集傳・朱子の論語・孟子集注・朱子の大學・中庸章句・蔡沈の書経集傳・段玉裁の説文解字注・竹添氏の詩経・左氏傳・論語會箋。

このように『大漢和』は漢籍に見られる語彙を主に採録したもので、仏教語に関しては、「その普通のものだけを採録した」のである。したがって、漢籍系漢語は、『大漢和』によって確認することができると思われる。仏典系漢語に関しては、何種類の仏教語大辞典があるが、収録された語彙数が多く、検索するのにも便利な中村元著『広説佛教語大辞典』[*四]（以下『佛大』と略す）を使用する。

では、日常漢語に類するものについては、どうすればよいのであろう。

これについては『今昔』と同時代に編纂された辞書という観点から、『色葉字類抄』を使用するべきだと思われる。『色葉字類抄』（以下『色葉』と略す）は、橘忠兼が編纂した平安時代の国語辞書である。吉田金彦（一九七六）[*五]によると、『色葉』は漢籍系漢語だけではなく、日本語を主にした漢和対訳辞書であり、日常実用文を書くための国語辞書である。それは院政期の日常実用の語を主に、漢文訓読語をも合わせて、広く和語・漢語を採録したものである。「色葉字類抄序」には次のような言葉がある。（訓点は前田家本のそれを写したものである。）

叙《テ》 曰漢-家以音悟《サトル》レ義本朝就訓詳レ言而文-字且《シヤ》-千訓解非一今揚《アケ》色葉之一字爲《ス》 詞-條之初言凡《スヘテ》四十七篇分爲《ス》両巻篇《ノ》 中勒部爲見者不労《ツカラ》 眸《ヒトミ》 也字下付訓爲令愚者可指掌也但外人不レ見見而可レ咲以授家童欲無市閲脱漏字於後-人補《ヲキヌヘ》レ之云尓《シカリ》。（叙テ曰ク、漢家ハ音ヲ以テ義ヲ悟ル。本朝ハ訓ニ就テ、言ヲ詳ス。而、文字且千ニシテ訓解一ニ非ズ。今、色葉之一字ヲ揚テ、詞條之初言ト爲ス。凡テ、四十七篇分ケテ両巻ト爲ス。篇ノ中ニ部ヲ勒ス。見者ヲシテ眸ヲ労ザラシメンガ爲也。字ノ下ニ訓ヲ付ス、愚者ヲシテ掌ヲ指ス可カラシメンガ爲也。但、外人ニハ見セザレ、見テハ咲フベシ、以テ家童ニ授ケテ市閲スルコト無ト欲ス。脱漏ノ字ニ於テハ後人之ヲ補ヌヘト云フコト尓リ。[*六]）

「文字」が多く、「訓解」はさまざまであるから、漢字の下に訓を与えて、その漢字文字列がなす語はどういう意味なのかを、理解するための辞書であり、他所の人には見せられないと、謙遜しながら述べている。その編纂意図からも、難解な語よりは、一般的な語を中心に編纂したものであることが推測できる。

『色葉』に関しては、二巻・三巻・十巻の三種の異本がある。二巻本は天養（一一四四）年間より長寛（一一六三〜一一六五）年間に成立、三巻本は治承（一一七七〜一一八一）年間までに補綴を重ねて成立したものである。十巻本は鎌倉時代（一一八五年から）初期までに成立したと見られている。山田孝雄（一九六六）[*七]によると、三巻本は二巻本をもとにして、増補したものである。その三巻本は畳字部が整理されているところに特色がある。十巻本はだいぶ増補されていて、所収の語は『今昔』の成立時に、世間一般に使われているかどうかに疑問がある。成立年代から、二巻本の方が『今昔』に近いが、三巻本のほうがはるかに充実していることから、三巻本を対照の対象にした。なお、『色葉』を使用して対照するため、収録されているのは日常実用文を書くための用語なので、「日常漢語」より、「日常実用語」といったほうが適切だと思われる。よって本書は「日常実用語」とする。

二　三辞書との対照

第一章では、『今昔』の全三十一巻における漢語について調査したが、作業量を考慮し、本章の調査は、主にア行・カ行の漢語を対象とし、『今昔』に見られる漢語の約三分の一に当たる、異なり語数九二八語、延べ語数一六二二六語の漢語を取り扱った。

『今昔』に見られる漢語と共通する、『色葉』[*八]の掲出語や、『佛大』『大漢和』の見出し語を確認する。それぞれの共通の漢語と認められるものは、次の条件に該当するものである。

（一）原則として同じ漢字で表記されている漢語は同一語として認める。ただし、「國―国」「歸―帰」「佛―仏」「往―往」などのように、旧体字と新体字に差があるものや異体字の場合は、その限りでない。

（二）『今昔』では借字が使用される「延―縁」「縁記―縁起」などは同一語とする。

（三）『今昔』に見られる一字漢語に関しては、『大漢和』では漢字を意識して扱っている可能性があるため、意味解説及び用例を確認し、語として認められるものを共通の漢語とする。

（四）文字列が一致しているが、明らかに別語である場合は、共通しない語とする。例えば、「蓋（がい）」は『佛大』に収録されているものは、「煩悩」という意味であるが、『今昔』では「きぬがさ」の意であるので、共通しないものとする。

それらの漢語を次の八グループに分類する。

「共通グループ」―『大漢和』『佛大』『色葉』のいずれにも見られるもの

「漢仏グループ」―『大漢和』と『佛大』に見られるもの

「漢色グループ」―『大漢和』と『色葉』に見られるもの

「佛色グループ」―『佛大』と『色葉』に見られるもの

「大漢グループ」―『大漢和』にのみ見られるもの

「佛大グループ」―『佛大』にのみ見られるもの

「色葉グループ」―『色葉』にのみ見られるもの

「特別グループ」―『大漢和』『佛大』『色葉』のどれにも見られないもの

それぞれの語数を表一にまとめておく。

表一　各辞書に見られる漢語数

辞書	大漢和	佛大	色葉	対象漢語
語数	788	518	276	928
%	85%	56%	30%	100%

表一に示したように、『大漢和』に見られる漢語は七八八語であり、今回の考察対象の八五%を占めている。『佛大』に見られる漢語は五一八語で、『色葉』に見られる漢語は二七六語である。それぞれ今回の考察対象の五六%・三〇%（小数点以下は四捨五入にした。以下同じ）を占めている。

グループごとの漢語数を表二にまとめる。

表二　各グループの漢語数

グループ	語数	%
共通	154	17%
漢佛	298	32%
漢色	109	12%
佛色	11	1%
大漢	227	24%
佛大	55	6%
色葉	2	0%
特別	72	8%
小計	928	100%

表二に示したように、「共通グループ」は、一五四語であり、「漢仏グループ」は二九八語、「漢色グループ」は一〇九語、「佛色グループ」は十一語、「大漢グループ」は二二七語、「佛大グループ」は五五語、「色葉グループ」は二

語である。「特別グループ」は七二語見られる。最も多いのは三二％を占めている「漢仏グループ」である。その次が「大漢グループ」で、二四％を占めている。「漢仏グループ」の漢語数が多いことは、漢籍系漢語と仏典系漢語とは緊密な関係にあることを示唆すると思われる。

では、それはどんな語か、グループ順に示しておく。[*九]（漢語の下の数字は延べ語数である。延べ語数の高い順で並べる。）

対照した漢語の一覧：

「共通グループ」

経	386	キヤウ
法	329	ホフ
師	206	シ
報	137	ホウ
恩	122	オン
門	113	モン
文	95	モン
縁	83	エン
行	79	ギヤウ
愛	69	アイ
相	57	サウ
道	56	ダウ
戒	53	カイ
害	53	ガイ
術	53	ズツ
衆	47	シユ
期	41	ゴ
香	41	カウ
棺	39	クワン
氣	40	ケ
要	36	エウ
観	34	クワン
化	28	クヱ
偈	23	ゲ
義	22	ギ
業	20	ゲフ
印	16	イン
穀	11	コク
孝	11	ケウ
婬	10	イン
薫	6	クン
公	5	コウ
方	5	ハウ
鵝	4	ガ
根	2	コン
影	2	エイ
賀	2	ガ
機	2	キ

菓	1	クワ
滅	1	ゲン
職	1	シキ
聖人	552	シヤウニン
弟子	446	デシ
法師	329	ホフシ
氣色	259	ケシキ
希有	135	ケウ
和尚	91	クワシヤウ
講師	88	カウジ
後世	81	ゴセ
安置	78	アンヂ
法文	67	ホフモン
孝養	63	ケウヤウ
恭敬	58	クギヤウ
祈請	54	キセイ
果報	43	クワホウ
菩提	39	ボダイ
袈裟	38	ケサ

沙汰	35	サタ
雜色	33	ザフシキ
愚痴	32	グチ
因果	29	イングワ
次第	29	シダイ
供(共)奉	27	グブ(クブ)
伽(迦)藍	26	ガラン
加護	25	カゴ
香爐	24	カウロ
人民	23	ニンミン
儀式	19	ギシキ
高座	19	カウザ
機縁	18	キエン
行事	18	キヤウジ
金堂	18	コンダウ
讀経	17	ドクキヤウ(ドキヤウ)
甘露	16	カンロ
因縁	15	インエン
行者	15	ギヤウジヤ

下﨟	14	ゲラフ
祈念	13	キネン
作法	13	サホフ
義理	12	ギリ
供給	11	クギフ
陰陽	11	オンヤウ
奄室(菴室)	11	アンジツ
香花	10	カウグヱ
懐抱	10	クワイハウ
経師	10	キヤウジ
強力	9	ガウリキ
苦患	9	クグヱン
五穀	9	ゴコク
講堂	8	カウダウ
降伏	8	ガウブク
潔齋	8	ケツサイ
娯樂	8	ゴラク
祈禱	7	キタウ
奇特	7	キドク

解脱7　ゲダツ
吉祥6　キチジヤウ
大臣6　ダイジン
花鬘6　クヱマン
講莚5　カウエン
起請5　キシヤウ
行道5　ギヤウダウ
飢渇5　ケカツ
供僧5　グソウ
下劣4　ゲレツ
根本4　コンボン
芥子4　ケシ
安居3　アンゴ
諳誦3　アンジユ
講経3　カウキヤウ
樂器3　ガツキ
禽獣3　キンジウ
根元3　コンゲン
長者3　チヤウジヤ

虎(琥)珀3　コハク
巍巍(魏魏)3　ギギ
引導2　インダウ
婬欲2　インヨク
延年2　エンネン
擁護2　オウゴ
講演2　カウエン
高聲2　カウシヤウ
我慢2　ガマン
軽慢2　キヤウマン
苦惱2　クナウ
灌頂2　クワンヂヤウ
経営2　ケイメイ
教授2　ケウジユ
安穏1　アンヲン
意趣1　イシユ
一期1　イチゴ
依怙1　エコ
縁記1　エンギ

講説1　カウゼツ
監察1　カンサツ
肝心1　カンジン
祈願1　キグワン
譏嫌1　キゲン
規模1　キモ
究竟1　クキヤウ
工巧1　クゲウ
供御1　クゴ
廣博1　クワウハク
瓦礫1　グワリヤク
歓樂1　クワンラク
現在1　ゲンザイ
興隆1　コウリウ
已講1　イカウ
箜篌1　クウゴ
五鈷1　ゴコ
云云1　ウンウン
胡麻1　ゴマ

佛師1　ブツシ
阿闍梨92　アジヤリ

「漢仏グループ」

僧1470　ソウ
像210　ザウ
具169　グ
苦145　ク
現136　ゲ
城112　ジヤウ
講109　カウ
感106　カン
座101　ザ
象61　ザウ
力51　リキ
願51　グワン
學39　ガク
生24　シヤウ

故21　コ
呪(咒)18　シユ
果17　クワ
句10　ク
風9　フウ
懸9　クヱン
空8　クウ
供6　グ(ク・グウ)
験6　ゲン
因4　イン
曲4　キヨク
塔3　タフ
有3　ウ
降3　ガウ
決3　クヱツ
兼3　ケン
権3　ゴン
巻2　クヱン
結1　ケチ

杵1　シヨ
本1　ホン
意1　イ
合1　ガツ
急1　キフ
客1　キヤク
口1　ク
夏1　ゲ
闕1　クヱツ
間1　ケン
後1　ゴ
供養451　クヤウ
功徳227　クドク
奇異180　キイ
佛法174　ブツボフ
善根113　ゼンゴン
衆生104　シユジヤウ
音樂86　オンガク
眷属83　クヱンゾク

歓喜67　クワンギ
皈(歸)依64　キエ
虚空54　コクウ
外道53　グヱダウ
飲食52　オンジキ
邪見46　ジヤケン
悪業46　アクゴフ
衣服45　エブク
教化44　ケウクヱ
兄弟38　キヤウダイ
現報38　ゲンボウ
一生36　イツシヤウ
結縁35　ケチエン
罪人34　ザイニン
御房34　ゴボウ
愛欲33　アイヨク
毒蛇32　ドクジヤ
佛像30　ブツザウ
宮殿27　クウデン

苦行27　クギヤウ
今生26　コンジヤウ
顕蜜24　ケンミツ
建立24　コンリフ
悪心22　アクシン
學問22　ガクモン
光明22　クワウミヤウ
獄卒(率)22　ゴクソツ
一ゝ20　イチイチ
願主20　グワンシユ
現世20　ゲンゼ
護法20　ゴホフ
悪人19　アクニン
金銀19　コンゴン
過去18　クワコ
正教16　シヤウゲウ
瑞相16　ズイサウ
香水16　カウズイ
貴賤16　キセン

慳貪16　ケンドン
御前16　ゴゼン
経巻15　キヤウクワン
化身15　クヱシン
伎(妓)樂14　ギガク
後生15　ゴシヤウ
一切13　イツサイ
形像13　ギヤウザウ
教法13　ケウボフ
五色13　ゴシキ
老人12　ラウニン
家業12　ケゲフ
堅固12　ケンゴ
五戒12　ゴカイ
戒律11　カイリツ
樂人11　ガクニン
合掌11　ガツシヤウ
虚實11　コジツ
悪行10　アクギヤウ

悪霊10 アクリヤウ
一心10 イツシン
吉凶10 キチク
廣大10 クワウダイ
還俗10 グヱンゾク
憍慢10 ケウマン
五欲10 ゴヨク
福徳9 フクトク
恩徳9 オンドク
氣分9 キブン
化人9 クヱニン
一念8 イチネン
行歩8 ギヤウブ
経論8 キヤウロン
下性(下姓)8 ゲシヤウ
結願8 ケチグワン
現身8 ゲンシン
居士8 コジ
五躰8 ゴタイ

一躰7 イツタイ
異名7 イミヤウ
異類7 イルイ
衣鉢7 エハツ
戒壇7 カイダン
忌日7 キニチ
境界7 キヤウガイ
供具7 クグ
下賤7 ゲセン
後夜7 ゴヤ
隠形6 オンギヤウ
戒行6 カイギヤウ
具足6 グソク
教勅6 ケウチヨク
典籍5 テンジヤク
悪鬼5 アクキ
引接5 インゼフ
恩愛5 オンアイ
感應5 カンオウ

経教5 キヤウゲウ
敬礼5 キヤウライ
巻数5 クワンジユ
決定5 クヱツヂヤウ
薫修5 クンジユ
業因5 ゴフイン
権者5 ゴンシヤ
愛念4 アイネン
閼伽4 アカ
悪相4 アクサウ
悪道4 アクダウ
有情4 ウジヤウ
有无4 ウム
骸骨4 ガイコツ
香湯4 カウタウ
記別4 キベツ
行業4 ギヤウゴフ
畫像4 グワザウ
瓦石4 グワシヤク

花香4　クヱカウ
悔過4　クヱクワ
華(花)嚴4　クヱゴン
化度4　クヱド
化佛4　クヱブツ
郡臣4　グンジン
交通4　ケウツウ
下向4　ゲカウ
眼目4　ゲンモク
五節4　ゴセチ
金剛4　コンガウ
權現4　ゴンゲン
愛敬3　アイギヨウ
有學3　ウガク
高下3　カウゲ
経藏3　キヤウザウ
行人3　ギヤウニン
観念3　クワンネン
化作3　クヱサ

外典3　グヱデン(テン)
解説3　ゲセツ
結集3　ケツジフ
顕教3　ケンゲウ
賢者3　ゲンジヤ
極悪3　ゴクアク
庫倉(藏)3　コサウ(ザウ)
胡僧3　ゴソウ
勤行3　ゴンギヤウ
言語3　ゴンゴ
愛染2　アイゼン
悪縁2　アクエン
悪口2　アクク
悪報2　アクホウ
異形2　イギヤウ
有心2　ウシン
戒師2　カイシ
豪貴2　ガウキ
香華2　カウグヱ

寒林2　カンリン
吉事2　キチジ
経典2　キヤウデン
経法2　キヤウボフ
禁戒2　キンカイ
救護2　クゴ
求法2　グホフ
舊譯2　クヤク
荒神2　クワウジン
化生2　クヱシヤウ
飢餓2　ケガ
下品2　ゲボン
賢劫2　ケンコフ
國土2　コクド
五衰2　ゴスイ
業縁2　ゴフエン
大事1　ダイジ
天人1　テンニン
愛執1　アイシフ

愛惜1　アイシヤク
悪逆1　アクギヤク
悪願2　アクグワン
悪事1　アクジ
悪世1　アクセ
悪念1　アクネン
安養1　アンヤウ
異香1　イキヤウ
一夏1　イチゲ
一劫1　イチコフ
一乗1　イチジヨウ
一佛1　イチブツ
引聲1　インジヤウ
婬女1　インニヨ
有為1　ウヰ
榮耀1　エイエウ
縁日1　エンニチ
音聲1　オンジヤウ
開眼1　カイゲン

香象1　カウザウ
高山1　カウザン
降魔1　ガウマ
香味1　カウミ
家風1　カフウ
几案1　キアン
愧謝1　キシヤ
鬼道1　キダウ
貴人1　キニン
耆婆1　ギバ
鬼魅1　キミ
行列1　ギヤウレツ
空有1　クウウ
弘誓1　グゼイ
口傳1　クデン
供料1　グレウ
臥具1　グワグ
火葬1　クワサウ
過失1　クワシツ

火宅1　クワタク
火爐1　クワロ
観音1　クワンオン
願文1　グワンモン
願力1　グワンリキ
化現1　クヱゲン
外戚1　グヱシヤク
外法1　グヱホフ
快樂1　クヱラク
幻化1　ゲンクヱ
久遠1　クヲン
下坐1　ゲザ
下地1　ゲヂ
慳悋1　ケンリン
五行1　ゴギヤウ
護世1　ゴセ
五道1　ゴダウ
劫焼1　コツセウ
業力1　ゴフリキ

金口1　コンク
困苦1　コンク
権化1　ゴングヱ
優婆塞28　ウバソク
菩提心18　ボダイシン
金剛界7　コンガウカイ
御斉會6　ゴサイヱ
御持僧（護持僧）4　ゴヂソウ
十禪師3　ジフゼンジ
恒河沙2　ゴウガシヤ
阿弥陀1　アミダ
御霊會1　ゴリヤウヱ
一切衆生30　イツサイシユジヤウ
異口同音5　イクドウオン
愛別離苦1　アイベツリク
一切種智1　イツサイシユチ
一生不犯1　イツシヤウフバン
閻浮檀金1　エンブダンゴン

「漢色グループ」

様1098　ヤウ
官73　クワン
興46　キヨウ
議33　ギ
賞22　シヤウ
碁（基）21　ゴ
甲17　カフ
樂16　ガク
京16　キヤウ
紺10　コン
薄6　ハク
縣6　クヱン
盤5　バン
陳4　ヂン
案4　アン
宴4　エン
歸4　キ

膏3　カウ
菊3　キク
記3　キ
畫3　グワ
廳2　チヤウ
運2　ウン
額2　ガク
季2　キ
卦1　クヱ
牙1　ゲ
兄1　ケイ
薨1　コウ
斤1　コン
假1　ケ
學（学）生54　ガクシヤウ
形貌（皃）40　キヤウメウ
合戦31　カフセン
加持29　カヂ
几帳26　キチヤウ

海賊25　カイゾク
幼稚23　エウチ
行幸22　ギヤウガウ
案内19　アンナイ
掲焉19　ケチエン
勘當16　カンダウ
幼少13　エウセウ
旱魃（颰）13　カンバツ
柑子12　カンジ
古老10　コラウ
管絃9　クワングエン
嚴重9　ゲンヂヨウ
衣裳8　イシヤウ
碁盤（枰）8　ゴバン
歌舞7　カブ
饗應7　キヤウオウ
紅葉7　コウエフ
骨髄6　コツズイ
金鼓6　コング

甲冑5　カフチウ
勘問5　カンモン
氣力5　キリヨク
洪水5　コウズイ
骨肉5　コツニク
高麗4　カウライ
近隣4　キンリン
萱草4　クワンザウ
桂心4　ケイシン
交易4　ケウヤク
哀憐3　アイレン
纐纈3　カウケチ
看病3　カンビヤウ
奇恠3　キクワイ
泣涕（啼）3　キフテイ
紅梅3　コウバイ
紺青3　コンジヤウ
鸚鵡2　アウム
衣冠2　イクワン

一旦2　イツタン
異躰2　イテイ
要須2　エウシユ
高家2　カウケ
恪勤2　カクゴン
軽軽2　キヤウキヤウ
麒麟2　キリン
禁中2　キンチウ
荒癈2　クワウハイ
刑罰2　ケイバツ
五徳2　ゴトク
有識1　イウシヨク
醫家1　イケ
倚子1　イシ
隠居1　インキヨ
淫奔1　インポン
要用1　エウヨウ
降人1　ガウニン
河海1　カカイ

脚力1　カクリキ
合薬1　ガフヤク
感歎1　カンタン
寒温1　カンヲン
牛車1　ギウシヤ
御遊1　ギヨイウ
恐怖1　キヨウフ
禁忌1　キンキ
禁断1　キンダン
孔雀1　クジヤク
過差1　クワサ
寛宥1　クワンイウ
嫌疑1　ケンギ
見参1　ゲンザン
見證1　ケンシヨウ
御禊1　ゴケイ

「佛色グループ」

郎(朗良)等171　ラウドウ
乞者51　コツシヤ
乞匃(匄)42　コツガイ
験者7　ゲンジヤ
修法7　シユホフ
憶(臆)病5　オクビヤウ
哀愍2　アイミン
引攝2　インゼフ
縁縁1　エンエン
強縁1　ガウエン
香藥1　カウヤク

「大漢グループ」

幼34　エウ
延27　エン
功23　ク

琴12　キン
詠11　エイ
蓋8　カイ
禁5　キン
呵3　カ
擬2　ギ
啓2　ケイ
閹1　エン
應1　オウ
抗1　カウ
号1　ガウ
居1　キヨ
吟1　ギン
獻1　ケン
誦1　ジユ
寵1　チヨウ
死人96　シニン
宣旨95　センジ
下衆(下主)70　ゲス

懐妊	67	クワイニン
財寶	61	ザイホウ
装束	59	シヤウゾク
弓箭	57	キウセン
金色	51	コンジキ
御覧	50	ゴラン
官人	46	クワンニン
公卿	32	クギヤウ
老母	32	ラウモ
要事	23	エウジ
假借	21	ケサウ
目代	20	モクダイ
公事	19	クジ
使者	17	シシヤ
呵責(嘖)	15	カシヤク
下人	15	ゲニン
國府	15	コクフ
文書	14	モンジヨ
強盗	12	ガウダウ

榮花	11	エイグワ
還向	11	グヱンカウ
上手	10	ジヤウズ
大魚	10	ダイギヨ
隔(篇)子	9	カウシ
吉日	9	キチニチ
官物	9	クワンモツ
歸朝	8	キテウ
逆罪	8	ギヤクザイ
獄門	8	ゴクモン
國位	8	コクヰ
醫療	7	イレウ
群臣	7	グンシン
一段	6	イツタン
高欄(蘭)	6	カウラン
學者	6	ガクシヤ
甘美	6	カンビ
公家	6	クゲ
元服	6	グヱンブク

異國	5	イコク
急難	5	キフナン
軽重	5	キヤウヂウ
居住	5	キヨヂウ
官位	5	クワンヰ
見物	5	ケンブツ
獄吏	5	ゴクリ
以後	4	イゴ
印鎰	4	インヤク
幼童	4	エウドウ
江河	4	ガウガ
香油	4	カウユ
奇意	4	キイ
逆風	4	ギヤクフウ
官曹	4	クワンサウ
官舎	4	クワンシヤ
冠者	4	クワンジヤ
官首	4	クワンジユ
下馬	4	ゲバ

恒例4	ゴウレイ
金泥4	コンデイ
愛子3	アイシ
安樂3	アンラク
以(已)下3	イゲ
一黨3	イツタウ
温室3	ウンシツ
講讀3	カウドク
高名3	カウミヤウ
郷里3	ガウリ
欺用3	ギヨウ
御史3	ギヨシ
御製3	ギヨセイ
宮司3	グウジ
迴廊3	クワイラウ
官爵3	クワンシヤク
官府3	クワンブ
外術3	グヱズツ
玄(懸)孫3	グヱンソン

拘欄3	コウラン
口論3	コウロン
國母3	コクモ
孤山3	コザン
誤用3	ゴヨウ
悪因2	アクイン
悪瘡2	アクサウ
醫藥2	イヤク
雲霧2	ウンム
要義2	エウギ
改任2	カイニン
豪族2	ガウゾク
歌詠2	カエイ
勘文2	カンモン
寄宿2	キシユク
給仕2	キフジ
京家2	キヤウケ
玉女2	ギヨクニヨ
御寝2	ギヨシン

魚類2	ギヨルイ
琴瑟2	キンシツ
凶害2	クウガイ
空中2	クウチウ
外門2	グワイモン
火事2	クワジ
外閣2	グヱカク
軍勢2	グンゼイ
経業2	ケイゲフ
孝子2	ケウシ
孝養2	ケウヤウ
下官2	ゲクワン
後朝2	コウテウ
后妃2	コウヒ
國宣2	コクセン
古代2	コダイ
御殿2	ゴテン
御物2	ゴモツ
誠言2	セイゴン

愛弟1 アイテイ
悪言1 アクゴン
悪所1 アクシヨ
以上1 イジヤウ
醫道1 イダウ
婬穢1 インヱ
有才1 ウザイ
榮爵1 エイジヤク
榮禄1 エイロク
要句1 エウク
幼女1 エウヂヨ
衣物1 エブツ
演説1 エンゼツ
應身1 オウジン
蔭子1 オンシ
香氣1 カウキ
庚申1 カウシン
迎接1 カウゼフ
高族1 カウゾク

好女1 カウニヨ
香瓶1 カウビヤウ
講法1 カウホフ
學道1 ガクダウ
家室1 カシツ
漢書1 カンジヨ
寒食1 カンシヨク
寒水1 カンスイ
勘發1 カンボツ
宮宅1 キウタク
器仗1 キヂヤウ
記傳1 キデン
騎馬1 キバ
給事1 キフジ
軽薄1 キヤウハク
軽物1 キヤウブツ
逆心1 ギヤクシン
客僧1 キヤクソウ
客殿1 キヤクデン

御感1 ギヨカン
玉斗1 ギヨクト
玉帛1 ギヨクハク
魚食1 ギヨジキ
宮室1 クウシツ
空城1 クウジヤウ
供花1 クグヱ
口誦1 クジユ
苦難1 クナン
弘法1 グホフ
外境1 グワイキヤウ
荒野1 クワウヤ
畫工1 グワク
禍厄1 クワヤク
官職1 クワンシヨク
元日1 グワンニチ
官兵1 クワンビヤウ
官符1 クワンブ
冠服1 クワンフク

官禄1 クワンロク
花葉1 クヱエフ
花蘂1 クヱズイ
恠鳥1 クヱテウ
懸居1 クヱンギヨ
勧賞1 クヱンジヤウ
玄番1 グヱンバ
薫辛1 クンシン
劇談1 ゲキダン
牙歯1 ゲシ
闕國1 クヱツコク
家礼1 ケライ
兼學1 ケンガク
絹帛1 ケンハク
口實1 コウジツ
控攝1 コウセツ
極寒1 ゴクカン
国史1 コクシ
國城1 コクジヤウ

酷暴1 コクボウ
五皷1 ゴコ
御所1 ゴシヨ
虚誕1 コタン
御定1 ゴヂヤウ
骨躰1 コツタイ
御服1 ゴフク
劫劫1 コフコフ
劫初1 コフシヨ
金紙1 コンシ
牒書1 デフシヨ
陰陽師57 オンヤウジ
給事中1 キフジチウ
一日一夜1 イチニチイチヤ
魏魏蕩蕩1 ギギタウタウ

「佛大グループ」

行法19 ギヤウボフ

群賊16 グンゾク
佛神14 ブツジン
懈怠12 ケダイ
験力9 ゲンリキ
火界5 クワカイ
饗膳4 キヤウゼン
餚饍4 ケウゼン
脇士4 ケフジ
現罰4 ゲンバツ
香楼3 カウロウ
垢穢3 クヱ
下生3 ゲシヤウ
交座2 ケウザ
験徳2 ゲントク
因契1 インゲイ
縁生1 エンシヤウ
戒臈1 カイラフ
歸敬1 キキヤウ
記文1 キモン

垢衣1　クエ
苦果1　ククワ
火湯1　クワタウ
還滅1　グヱンメツ
薫入1　クンジフ
樂着1　ゲウヂヤク
解空1　ゲクウ
結使1　ケツシ
楗椎1　ケンツイ
極熱1　ゴクネツ
乞匃人5　コツガイニン
外護者3　グヱゴシヤ
高堅樹2　カウケンジユ
苦行林2　クギヤウリン
頞離那1　アリナ
優曇花1　ウドングヱ
優婆夷1　ウバイ
経律論1　キヤウリツロン
供養法1　クヤウホフ

灌頂壇1　クワンヂヤウダン
牙舎利1　ゲシヤリ
五逆罪1　ゴギヤクザイ
恭敬供養23　クギヤウクヤウ
開眼供養9　カイゲンクヤウ
阿竭陁藥8　アカダヤク
恭敬礼拝7　クギヤウライハイ
无上菩提6　ムジヤウボダイ
後世菩提5　ゴセボダイ
結跏趺坐(座)4　ケツカフザ
吉祥懺悔2　キチジヤウサングヱ
一夏九旬1　イチゲクジユン
一切法界1　イツサイホフカイ
五濁悪世1　ゴヂヨクアクセ
五微塵氣1　ゴミヂンキ
金剛合掌1　コンガウガツシヤウ

「色葉グループ」

検田2　ケンデン
勘責1　カンシヤク

「特別グループ」

庫倉(蔵)7　コサウ(ザウ)
國解6　コクゲ
今明6　コンミヤウ
下僧5　ゲソウ
廣量5　クワウリヤウ
悪王4　アクオウ
悪風4　アクフウ
獄人3　ゴクニン
減氣3　ゲンキ
憶氣3　オクゲ
御類2　ゴルイ
威験2　ヰゲン

弓藝2 キウゲイ
根性2 コンジヤウ
要文2 エウモン
虛微1 キヨビ
鬐髮1 ケイハツ
還御1 クワンギヨ
牙象1 ゲザウ
軍兵1 グンビヤウ
枯僂1 コル
獄禁1 ゴクキン
衣財1 エザイ
夾紵1 カフチヨ
海會1 カイエ
郡里1 グンリ
國郷1 コクガウ
郡郷1 グンガウ
級索1 キフサク
外邑1 グワイイフ
郡吏1 グンリ

權判1 ゴンハン
官史1 クワンシ
官城1 クワンジヤウ
過難1 クワナン
経記1 キヤウキ
狂監1 キヤウカン
講會1 カウヱ
骨骸1 コツガイ
玄底1 グヱンテイ
貴房1 キバウ
樂天1 ガクテン
鷄婁1 ケイロウ
魚物1 ギヨブツ
奸犯1 カンハン
娛用1 ゴヨウ
移郷1 イキヤウ
貴殿1 キデン
外印1 グヱイン
国印1 コクイン

霊験所6 レイゲンジヨ
供養物3 クヤウモツ
鸚鵡鳥3 アウムテウ
求聞持2 グモンヂ
孔雀鳥2 クジヤクテウ
今明年1 コンミヤウネン
一切衆1 イツサイシユ
紺瑠璃1 コンルリ
羌胡冠1 キヤウコクワン
印佛性1 インブツシヤウ
皆金色1 カイコンジキ
金蓮華(花)1 コンレングヱ
強力氣1 ガウリキゲ
徃生極樂8 ワウジヤウゴクラク
一切如来2 イツサイニヨライ
灌頂壇場1 クワンヂヤウダンヂヤウ
吉祥御願1 キチジヤウゴグワン
一文一句1 イチモンイチク
忌夜行日1 キヤギヤウビ

極樂往生1　ゴクラクワウジヤウ―下衆法師1　ゲスホフシ　―宮殿楼閣1　クウデンロウカク

漢語の後ろに付いている数字を眺めてみると、「僧」「様」の二語を除いて、異なり語数は、三辞書とも見られるもの（「共通グループ」）から、両辞書に見られるもの（「漢佛グループ」「漢色グループ」など）、そして、一辞書のみにみられるもの（「大漢グループ」など）の順に、数字が小さくなっていく。すなわち、漢籍系漢語・仏典系漢語・日常実用語という三系列の内、二系列または三系列に通じる漢語が、『今昔』には頻繁に用いられる。そうでないものは使用範囲が狭く、重複して使われていないと言えよう。

三　『大漢和辞典』に見られる漢語

二に述べたように、『大漢和』に見られる漢語は、本章の考察対象の八五％を占めている。『大漢和』に見られる漢語は、「共通グループ」「漢佛グループ」「漢色グループ」「大漢グループ」の四つのグループに入る。「共通グループ」については、後ほど触れるので、「共通グループ」以外のものを分析してみよう。

まず、異なり語数を比較してみる。「漢佛グループ」（『大漢和』と『佛大』に見られるもの）は二九八語がある。四グループ併せて七八八語あるが、「漢佛グループ」は三八％を占めている。その次は、「大漢グループ」が二二七語で、二九％を占めている。最後は、「漢色グループ」（『大漢和』と『色葉』に見られるもの）が一〇九語で、一四％を占めている。

二の表二にも示したように、他のグループに比べ、「漢佛グループ」の漢語は最も多いのである。

次に、使用頻度の高いものを並べて見よう。延べ語数百以上の漢語は、次の通りである。

「僧」一四七〇回、「様」一〇九八回で、最も多く用いられた。その他、「供養」四五一回、「功徳」二二七回、「像」二一〇回、「奇異」一八〇回、「仏法」一七四回、「具」一六九回、「苦」一四五回、「現」一三六回、「善根」一一三回、「城」一一二回、「衆生」一〇四回、「講」一〇九回、「感」一〇六回、「座」一〇一回である。

以上の十六語の中で、「様」以外の漢語は、「漢佛グループ」のものである。

延べ語数が五〇回から百回までのものを見てみる。「官・象・願・力・死人・宣旨・音楽・眷属・小僧・下衆・懐妊・歓喜・帰依・財宝・装束・弓箭・学生・虚空・外道・飲食・金色・御覧・陰陽師」とある中、約半分は「漢佛グループ」のものである。「共通グループ」の漢語以外の六七七語を通して見ても、半分弱の漢語は「漢佛グループ」のものであり、その部分の漢語は他の漢語より延べ語数が多い。

すなわち、『今昔』では、『大漢和』と『佛大』に共通の漢語は、他の語より頻繁に使用されている。

一で述べたように、『大漢和』は仏教語について「その普通のものだけを採録した」としている。漢籍語と仏典語と日常実用語とは、必ずしもはっきりと分けられていないが、『大漢和』では、仏教語とされている漢語には、語釈の中に佛と記されている。その佛の印が付いている漢語を、「仏典語」と見てよいと思われる。その他の佛と記されていないものは、「漢籍語」であると言い切れるかどうか、さらに検討すべきであろうが、それに関しては、今後の課題としたい。

本章では、原則として、『大漢和』に見られ、語釈に佛が付されてない漢語を漢籍語と見なす。

本章の調査から、考察対象のうち、『大漢和』に見られる、語釈に佛と記されている漢語は、必ず「漢佛グループ」に入っていることがわかる。そう言った佛が付されている漢語は、「漢佛グループ」の漢語の五割弱を占めている。すなわち、「漢佛グループ」の漢語は仏典語（「現報・現世」など）と漢籍語（「罪人・衣服」など）各半分である。そうは言っても、「漢佛グループ」の漢語は、漢籍にも、仏典にも通じる語であると考えるほうが妥当と思われる。

一方、ごく一部の語については、さらに個別に検討する必要があるかもしれないが、『大漢和』にのみ見られる「大漢グループ」の漢語は、漢籍語であると言って差し支えないと思われる。

なぜ、漢籍にも、仏典にも通じる漢語が、『今昔』に高頻度に用いられているのであろう。仏教の文化は中国に伝えられて、漢訳した仏典などによって、日本に伝わってきた。その仏教文化は日本に伝わる前に、すでに中国の文化の中に溶け込んでいた。そのため、本来仏典にしか使用されない用語が、一般の文章（漢籍）に使用されるようになったり、仏典をわかりやすく解説するため、一般の語も使用されたり、仏典語と漢籍語との境界線は必ずしも明らかではない。

一にも述べたように、漢籍系漢語は中国固有の文化の中で発達したものである。その固有の文化は儒教文化であるので、漢籍系漢語は儒教の思想を伴うものが多い。

『今昔』は仏教説話であって、漢籍を解くものではないので、儒教思想をつよく窺わせる漢籍語を使用するより、そうでない漢語（仏典語と漢籍語との境界線のあたりにある）を用いていたと考えられる。

「漢佛グループ」の漢語は、異なり語数も延べ語数も三グループのトップであるので、右に述べたことを念頭に置いて、「漢色グループ」（『大漢和』にも『色葉』にも見られる漢語）と「大漢グループ」を比較してみる。

「大漢グループ」の漢語は、「漢色グループ」より異なり語数が多いが、一回二回しか用いられないものが多い。字数別に注目してみると、「漢色グループ」の漢語は、二字の漢語（「学生・合戦」など）は、「大漢グループ」（死人・宣旨）より数が少なく、延べ語数もより少ないが、一字の漢語（「様・官・興」など）は、「大漢グループ」より数が多いだけではなく、延べ語数も多い。特に「様」は千回以上も用いられている。

「漢色グループ」は、実質上平安時代の漢籍系の日常実用語である。『色葉』の収録語数に限られているにも関わらず、『大漢和』にのみ見られる漢語よりも、使用回数が多い漢語が存在することは、重大な意味を持っている。それは、日常実用語が、漢籍にしか見られない漢語（漢籍語）より頻繁に使用されることの証拠である。

総じて、『大漢和』に見られる漢語は、「漢佛グループ」「漢色グループ」「大漢グループ」という順で、使用頻度が減少していき、『今昔』では、仏典に見られない、または日常実用化されていなかった漢籍語は、頻繁に使用されないと言える。

四 『広説佛教語大辞典』に見られる漢語

『佛大』に見られる漢語は、「共通グループ」「漢佛グループ」「佛色グループ」「佛大グループ」の四グループに分けられている。「共通グループ」については、後で触れることにする。

まず、異なり語数を比較してみる。「漢佛グループ」二九八語で、『佛大』に見られる漢語（五一八語）の五八％を占めている。「佛色グループ」は十一語で、二％を占めている。「佛大グループ」は五五語で、一一％を占めている。すなわち、『佛大』に見られる漢語は、「共通グループ」以外、その大部分は「漢佛グループ」のものである。二・三で述べたように、仏典系漢語と漢籍系漢語とは密接な関係にある。『佛大』に採録された語彙は、必ずしも純粋な仏典系漢語とは言えないが、本章では仏教関係の語彙という観点から、『佛大』に収録された語彙を認める。

次に延べ語数を確認すると、「漢佛グループ」は、「僧」が千回以上で、「像・具」は一五〇回を上回っている、「佛色グループ」は、「朗等」も一五〇回を上回っている、「佛大グループ」は二十五回以下の漢語ばかりであり、漢語の使用頻度が、「漢佛グループ」「佛色グループ」「佛大グループ」という順に減っていくことがわかる。

『今昔』の全体的な構造が極めて組織的で、仏教譚と世俗譚が対立して、各部において殆ど同じ比例で著作され、終始一貫したと言われている。坂井衡平（一九六五）[*一〇]は『今昔』の天竺部・震旦部・本朝部の、各部における仏教譚と世俗譚との比率は四：一であると指摘している。この構造は直接『今昔』の語彙に影響しているゆえ、「漢佛グループ」の漢語が異なり語数も、延べ語数も多いと言える。仏典系漢語が頻繁に用いられることは、当然なことであると断言してもよいと思われる。

しかしながら、仏典にしか見られない広く通行しない漢語が、頻繁に使用されることを意味するわけではない。「漢佛グループ」「佛色グループ」「佛大グループ」の三つのグループの中で、「佛大グループ」の延べ語数が少ないのである。つまり、仏典にしか見られない仏教語は、頻繁に使用されていないと言える。

「漢佛グループ」の漢語（「僧・苦・果・歓喜・供養」など）は、仏典にも漢籍にも見られる漢語である。これらの漢語は、「佛大グループ」の漢語（「行法・解怠・五逆罪」など）より頻繁に用いられているだけではなく、**三**に述べた「大漢グループ」（漢籍にしか見られない漢語である漢籍語）よりも、使用頻度が高いのである。その「大漢グループ」と「佛大グループ」を比較してみる。

「佛大グループ」の漢語は、「大漢グループ」のものと比較すると、異なり語数が少ないだけではなく、延べ語数も一段と少ないことがわかる。すなわち、『今昔』では、漢籍にも仏典にも見られる漢語（仏典語）は、頻繁に用いられているが、仏典にしか見られない仏典語は、それほど頻繁に用いられていないのである。

五　『色葉字類抄』に見られる漢語

『色葉』に見られる漢語は、「共通グループ」のほか、「漢色グループ」「佛色グループ」「色葉グループ」がある。

「漢色グループ」（『大漢和』にも『色葉』にも見られる漢語）は、一〇九語で、『色葉』に見られる漢語（二七六語）の、三九％を占めている。「佛色グループ」（『佛大』にも『色葉』にも見られる漢語）は十一語で、四％を占めている。「色葉グループ」はわずか二語である。

『色葉』に見られる漢語の半分以上を占めているのは、「共通グループ」であるが、其の部分の漢語については後に触れる。それ以外の大部分は「漢色グループ」のものである。

右の三グループの延べ語数を比較してみると、「漢色グループ」（「様」は千回以上、「官」は七三回、「興」は四六回）、「佛色グループ」（「朗等」一七一回、「乞者」四二回）「色葉グループ」（「検田」二回）と順に少なくなる。一字漢語は「漢色グループ」に集中しており、「佛色グループ」「色葉グループ」にはない。

一で述べたように、『色葉』については、「以授家童」と編者が述べている。その掲出語は、院政期の子供が、習得し使用できる日常実用語であると見なされる。ある意味では、『色葉』に見られる漢籍系漢語や仏典系漢語は、程度の差こそあれ日本化したものであると言えよう。

四で述べたように、『今昔』は仏教説話であるので、仏教語を頻繁に用いるのは当然のことである。仏教文化は、中国文化に溶け込んで日本に伝来したので、漢籍とは切り離せない関係にある。しただって、「漢佛グループ」の漢語は異なり語数も延べ語数も多いのは、ごく自然なことである。

では、その他のグループを比較してみる（「色葉グループ」は二語しかないので、除外する）。**三**で述べたように、「漢色グループ」の漢語は、「大漢グループ」の漢語より、延べ語数が多い。**四**で述べたように、「佛色グループ」の漢語は、「佛大グループ」の漢語より、延べ語数が多い。したがって、『今昔』では、『大漢和』『佛大』にそれぞれ見られる漢語のうち、『色葉』と共通する漢語のほうが、使用頻度が高いと言える。

すなわち、仏典語のほかに、『今昔』では、当時の日常実用語が頻繁に用いられている。

ちなみに、『今昔』は日常実用語を頻繁に用いるだけではなく、使用する漢字も当時の常用漢字であることも指摘されている。『色葉』収録語の表記として掲げられた漢字群の中の上位掲出漢字は当時の常用漢字であると言われている。峰岸明（一九七二）[*二]は『今昔物語集』の副詞の漢字表記を精査し、副詞の表記に用いられる漢字がかなりの程度『色葉』と一致していること、またその漢字は『色葉』所収各語の掲出上位漢字に一致することを指摘している。佐藤武義（一九八四）[*三]も、『今昔』に用いられた形容詞の漢字表記について調査し、ほぼ同様な結果が得られている。ということで、『今昔』は用語・用字の上では、日常的なものを用いる傾向があると考えられる。

さて、「色葉グループ」の漢語を見てみる。『色葉』では次のように記されている。

検田　ケンテン　勘責　カムセキ（前田本）　カンセキ（黒川本）

『日本国語大辞典』を引いて見ると、（＊の後ろは用例である）

けんでん【検田・撿田】〔名〕
　奈良時代以降、田の面積や品等を検査すること。検注。
＊正倉院文書―天平九年（737）豊後国正税帳（寧楽遺文）「壱度**検田**熟不」
＊今昔（1120頃か）一七・五「孝義、彼の国の守にて有ける時、件の男を以て**検田**の使として先に下し遣る」
＊色葉（右同）
＊続古事談（1219）四「麓の四方に田有り。其の数を知らず。国司**検田**をいれず」

かんせき【勘責】
　犯した罪を問いただすために責めること。

＊九暦—九条殿記・五月節・天慶七年（944）五月三日「仰主殿、令供炬火。而寮称炬火事了誡主殿无先例之由所執不供、再三加**勘責**」
＊小右記—長和二年（1013）七月一〇「蔵人敦親有誹謗之聞、被勘其由、令処**勘責**給云々」
＊明衡往来（11Ｃ中か）中本「遅緩之由莫処**勘責**。謹言」
＊色葉（右同）

のように記されている。それに対して、『時代別国語大辞典』には「検田」しか見いだせない。

けんでん［検田］田の広さや等級を調べ、収穫高などを測定すること。「旱水両損、**検田**、不熟之損亡之勘注」（文明十四年鈔庭訓往来十二月返状）

右の用例は『日本国語大辞典』のものとは違う。『日葡辞書』（一六〇三〜一六〇四、一九六〇年岩波書店複製、一九八〇年の『邦訳日葡辞書』も参照）をも引いてみたが、二つの漢語のいずれも載っていない。

このように、「勘責」「検田」二語は、正倉院文書などの古文書、九暦・小右記などの古記録や、明衡往来・庭訓往来に見られる書状に使用されている。これらのいずれも実用文である。つまり、「勘責」「検田」の二語は明らかに実用文を書くための用語である。しかしながら、社会構造は時代とともに変わっていき、「勘責」「検田」は、日常生活から次第に懸け離れ、その実用性を失い、使用されなくなったと思われる。『日葡辞書』に見られないことは、一つの証であると言えよう。

六　三辞書とも見られる漢語

『大漢和』『佛大』『色葉』のいずれにも見られるもの――「共通グループ」の漢語について、見てみる。「共通クループ」は一五四語の漢語がある。その数は『大漢和』に見られる漢語（七八八語）の中で、二〇％を占めている。また、『佛大』に見られる漢語（五一八語）の三〇％、『色葉』に見られる漢語（二七六語）の五六％を占めている。

調査対象のうち、『色葉』に見られる漢語の半分以上は、『佛大』と共通する漢語である。『色葉』では仏典系漢語を多く収録しているのであろうか。ここでは『色葉』の性質についてもう少し検討してみる。

『色葉』の跋文に、「抑誂貢士有成入道詞字少々加朱点為要文不迷也」という言葉がある。辞書が編纂された時点で、『色葉』三巻本に声点が加えられたと言うことがわかる。川瀬一馬（一九八六）[*一三]は三巻本の原形本にも声点が加えられたことを明らかにした。高松政雄（一九八二）[*一四]は『色葉』の漢語の声点から着手し、その声点が韻書と一致するかどうかによって、記された訓は漢音であるか呉音であるかを見分ける調査を行い、その結果、『色葉』には、漢音（韻書通りの声点を有しているもの）は大多数（八〇％以上）であることが明らかになったという。周知のように、仏典系漢語は殆ど呉音である。したがって、『色葉』に収録された仏典系漢語は多くはないはずである。

また、日常漢語あるいは日常実用語といってもその源流は、三つある。すなわち、漢籍系漢語、仏典系漢語と和製漢語である。なぜなら、漢籍・仏教文化が生活に浸透するにつれて、人々は日常会話または日常実用文を書くとき、漢籍系漢語・仏典系漢語を当然のように用いることになってくる。その日常生活の中に溶け込んだ漢籍系漢語・仏典系漢語は、和製漢語と同様に、生活の中で欠かせない言葉になったのである。

すなわち、『色葉』は仏典系漢語を多く収録したというわけではなく、「共通グループ」に見られる漢語は、日常生活に溶け込んだ漢籍系漢語や仏典系漢語である。

したがって、「共通グループ」の漢語は平安時代の日常実用語と見なすべきと思われる。

「共通グループ」と他のグループと比較して見る。

まず、延べ語数が一千を超えた「僧」と「様」は特殊なものであるので、それを別にして、延べ語数百以上の漢語を語数別でまとめると、次のようになる。

三〇〇回以上↓

「共通グループ」聖人　弟子　経　法　法師（五語）

「漢佛グループ」供養（一語）

二〇〇回以上から三〇〇回未満↓「共通グループ」気色　師（二語）

「漢佛グループ」功徳　像　講（三語）

一〇〇回以上から二〇〇回未満↓「共通グループ」報　希有　恩　門（四語）

「漢佛グループ」奇異　仏法　具　苦　現　善根　城　衆生　座　感（一〇語）

「佛色グループ」朗等（一語）

右のように三〇〇回以上使用されている漢語は、ほとんどが「共通グループ」の漢語で、これらの漢語は頻繁に使用されているのは明らかである。

次に、延べ語数五〇から九十九までの漢語を、グループごとに延べ語数の高い順で並べると、次のようになる。（数字は延べ語数である）

「共通グループ」
文95　阿闍利92　和尚91　講師88　縁83　後世81　行79　安置78　愛69　法文67　孝養63　恭敬58　相57　道56
祈請54　戒53　術53
「漢佛グループ」
音楽86　眷属83　歓喜67　帰依64　象61　虚空54　外道53　飲食52　願51　力51
「大漢グループ」
死人96　宣旨95　下衆70　懐妊67　財宝61　装束59　陰陽師57　弓箭57　金色51　御覧50
「漢色グループ」
官73　学生54
「佛色グループ」
乞者51

「共通グループ」の漢語は十七語であり、「漢佛グループ」のものは十語、「大漢グループ」の漢語は十語、「漢色グループ」のものは二語、「佛色グループ」の漢語は一語である。その他はゼロである。したがって、「共通グループ」の漢語は延べ語数五〇以上九十九までの漢語数も、最も多いのである。

すなわち、漢籍系漢語であれ、仏典系漢語であれ、『色葉』にも見られる、当代日常生活に溶け込んだ、日常実用語が最も頻繁に用いられていることが明らかである。

「共通グループ」の漢語は、『今昔』の中にどのように分布しているのであろう。各巻の（「共通グループ」の漢語の）

延べ語数を数えて、表三にまとめた。第一章では、『今昔』全巻の漢語の分布について、天竺部・震旦部・本朝仏法部のような漢文訓読的色彩の濃い説話は、本朝世俗部のような和文的色彩の濃い説話より漢語を多く用いることを述べた。

そのような傾向を念頭において、表三を見てみる。表三の一ページあたり延べ語数を見ると、巻二十二以後は二未満で、巻二十以前の巻々に比べ、数字が小さい。第一章で全巻を概観した場合の傾向と一致する。各巻の延べ語数をみると、本朝仏法部に漢語の使用は一番多い、その中で、特に目立つのは巻十二・巻十三・巻十五で、天竺部・震旦部・本朝仏法部で、漢語の使用が少ないのは、巻五・巻九・巻十・巻十六であることがわかる。

「共通グループ」の漢語の分布状態と、第一章で調査した全巻の漢語の分布状態を具象的に比較するため、両方の一ページあたりの延べ語数をグラフⅠで表す。両方が判然と見分けられるように、「共通グループ」の一ページ延べ語数を十倍にした。グラフⅠに示した通り、基本的には、両方の起伏傾向は一致している。

表三 「共通グループ」の漢語

巻別	延べ語数	一ページあたり延べ語数
巻一	296	3.15
巻二	299	2.93
巻三	275	3.35
巻四	319	3.51
巻五	158	1.82
巻六	342	3.93
巻七	239	3.03
巻九	153	1.51
巻十	113	1.15
巻十一	310	3.33
巻十二	406	4.32
巻十三	372	4.59
巻十四	335	3.72
巻十五	374	4.20
巻十六	130	1.27
巻十七	204	2.19
巻十九	333	2.90
巻二十	308	3.28
巻二十二	13	0.57
巻二十三	45	1.29
巻二十四	94	0.94
巻二十五	27	0.52
巻二十六	105	1.21
巻二十七	83	0.94
巻二十八	180	1.78
巻二十九	130	1.31
巻三十	28	0.67
巻三十一	88	1.13

グラフ１　漢語の分布状態

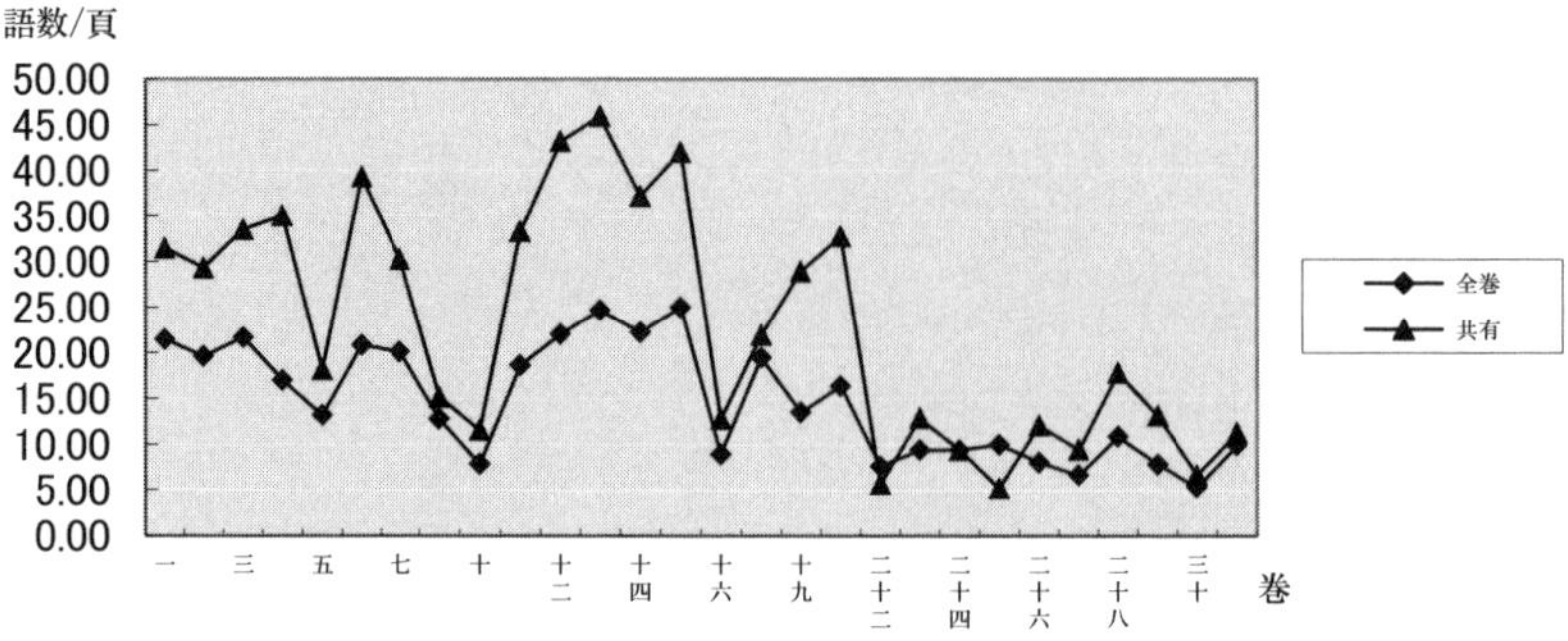

すなわち、『今昔』の文体という視点から見ると、「共通グループ」の漢語も、漢文訓読的色彩の濃い説話に多く使用され、和文的色彩の濃い説話に少ないことがわかる。

「共通グループ」の漢語は、『今昔』に比較的頻繁に用いられている日常実用語である。平安仮名文学作品には、どれほど用いられているか。『古典対照語い表』[*一五]で対照し、その結果を表四にまとめる（『万葉集』や和歌集の用例数をも併せて示す。便宜上漢語の表記は現代の通行字体による）。

表四に示した通り、「共通グループ」の漢語は、仮名文学作品にも見られるものが多い。『古典対照語い表』に取り上げられている作品を、大鏡・更級日記・紫式部日記・源氏物語・枕草子・蜻蛉日記・後撰和歌集・土佐日記・古今和歌集・伊勢物語・竹取物語・万葉集の順で表四に示した。全体的に見れば、『今昔』での延べ語数の多い漢語は、仮名文学作品に見られる延べ語数の数字が大きい、それに、用いられる作品の数も多いようである。「共通グループ」の漢語が多く見られる仮名文学作品は、大鏡（三九語）、源氏物語（三六語）、枕草子（二五語）である。「共通グループ」の漢語の中で、五作品以上に用いられている漢語は、「経・法・師・縁・香・期・気・法師・気色・菩提・袈裟・次第・儀式・下臈・大臣・阿闍利」などである。そのうちの、「気色」は十一作品にも見られ、最も広く用いられているのである。それらの漢語は、ほとんど、『今昔』に数十または数百回も用いられていることも、表四の右側に示した延べ語数から読み取れる。

表四　仮名文学作品にも見られる漢語

大	更	紫	源	枕	蜻	後	土	古	伊	竹	万	漢語	延べ語数
3	2	3	23	12	5							経	386
1			1	1								法	329
3			32	3	2							師	206
			1									恩	122
1					1							文	95
	1		2	2								縁	83
1												愛	69
9			4									相	57
1			1									戒	53
7				3								術	53
1			2	4								衆	47
2	1		14	2	3						1	香	41
2				5	6	4		1	1			期	41
2		1	27	1	3						2	気	39
1									1			要	36
			1									偈	23
			1									義	22
	1		3									印	16
			4	2								孝	11
1			5									方	5
5			22		2				2			賀	2
		1		15								職	1
			5									檀	1
1			21	1								弟子	446
12			39	27	16						2	法師	329
45	12	22	718	53	34		3		6	5		気色	259
5			1									希有	135
8			5	8			2					講師	88
2												後世	81
1			4									法文	67
			1									孝養	63
1												果報	43
2			1	1	2							菩提	39
1	1		5	4	3							袈裟	38
1												沙汰	35
3				4	3							雑色	33
8	1	1	2	1								次第	29
2												供奉	27
1												伽藍	26
				2								高座	19
		4	39	1	2							儀式	19
4				4								行事	18
1												金堂	18
10			11	3					1			下臈	14
9			23		2							作法	13
										1		五穀	9
1												潔斎	8
59			24	2						5		大臣	6
			1									行道	5
			2									芥子	4
										1		長者	3
1												灌頂	2
1			3		3							経営	2
			1									講説	1
	1											仏師	1
4		1	50	1								阿闍利	92

すなわち、『今昔』では、平安時代に広く使用されていた日常実用語が、頻繁に繰り返して使用されていると言える。

七　三辞書とも見られない漢語

「特別グループ」の漢語、つまり、『大漢和』『佛大』『色葉』のいずれにも見られない漢語について検討してみる。全部で七三語あり、本章の考察対象の八％である。全体的に延べ語数の数が少ない。一つの語が繰り返し用いられるのは、同じ説話、または同じ巻の中で行われる場合が多い。延べ語数の上位のもの「庫倉・今明・広量」などは本朝世俗部に用いられ、「下僧・霊験所・往生極楽」などは本朝仏法部に用いられている。

二に示した漢語一覧の「特別グループ」を参照すると漢語の下に示した数字が一（一例のみ）の語が圧倒的に多いことがわかる。『今昔』ではそれらの漢語はどのように分布しているのか。各巻に見られる延べ語数を表五にまとめる。

『今昔』全巻の漢語の分布について、第一章では、天竺部・震旦部・本朝仏法部のような漢文訓読的色彩の濃い説話は、本朝世俗部のような和文的色彩の濃い説話より漢語を多く用いる傾向があると述べた。

表五　特別グループ

巻別	延べ語数
巻一	3
巻二	4
巻三	14
巻四	8
巻五	1
巻六	9
巻七	5
巻九	10
巻十	2
巻十一	5
巻十二	10
巻十三	9
巻十四	1
巻十五	15
巻十六	1
巻十七	3
巻十九	2
巻二十	4
巻二十三	1
巻二十四	5
巻二十五	8
巻二十六	2
巻二十七	4
巻三十一	5

このような『今昔』の漢語の分布状態を念頭において、表五を見てみる。八語以上見られる巻は、巻十五・巻三・巻九・巻十二・巻六・巻十三・巻四・巻二十五であり、巻二十五以外は天竺部・震旦部・本朝仏法部のものであり、巻十五の数字が最も大きい。第一章で指摘したように、巻五・巻九・巻十・巻十六・巻十九は、和文的色彩の濃い文体を持つ説話が含まれている巻である。その中の巻九以外、巻五・巻十・巻十六・巻十九には、「特別グループ」の漢語は一語や二語程度しか見られない。また、一語も見られない巻は、巻二十二・巻二十八・巻二十九・巻三十の四巻で、いずれも本朝世俗部のものである。

すなわち、「特別グループ」の漢語は、漢文訓読的色彩の濃い文体を有する説話に多く用いられ、『今昔』における漢語の全体的分布状態と一致している。

「特別グループ」の漢語は、『今昔』においては、どのように用いられているのか。一部の用例を示しておく。（用例の表記・ルビ等は日本古典文学大系『今昔物語集』による。太字は筆者によるもので、カッコ内適宜当該の漢語に関する説明を[*一六]加える。）

其ノ時ニ、自本《モトヨリ》有ル三百七十ノ**庫蔵**ニ本《モト》ノ如クニ七寶満《ミチ》ヌ。其ヨリ又富貴《フツキ》无並《ナラビナ》カリケリ。

〔今昔巻第一　須達長者、造祇薗精舎語第卅一〕

常ニハ此ノ様《ヤウ》ノミシテ過《スグシ》ケル程ニ、此《カ》ク、玄昉ヲ、后、寵愛シ給フ事ヲ、廣継聞《キキ》テ、太宰府《ダサイフ》ヨリ**國解**《コクゲ》ヲ奉《タテマツリ》テ申シテ云《マウサ》ク、「天皇ノ后、僧玄昉ヲ寵愛シ給フ事、専《モハラ》ニ世ノ謗《ソシリ》ト有リ。速ニ此レヲ可被止《トドメラルベ》シ」ト。（諸国から太政官または所轄官庁に差し出す公文書。）

〔今昔巻第十一　玄昉僧正、亘唐傳法相語第六〕

亦、弟子《デシ》ヲ呼《ヨビ》テ語《カタリ》テ云《イハク》、「汝等、**今明**《コンミヤウ》、我レニ飲食《オンジキ》ヲ勧メ、諸《モロモロ》ノ事ヲ問ヒ聞カスル事无カレ。我レ、一心ニ極樂《ゴクラク》ヲ観念スルニ、他《ホカ》ノ思ヒ出来《イデク》レバ、其ノ妨《サマタゲ》ト成ル故也」ト云《イヒ》テ、即チ、西ニ向《ムカヒ》テ掌《タナゴコロ》ヲ合セテ失《ウセ》ニケリ。（今日明日。もとより「今明日」の略である。）

〔今昔巻第十五比叡山横川尋静、徃生語第八〕

「……而《シカル》ニ、我レ、**今明**《コンミヤウ》、命終ナレト。幸ニ、君此《ココ》ニ来リ給《タマヘ》リ。此《ココ》ニ暫ク坐《マシマ》シテ我ガ入滅《ニフメツ》ニ値《アヒ》給へ」ト。

〔今昔巻第十五加賀國僧尋寂、徃生語第廾九〕

此レヲ思フニ、不知《シラ》ザラム所ニハ**廣量**《クワウリヤウ》シテ、不可行宿《ユキヤドリスベカラ》ズ。世ニハ此《カカ》ル所モ有ル也トナム語リ傳ヘタルトヤ。

〔今昔巻第二十七幼児為護枕上蒔米付血語第三十〕

狐ハ變化有者《ヘングエアリ》ナレバ、必ズ今日ノ内ニ行着《ユキツキ》テイへ」トテ放テバ、五位、「**廣量**《クワウリヤウ》ノ御使哉《カナ》」トイへバ、利仁、「今御覧ゼヨ。不罷《マカラ》デハ否有《エアラ》ジ」ト云《イフ》ニ合《アハセテ》、……（大雑把で細心の注意を欠くこと。ここでは狐のようなものではあてにならないと言っている。宇治拾遺「荒涼」。ただし「荒涼クワウリヤウ」（字類抄）とは別語か。）

〔今昔巻第二十六利仁将軍若時従京敦賀将行五位語第十七〕

其後《ソノノチ》、七八日ヲ経《ヘ》テ、其防《ソノバウ》ノ**下僧**《ゲソウ》等、念仏ノ僧共《ドモ》ニ令沐浴《モクヨクセシメ》ムガ為ニ、薪《タキギ》ヲ伐《キリ》テ、奥ノ山ニ入《イリ》タルニ、……（下使いの僧。）

〔今昔巻第二十伊吹山三修禪師、得天宮迎語第十二〕

阿闍世王、此ヲ聞《キキ》テ弥《イヨイ》ヨ瞋《イカリ》ヲ増シテ云《イハ》ク、「……悪比丘ノ冨楼那・目連ヲ語《カタラヒ》テ我ガ父ノ**悪王**ノ賊人《ゾクニン》ヲ今日マデ生《イケ》

ケル」ト云《イヒ》テ、釼《ツルギ》ヲ抜《ヌキ》テ母ノ夫人《ブニン》ヲ捕《トラ》ヘテ其頸《ソノクビ》ヲ切ラムトス。〔今昔巻第三阿闍世王、煞父王語第卅七〕

而《シカ》ル間、春朝、東西ノ獄《ヒトヤ》ヲ見テ、心ニ悲ビ歎《ナゲキ》テ思ハク、「此ノ**獄人**《ゴクニン》等、犯《ヲカ》シヲ成シテ罪ヲ蒙《カウブ》ルト云ヘドモ、我レ、何《イカ》ニシテカ此等ガ為ニ佛ノ種《シュ》ヲ令殖《ウヱシメ》テ苦《ク》ヲ抜カム。……」（囚人たち）〔今昔巻第十三春朝持経者、顕経験語第十〕

晴明、此レヲ聞《キキ》テ、祭ノ都状《トジャウ》ニ其ノ僧ノ名ヲ注《シル》シテ丁寧《ネムゴロ》ニ此レヲ祭ル。……既ニ祭畢《ヲハリ》テ後《ノチ》、師ノ病頗ル**減氣**有《ゲンキアリ》テ、祭ノ験有《アル》ニ似タリ。（病気が軽くなる気配。）〔今昔巻第十九代師入太山府君祭都状僧語第廾四〕

「……此ノ事告《ツゲ》ムト思フニ、人皆、我ガ躰《スガタ》ヲ見テ、**憶氣**シテ死《シ》ヌレバ、于今不申《イマニマウサ》ズシテ歎キ思《オモヒ》ツルニ、幸ニ君ニ會《アヒ》奉テ申《マウシ》ツル、喜《ウレシ》キ事无限《カギリナ》シ」ト。（おじけづいて。怖がって。）〔今昔巻第十四女依法花力轉蛇身生天語第四〕

本ヨリ、項羽ハ、心武クシテ**弓藝**ノ方《カタ》高祖ニハ勝《スグレ》タルニ、軍《イクサ》ヲ調《トトノ》フルニ、四十万人有リ。高祖ノ方《カタ》ニハ軍《イクサ》十万人也。（弓矢を射る技量。）〔今昔巻第十高祖、罰項羽始漢代為帝王語第三〕

今昔、震旦《シンダン》ノ□□代ニ李廣ト云フ人有《アリ》ケリ、心猛クシテ**弓藝**ノ道ニ勝《スグ》レタリ。〔今昔巻第十李廣箭、射立似母巖語第十七〕

「……比丘《ビク》ト云フラム者ヲ不知《シラ》ズ。者ノ躰《テイ》ヲ見ルニ、極《キハメ》テ煩《ワヅラ》ハシキ者也。速可追却《スミヤカニツイキャクスベ》シト云ヘドモ、只可返《カヘスベ》キニ非《アラ》ズ、**獄禁**《ゴクキン》シテ、重ク可誡《イマシムベ》キ也。此ノ後如此《ノチカクノゴト》キ恠《アヤシ》キ事云ハム輩《トモガラ》ニ可令見懲《ミコロシムベ》キ故也」ト。（宇治拾遺「人屋にこめよ」。）

一例のみ。）

〔今昔巻第六震旦秦始皇時、天竺僧渡語第一〕

其ノ寺ニ法慶《ホフキヤウ》ト云フ僧住《スミ》ケリ。開皇三年ト云フニ、法慶、**夾紵**《カフチヨ》ノ釋迦ノ立像《リフザウ》ヲ造ル。高サ、一丈六尺也。（乾漆像。木心乾漆像と脱活乾漆像の二種あり。漆の液を塗り固める佛像の製作法。）

〔今昔巻第六震旦疑観寺法慶、依造釋迦像得活語第十二〕

震旦《シンダン》ニ韋《キ》ノ仲珪《チウケイ》ト云フ人有《アリ》ケリ。心正直《シヤウジキ》ニシテ、父母ニ孝《ケウ》スル心尤モ深シ、亦、兄弟《キヤウダイ》ヲ敬フ心有リ。然レバ、**郡里**ノ人皆、仲珪ヲ哀《アハレ》ブ事无限《カギリナ》シ。（冥報記「洲里」。）

〔今昔巻第七震旦韋仲珪、讀誦法花経現瑞相語第廾七〕

其ノ寺ニ道愻ト云フ僧住《ヂウシ》ケリ。若《ワカク》ヨリ智《サト》リ深ク心弘《ヒロ》クシテ、人ヲ憐《アハレ》ブ。然レバ、**國郷**《コクガウ》擧《コゾリ》テ道愻ヲ崇メ貴《アガ》ブ事无限《カギリナ》シ。此ノ人、生中《シヤウジウ》ニ涅槃経《ネハンギヤウ》ヲ講ジ奉ル事、八千餘返《ヘン》也。（地方の人々。冥報記「州里」。一例のみ。）

〔今昔巻第七震旦仁壽寺僧道愻、講涅槃経語第卌一〕

客有《マラヒトアリ》テ、先ヅ来《キタリ》テ廁《カハヤ》ニ行《ユキ》テ、其ノ碓《カラウス》ノ上ヲ見ルニ、一人ノ童女有リ、年十三四許《バカリ》ナルベシ。青キ裳・白キ衫ヲ着《キ》タリ、**級索**《キフサク》ヲ以テ頸ニ懸《カケ》タリ。形貌端正《ギヤウメウタンジヤウ》也、碓《カラウス》ノ柱ニ属《アタリ》テ泣ク事无限《カギリナ》シ。（「級」は菩提樹の一種、級木という説もあるが不明。「さく」は索で縄。）

〔今昔巻第九震旦長安人女子、死成羊告客語第十九〕

其ノ門ノ状《サマ》、甚ダ大キニシテ、重樓也、赤ク白シ。門ヲ開《ヒラ》ケル事、**官城**ノ門ノ如シ。門ヲ守ル者、甚ダ嚴《キビ》シ、亦、印《シルシ》ヲ験《シル》シテ免《ユル》シ出《イダ》ス。（長安王城をイメージさせる。）

〔今昔巻第九震旦刑部侍郎宗行質、行冥途語第卅四〕

「君、豈《ア》ニ、我レニ恐《オヂ》テ馴レ睦《ムツ》ブル事无《ナカ》ラム。……其ノ故ハ、若《モ》シ、君ガ為ニ可来《キタルベ》カラム**過難**ヲ令去《サラ》シメ、横《ヨコサマ》ノ害ヲ可令遁《ノガレシムベ》シ。但シ、宿業ノ命ト、大《オホキ》ナル過《トガ》ヲ致サム事ニ於《オキ》テハ力可不及《オヨバザルベ》シ」ト云フニ、……（将来身にふりかかるであろう災難。）

〔今昔巻第九震旦眭仁蒨、願知冥道事語第卅六〕

「此ノ事ヲ尋ヌルニ、君ガ郷《サト》ノ人、趙ノ其《ソレ》、大山ノ主簿ト有リ。主簿、一人闕《カケ》タルニ依《ヨリ》テ、君ヲ勧メテ其ノ官ト為《セム》ムトス。文案《モンアン》・**経記**ノ為ニ君ヲ召《メス》也。其ノ故ニ君煩《ワヅラ》ヘリ。文案《モンアン》ト成《ナリ》ナバ、君必ズ死《シニ》給ヒナムトス」ト。仁蒨ノ云《イハ》ク、「其レヲバ何《イカ》ニ計《ハカリ》ゴチテカ遁ルヽ事ヲバ可得《ウベ》キ」ト。（冥報記「為文案、経記」。文書を作り、手続きをふんで、の意。「文案」は文書。「経記」（「記」は誤写）は法則。誤訳か。）

〔今昔巻第九震旦眭仁蒨、願知冥道事語第卅六〕

「其《ソレ》ノ月日ヲ以テ某甲《ソレガシ》ガ訴《ウツタヘ》ヲ得《エ》タリ。宜《ヨロシ》ク為ニ理《コトワリ》ヲ盡《ツク》シテ**狂監**セシムル事无カレ」ト。閻羅王、敬《ツツシミ》テ此レヲ奉《ウケタマハリ》テ行ヒ給フ、人ノ詔ヲ奉《ウケタマ》ハルガ如シ。（むやみでみだりがわしいさま。冥報記「枉監」、高山寺本「枉濫」）

〔今昔巻第九震旦眭仁蒨、願知冥道事語第卅六〕

佛ハ漸ク寄リ来リ給フニ、観音ハ紫金《シコン》ノ臺ヲ捧ゲ、勢至《セイシ》ハ蓋《カイ》ヲ差《サシ》、樂天《ガクテン》ノ𦬇《ボサツ》ハ一**鶏婁**ヲ前トシテ微妙《ミメウ》ノ音樂ヲ唱ヘテ、佛ニ随《シタガヒ》テ来《キタ》ル。（小型の太鼓に似た形で、胴の側面につけた紐で首からつるし、ばちで打つ。鶏婁鼓。）

〔今昔巻第十五始丹後國迎講聖人、往生語第廿三〕

……或《アルイ》ハ人ノ物ヲ奪《バ》ヒ取リ、或《アルイ》ハ他《ホカ》ノ女ヲ**奸犯**シ、或ハ父母《ブモ》ニ不孝養《ケウヤウセ》ズ、師長《シチヤウ》ヲ不敬《ウヤマハズ》、……（女を犯すこと）

〔今昔巻第二十豊前國膳廣國、行冥途歸来語第十六〕

其ノ時ニ、世ニ一人ノ僧有リ、名ヲバ良賢ト云フ、□□ノ僧也。一陀羅尼《ダラニ》ヲ以テ宗《ムネ》トシテ、諸《モロモロ》ノ國〻ノ**霊験所**《レイゲンショ》ヲ廻《メグ》リ行ヒテ、住所《ム》ヲ定《サダメ》タル事无クシテ修行《シュギャウ》スル間ニ、不慮《フリョ》ノ外《ホカ》ニ道ニ迷《マドヒ》テ、此ノ洞《ホラ》ニ至《イタリ》ヌ。（霊験が著しいとされる寺社や霊所。）

〔今昔巻第十三下野國僧、住古仙洞語第四〕

然ルニ、児《チゴ》、佛ノ道《ダウ》ヲ好《コノミ》テ、漸ク世ヲ可厭《イトフベ》キ志ヲ企《クハタ》ツ。即チ、大安寺《ダイアンジ》ノ勤操《ゴンザウ》僧正ト云フ人ニ會《アヒ》テ、虚空蔵《コクウザウ》ノ**求聞持**《グモンヂ》ノ法ヲ受学《ウケマナビ》テ、心ヲ至シ持《タモチ》テ念《ネンジ》ケル。（虚空蔵菩薩を本尊として記憶力増進を求める密教修法。）

〔今昔巻第十一弘法大師、渡唐傳真言教歸来語第九〕

而《シカ》ル間、新蕟居《ヰ》タル障紙《シャウジ》ヲ曳開《ヒキアケ》テ見レバ、金色《コンジャ》ノ菩薩、**金蓮華**《コンレングヱ》ヲ捧《ササゲ》テ、漸ク寄リ御《オハシ》ヌ。新蕟此レヲ見付《ツケ》テ、音《コヱ》ヲ放《ハナチ》テ泣《ナキ》テ、板敷《イタジキ》ヨリ丸《マロ》ヒ堕《オチ》テ礼《ヲガ》ム。（金色の蓮華の台。往生すべき人を迎えとるための台をさす。）

〔今昔巻第十九攝津守源満仲、出家語第四〕

齡《ヨハヒ》漸ク傾《カタブキ》テ後《ノチ》ハ、深ク佛法ヲ信ジテ、現世《ゲンゼ》ノ名聞《ミャウモン》・利養ヲ弃《ス》テ、後世《ゴセ》ノ**往生極樂**《ワウジャウゴクラク》ノ事ヲ心懸《カケ》テ、晝夜寤寐《チウヤゴビ》ニ法花経《ホクヱキャウ》ヲ誦《ジュ》シ、弥陀《ミダ》ノ念佛ヲ唱ヘケリ。

〔今昔巻第十五高階良臣、依病出家往生語第卅四〕

延昌僧正モ亦、其ノ後《ノチ》、念佛ヲ唱ヘ善根《ゼンゴン》ヲ修《シュ》シテ**極樂往生**《ゴクラクワウジャウ》シケリトナム語リ傳ヘタルトヤ。

〔今昔巻第十五北山餌取法師、往生語第廿七〕

釋迦佛《シャカホトケ》ノ御弟子《ミデシ》ト成《ナリ》テ、普《アマネ》ク一切法界等《イッサイホフカイ》ノ如来《ニョライ》ノ力・**一切如来**《イッサイニョライ》ノ智恵及ビ**一切如来**《イッサイニョライ》ノ神變遊戯《ジンベンユケ》ヲ攝《セフ》シ給フ。

〔今昔巻第三文殊、生給人界語第二〕

「極樂寺ノ□□ガ此ノ祈念《キネン》シテ今朝《ケサ》ヨリ参《マキリ》テ、中門ノ脇ノ廊《ラウ》ニ居《ヰ》テ仁王経ヲ誦《ジュ》スル間、**一文**《イチモン》**一句**、他念《ホカノオモヒ》无クシテ心ヲ至シテ誦《ジュ》スル験《シルシ》ノ顕《アラ》ハレテ、其ノ護法ノ悩スラム所ノ悪鬼ヲ揮《ハラ》ヘ、ト有ルニ依《ヨリ》テ、我等来《キタリ》テ揮《ハラ》ヒ去《ノケ》ケル也」ト

〔今昔巻第十四極樂寺僧、誦仁王経施霊験語第卅五〕

然レバ、公《オホヤケ》モ御斉會《ゴサイエ》ト名付《ナヅケ》テ、年始ニ此ノ経ヲ令講《カウゼシ》メ給フ。亦、諸國ニモ**吉祥御願**《キチジャウゴグワン》ト名付《ナヅケ》テ、各《オノオノ》國分寺ニシテ此ノ経ヲ講ズ。（吉祥懺悔。）

〔今昔巻第十三陸奥國法花寂勝二人持者語第四十〕

若君ノ額《ヒタヒ》ニ手ヲ當テヽ泣ク事无限《カギリナ》シ。此《カ》クテ三四日許暑《バカリアツク》シテ、……三四日許有《バカリアリ》テゾ、心地直《ココチナホリ》タリケル。其ノ時ニ、暦ヲ見ケレバ、其ノ夜、**忌夜行日**ニ當《ア》タリケリ。（百鬼夜行の日に当たるため、夜間外出を忌む日。正・二月の子、三・四月の午、五・六月の巳、七・八月の戌、九・十月の未、十一・十二月の辰の日。〔拾介抄〕）

〔今昔巻第十四依尊勝陀羅尼験力遁鬼難語第卌二〕

恵鏡即チ鉢ノ内ヲ見ルニ、「鉢ノ内ゾ」ト思フ程ニ、遥ニ廣キ世界ニテ有リ。佛ノ浄土也《ジャウドナリ》ケリ、黄金《コガネ》ヲ以テ地《ヂ》トセリ。**宮殿楼閣**重ゞ《クウデンロウカクヂウヂウ》ニシテ皆衆寶《シュホウ》ヲ以テ庄嚴セリ、惣《スベ》テ心ノ及ビ眼《マナコ》ノ至所《イタリ》ニ非ズ。

〔今昔巻第六震旦悟真寺恵鏡、造弥陀像生極樂語第十五〕

王、此レヲ聞キ給テ、一巻ノ書《フミ》ヲ撿《カムガヘ》テ宣《ノタマ》ハク、「此女人《コノニヨニン》、昔《ムカ》シ誓弘和尚《セイグワジヤウ》ノ室《ムロ》ニシテ、金剛界《コンガウカイ》ノ大曼陀羅《ダイマンダラ》**潅頂壇場**《クワンヂヤウダンヂヤウ》ヲ礼拝《ライハイ》シタリキ。其ノ功徳《くどく》ニ依《ヨリ》テ、此ノ女子《ニヨニン》ノ地獄《ヂゴク》ニ堕《オ》ツル故ニ、此ノ事有ル也。汝《ナム》ヂ、罪人ニ非《アラ》ズ、速ニ人間《ニンゲン》ニ可還《カヘルベ》シ」ト。此ノ事ヲ見テ、活《ヨミガヘ》ル事ヲ得《エ》タル（灌頂を行なう祭場。密教の法を伝授する伝法灌頂（授戒灌頂とも）であろう。灌頂は香水を頭上にそそぎ、資格を備えたことを証認する儀礼。他に結縁灌頂などもある。）

〔今昔巻第六震旦汴洲女、礼拝金剛界得活語第廾九〕

今昔、京ニ外術《グエズツ》ト云フ事ヲ好《コノミ》テ役トスル**下衆**《ゲス》**法師**有《アリ》ケリ。履《ハキ》タル足駄《アシダ》・尻切《シリキレ》ナドヲ急《キ》ト犬ノ子ナドニ成シテ這《ハハ》セ、又懐ヨリ狐ヲ鳴《ナカ》セテ出《イダ》シ、又馬・牛ノ立《タテ》ル尻ヨリ入《イリ》テ、口ヨリ出《イヅ》ナド為《ス》ル事ヲゾシケル。（身分の低い僧。一例だけ。）

〔今昔巻第二十祭天狗法師、擬男習此術語第九〕

右の用例と**二**に示した漢語一覧とを併せて眺めると、次の三種類の漢語が存在することがわかる。

その一は、「下僧・獄人・夾紵・国解・鶏婁・求聞持・金蓮華・忌夜行日・灌頂壇場・吉祥御願・下衆法師」などのような、特定の人や物事をさす漢語が少なくない。このような漢語は孤例のものが多い。

その二は、複合語である。「鸚鵡鳥」（鸚鵡・鳥）「孔雀鳥」（孔雀・鳥）「強力気」（強力・気）「今明」（今日・明日）「今明年」（今年・明年）などは、『大漢和』『佛大』『色葉』に見られないが、「鸚鵡・孔雀・強力」などは見ることができる。これらの漢語の使用は、編者の好みに左右された可能性が考えられる。

その三、「経記」などのような『今昔』の編者の誤訳が考えられる漢語もある。

ここで、いくつかの検討する必要があると思われる漢語について、述べておく。

『今昔』では、「庫倉」と「庫蔵」両方見られる。「庫倉」は七例で、「庫蔵」は三例見られる。その両方とも「くら」の意を表す。新日本古典文学大系『今昔物語集』では、両者を「コザウ」と音読しているが、日本古典文学大系『今昔物語集』では、「庫倉」と「庫蔵」の両方とも「くら」と訓で読んでいる。

「くら」については、『和名類聚抄』の伊勢十巻本では、「倉廩」「庫」が見出し語として並べられ、普通のくらを「倉廩」、武具のくらを「庫」としている。

『今昔』では、和語の「くら」として、一文字の「倉」（三〇例以上）と「蔵」（四〇例以上）が頻繁に用いられており、数箇所だけ、和語の「くら」のつもりで、二文字の「庫倉」や「庫蔵」を使用する必要性があるとは考えられにくい。

一方、仏典には「庫蔵」が多く現れている。『今昔』の説話と関連のある仏典等を当たってみると、次のような対応関係が見られる。

其ノ時ニ、自本《モトヨリ》有ル三百七十ノ**庫蔵**ニ本《モト》ノ如クニ七寶満《ミチ》ヌ。其ヨリ又冨貴《フツキ》无並《ナラビナ》カリケリ。

〔今昔巻第一　須達長者、造祇薗精舎語第卅一〕

即開**庫蔵**穀帛飲食悉皆充滿。用盡復生。

〔法苑珠林巻第五十六　須達部第三〕

『經律異相』巻第三十五には

毘羅陀請佛僧食而**庫蔵**自滿十二

とあり、『今昔』はそれに類似する表現を用いていると思われる。

盧至ヲ罰《バッ》セムガ為ニ忽ニ變《ヘン》ジテ盧至ガ形ト成《ナリ》テ盧至ガ家ニ至《イタリ》テ、自《ミヅカ》ラ**庫倉**ヲ開《ヒラキ》テ財寶ヲ悉ク取出《トリイデ》テ十方ノ人ヲ喚《ヨビ》テ与《アタ》フ。

〔今昔巻第三　盧至長者語第卅二〕

即疾歸家自開**庫藏**。取得五錢。(中略)即作好食合家充飽。復開**庫藏**出諸財寶衣服瓔珞。

〔法苑珠林巻第七十七　慳貪部〕

また、稍々時代が遅れているが、『伊呂波字類抄』(十巻本)のコの畳字門(畳字門は漢語が収録されている門で、仮名書きの読みがない場合、音読が基本)に「庫倉〈一作蔵〉」が見られる。以上のことを踏まえて、「庫倉(蔵)」を音読すると、新日本古典文学大系『今昔物語集』に従うべきと思われる。

右に示した「特別グループ」の漢語の用例に中には、「往生極楽」「極楽往生」が見られる。「往生極楽」は名詞として、「極楽往生」動詞として用いられている。『今昔』では、それらと関連のある次のような用例が多く見られる。

年来《トシゴロ》、弥陀ノ念佛ヲ唱ヘテ、**極樂**《ゴクラク》ニ**往生**《ワウジヤウ》セムト願ヒツル間、今日、既ニ、**極樂往生**《ゴクラクワウジヤウ》ス。

〔今昔巻第十五　幡磨國賀古驛教信、往生語第卅六〕

而ル間、女、紫雲ニ交《マジハ》リ乍ラ失ニケリ。此レヲ見聞ク人、皆、「此ノ女、必ズ、**極樂**《ゴクラク》ニ**往生**《ワウジヤウ》セル人也」ト知テ、悲ビ貴ビケリ。

〔今昔巻第十五　近江國坂田郡女、往生語第五十三〕

「……晝ハ法花経ヲ讀誦《ドクジュ》シ、夜ハ弥陀ノ念佛ヲ唱ヘテ、心ヲ裁シテ母ノ**往生極樂**《ワウジヤウゴクラク》ヲ祈ルガ故ニ、我等、来テ迎フル也』ト。亦、廣道ニ告テ云ク、『汝ヂ、速ニ、極樂《ゴクラク》ニ可往生《ワウジヤウ》キ相有リ』ト云テ、車ヲ圍遶《ヰネウシ》、西ヲ指テ去ヌ」ト

〔今昔巻第十五　大日寺僧廣道、往生語第廾二〕

右のように、『今昔』では、「往生極楽」と「極楽往生」とは、その語構成を踏まえて、名詞と動詞とを区別して用いられている。

「一文一句」について、『日本国語大辞典』を引いてみると

いちもん - いっく【一文一句】〔名〕わずかな字句。また、ひとつひとつの言葉。一字一句。一言一句。
＊発心集（1216頃か）七・中将雅通持法華経往生事「只此の経一文（モン）一句（ク）をも受持読誦して」
＊四座講法則（鎌倉末）羅漢和讃「一文一句を受持するも、皆是弘経の数ぞかし」
＊十善法語（1775）一二「一文一句ことごとく甘露味なることは一なり」
いち - もん【一文】〔名〕①一つの文字。また、一つの文。いちぶん。
（用例は『今昔』の「一文《イチモン》一句、他念《ホカノオモヒ》无クシテ心ヲ至シテ誦《ジュ》スル」）

のように、『今昔』に見られる「一文一句」を「一文」と「一句」と二つの語として取り扱っている。『発心集』の「一字一句」を一語として見るのなら、『今昔』に見られる「一文一句」も一語として見るべきではないかと思われる。

「一文一句」などのような漢語が、『大漢和』『佛大』等の辞書に見られないことは、語自身の特殊性というより、

語単位の取り方に影響されていると思われる。

では、「特別グループ」の漢語は、他の作品に用いられているのだろうか。『古典対照語い表』で確認して見ると、「紺瑠璃」は『源氏物語』に三例見られ、「往生極楽」は『枕草子』に一例しか見られないことがわかった。その点では、「共通グループ」の漢語とは大きく異なっている。

ただし、数は少ないが、関連のある表現は見られる。例えば、仮名文学作品には、「下﨟法師」「下衆男」「下衆女」「下法師」などが見られる。『今昔』での「下衆法師」とは同質的な語であると思われる。

八　おわりに

本章は、ア行・カ行を中心に、『今昔』に見られる全巻漢語の約三分の一にあたる、延べ三五九〇五語、異なり九二九語の漢語を対象とし、『大漢和』『佛大』『色葉』との対照を行い、八つのグループに分けた。右の三つの辞書には、互いに共通する漢語が見られ、三系列の特徴を際立たせて区別する場合、漢籍語・仏典語・日常実用語の境目は、必ずしも判然としない。一つの目安として、「漢佛グループ」の漢語について、『大漢和』の語義解説に、佛の印があるものを、仏典語と見なし、そうでないものを漢籍語とする。「共通グループ」「漢色グループ」「佛色グループ」の漢語に関しては、漢籍や仏典出自の漢語が、平安時代の実用文を書く際に、必要な語と判断され、『色葉』に収録されたことを重視し、その三つのグループを日常実用語として扱う。以下三辞書それぞれの特有語（一辞書にのみ見られるもの）の語数と併せると、漢籍語・仏典語・日常実用語の三類の漢語数は、次の表六になる。

表六に示したように、「漢佛グループ」の漢語には、漢籍語が一五〇語、仏典語が一四八語ある。「特別グループ」

以外の漢語八五六語の中、漢籍語は三七七語、約四割を占めている。仏典語は二〇三語、約二割を占めており、日常実用語は二七六語、約三割を占めている。それらの数字は必ずしも精密なものとは言えないが、ある傾向を示したものである。その傾向とは、『今昔』では、異なり語数に着目した場合、漢籍語が最も多く使用されており、その次が日常実用語であるということである。

表六　三類別の漢語数

グループ	語数	漢籍	仏典	日常
共通	154			154
漢佛	298	150	148	
漢色	109			109
佛色	11			11
大漢	227	227		
佛大	55		55	
色葉	2			2
小計	856	377	203	276
%	100%	44%	24%	32%

六で「共通グループ」と他のグループと比較した結果、「共通グループ」の漢語は延べ語数五〇以上の漢語数が、最も多いことがわかった。漢籍系漢語であれ、仏典系漢語であれ、『色葉』にも見られる、当代の日常生活に溶け込んだ日常実用語が、最も頻繁に用いられていることが指摘できる。

ここで、表六にまとめた三類の漢語について、それぞれ延べ語数が二〇〇以上のものを数えると、漢籍語は一語、仏典語は三語、日常実用語は八語あって、日常実用語の延べ語数が最も多いことがわかる。すなわち、『今昔』では、漢籍語・仏典語よりは、日常実用語を頻繁に使用しているのである。

表六にまとめた仏典語の中、延べ語数が上位の九語は次の漢語である。

僧　供養　功徳　仏法　苦　善根　衆生　歓喜　帰依

それらのいずれも「漢佛グループ」のものである。**四**で述べたように、「漢佛グループ」「佛大グループ」「大漢グループ」を比較すると、「佛大グループ」が異なり語数が少ないだけではなく、延べ語数も一段と少ない。すなわち、『今昔』では、漢籍にも通用する仏教語が、頻繁に用いられているが、日常的に用いられない仏典語は、それほど繰り返し使用されていないということである。

六では、「共通グループ」の漢語の分布状態と、第一章で調査した全巻の漢語の分布状態を比較した。その結果、「共通グループ」の漢語も、全巻の漢語の分布状態に近い分布をしていることがわかった。すなわち、『今昔』に頻繁に使用されている漢語も、一般的傾向と同じく、漢文訓読的色彩の濃い説話に多く使用されており、和文的色彩の濃い説話には用いられていなかったのである。

「共有グループ」の漢語、すなわち『今昔』に頻繁に使用されている日常実用語を、『古典対照語い表』で確認したところ、仮名文学作品にも用いられている漢語があることがわかる。その複数の仮名文学品作品に使用されている漢語が、『今昔』における延べ語数が多い。『今昔』は、当時広く使われていた漢語を、頻繁に用いていると言えよう。「検田」「勘責」などは、『色葉』に収録されているが、「特別グループ」の漢語は、三辞書とも収録していない。しかしながら、用例等を辿っていくと、何らかのつながりが発見できると考える。それらの漢語の出自・意味・用法、消長などを追究するには、さらに広く他の辞書、または他の文献などを確認する必要があると思われる。今後の課題としたい。

注

一　佐藤喜代治（一九七九）『日本の漢語――その源流と変遷』角川書店

二　峰岸明（一九七四）「和漢混淆文の語彙」山田俊雄・馬渕和夫編『日本の説話7　言葉と表現』東京美術 pp.195 ～ 249

三　諸橋轍次（一九八四～一九八六）『大漢和辞典』修訂版（鎌田正・米山寅太郎修訂）大修館書店

四　中村元（二〇〇一）『広説佛教語大辞典』東京書籍

五　吉田金彦（一九七六）「辞書の歴史」『講座国語史三　語彙史』大修館書店

六　山田俊雄（一九七八）『日本語と辞書』中公新書494中央公論社書き下し文は同書を参考にした。
七　山田孝雄（一九六六）「伊呂波字類抄解題」『伊呂波字類抄』風間書房
八　中田祝夫・峰岸明（一九七七）『色葉字類抄研究並びに総合索引』（風間書房）による。
九　表記は原則的に日本古典文学大系の『今昔物語集』による。読みは笠間書院の『今昔物語集漢字索引』、及び新日本古典文学大系の『今昔物語集索引』による。
一〇　坂井衡平（一九六五）『今昔物語集の新研究』名著刊行会（大正十四年誠之堂書店刊の復刻版）
一一　峰岸明（一九七一）「今昔物語集における漢字の用法に関する一試論―副詞の漢字表記を中心に―（一）（二）」『国語学』八四・八五集
一二　佐藤武義（一九八四）『今昔物語集の語彙と語法』明治書院
一三　川瀬一馬（一九八六）『古辞書の研究』雄松堂出版
一四　高松政雄（一九八二）『日本漢字音の研究』風間書房
一五　宮島達夫（一九九二）『古典対照語い表』第三版　笠間書院
一六　漢語に関する説明は、主に新日本古典文学大系、及び日本古典文学大系の『今昔物語集』を参考にした。

第三章　日常生活との関連

——漢語の浸透と層別——

第一節　はじめに

峰岸明（一九七四）[*一]は、漢語をその出自によって、「仏典系漢語」「漢籍系漢語」「日常漢語」の三群に分けている。本書は第二章において、漢籍語・仏典語・日常実用語について調査した。本章では、視角を変え、漢語の日本語語彙への浸透の程度に着目し、『今昔』に見られる漢語の層別化を図りたい。改めて断るが、本書での「日常実用語」は日常実用漢語とも言うべき、漢語に限定して言うものである。

第二章に述べたとおり、『色葉』は、院政期の日常実用語を主として収録している。しかしながら、『色葉』で調査するだけでは、その漢語が日本語語彙にどの程度浸透していたのかを明らかにできない。本章では、『色葉』を日常実用語の認定の傍証として用いたい。

漢語が日本語語彙に浸透する歴史に関して、前田富祺（一九八五）[*二]は、次のように述べている。

> 中古に入って、漢語の中にもかなり日常化されたものが出てくる。一般に女性は漢語を使うべきではないとされていたが、女流文学作品の中にも漢語が使われている（しかも、時にはかなり日本化された音で）ことは、漢語の日常語化の一端を示すものと言えよう。（p.842）

指摘されているとおり、平安時代には、日常化され、日本語語彙に深く浸透していた漢語が見られる。女流文学作品に見られる漢語は、その一部である。本章は、女流文学作品を中心とした仮名文学作品を通して、『今昔』に使用されている、当代の日本語語彙に浸透していた漢語を見いだしたい。

また、峰岸明（一九七四）は

ここに日常漢語と言うのは、仏典・漢籍に源流はあるが、本邦に入って日常語となったもの、また仏典・漢籍に典拠を求めることができず、本邦において新たに造られたと見られるもの、これらのことである。しかして、その日常漢語の中核を占めるものとして記録語出自の漢語を想定している。

と「日常漢語」を「仏典・漢籍に源流」があるものと「記録語出自の漢語」とに分けている。「記録語」については、

その言語位相というのは、このような語の見出される文献が漢文で記された文書・記録などを中心とするものなので、一般に「記録語」と称されているものに該当しよう。（略）

（略）ここには、「記録語」という術語を、仮名文学語・漢文訓読語などと対立する、別の位相の言語を指す称呼として使用したい。その中で、接続詞「然（而）間」のごとく、仮名文学作品・訓点資料などには見えず、もっぱらそのような文献にのみ用いられている語は、「記録特有語」と名づけることができよう。

と述べている。すなわち、「記録語」は、漢文で記された文書・記録などの実用文に見られる語であり、「記録特有語」をさす場合もある。本章では、「記録語出自」であるかどうかを追究せず、古文書・古記録などの実用文に用いられて

いることに注目し、日常実用語の中核を占める漢語として検討していきたい。

『今昔』には、日常実用語として認められない漢語、すなわち、漢籍語・仏典語が見られる。第二章に示したように、漢籍語と仏典語との境目は必ずしも明らかではない。本章では、日常実用語化していなかった漢籍語や仏典語を一群として見ていきたい。

序章に述べたとおり、生活語彙は語彙の基盤を成している。平安時代の語彙を考えるとき、生活に直結する語彙を検討するのは重要な一環であると思われる。

「むかし物語にも、人の御装束をこそは、まづいひためれ。」（源氏・末摘花）[*三]とあるように、衣食住に関わる生活語彙は、実生活から、物語の世界まで広く用いられているのである。

『今昔』における衣食住に関する描写は、多くの平安時代の文化・生活に関する研究書に引用されている。例えば、『平安時代の文学と生活』（池田亀鑑一九六六至文堂）では、「男子の服飾」「女子の服飾」「食料と料理」「食品と調味料」など、多くの章節に渡って、『今昔』が取り上げられている。『全集　日本の食文化』（芳賀登［ほか］一九九八雄山閣出版）など、多くの文化史研究書にも『今昔』の引用が見られる。

このように注目されている『今昔』では、衣食住に関する描写には、どんな語彙が使用されているのか。本章は、『今昔』に見られる衣食住など、生活に直結する語彙に限定し、和語を参考にしながら、漢語を調査検討する。

テキストは岩波書店の日本古典文学大系『今昔物語集一～五』（大系本と略す）を使用する。文字列の読みは原則として右記の大系本による。大系本にルビがないものに関しては、新日本古典文学大系『今昔物語集索引』、及び『今昔物語集漢字索引』『今昔物語集自立語索引』（必要に応じて新日本古典文学大系『今昔物語集一～五』（新大系本と略す）や『今昔物語集文節索引』を確認する）などを参考にして、読みを定める。なお、大系本と新大系本の一方が音読みで、一方が訓読みの場合、筆者が検討を加えたもの以外、すべて和語として扱う。単語の区切りに関しては、より短いほうに従う。

注

一　峰岸明（一九七四）「和漢混淆文の語彙」山田俊雄・馬渕和夫［編］『日本の説話7　言葉と表現』東京美術 pp.195 ～ 249

二　前田富祺（一九八五）『国語語彙史研究』明治書院

三　山岸徳平（一九五八～一九六三）日本古典文学大系『源氏物語』岩波書店

第二節　衣服関係の漢語

一　調査の目的と方法

本節は『今昔』に見られる衣服関係[*一]の漢語を中心に調査検討する。

しかし、『今昔』における生活語彙の実態については、ほとんど明らかにされていないため、本節は衣服関係の語彙を、衣食住等の生活語彙の一つの見本として、概観的調査を行いながら、衣服関係の漢語を考察していきたい。

『今昔』においては、説話の登場人物の衣服について、どんな語彙が使用されているのか。まず、『今昔』に見られる衣服関係の名詞語彙を採集して分類する。分類に関しては、『日本語語彙大系』[*二]の意味属性体系を参考にし、適宜判断する。この段階では、漢語と和語とを比較しながら、衣服関係の漢語が、衣服関係における位置づけを明らかにしたい。

次に、『今昔』に見られる衣服関係の漢語について、考察する。

『今昔』に見られる衣服関係の漢語が、平安時代において、どこまで使用されたのか。その使用範囲を見ていくと、漢語の日本語語彙への浸透の程度によって、いくつかの層に分けられると思われる。そこで、四つのステップに分けて調査してみる。

第一に、仮名文学作品での用例を調べる。

女流文学作品はもちろん、仮名文学作品は和語中心で、漢語が現れることが少ないゆえ、特別な場面以外、日本語語彙に浸透していなかった漢語が使用されることは考えられにくい。本節では、『今昔』の衣服関係の語彙が、仮名文学作品に使用されているかどうかを調査する。

国文学研究資料館の日本古典文学本文データベースを、電子テキストとして利用し、国立国語研究所の全文検索システム「ひまわり」で検索をかける。[*三]電子テキストについては、竹取物語・伊勢物語・大和物語・宇津保物語・枕草子・源氏物語・落窪物語・堤中納言物語・大鏡・土佐日記・蜻蛉日記・紫式部日記・更級日記などの作品を取り入れた。文字表記や仮名遣いの差異による見落としを防ぐため、並行して、『古典対照語い表』及び各作品の総索引等と照合する。文字・文脈や頭注などに関しては、岩波書店の『日本古典文学大系』の当該各巻に当たって確認する。

第二に、古記録に用例があるかどうかを調査する。

第一節に述べたように、古文書や古記録に見られる漢語は日常実用語の中核を成している。本節は『今昔』の衣服関係の漢語について、調べてみたい。

東京大学史料編纂所データベースを利用し、元永二年までと限定して用例を検索する。添付されている画像や『大日本古記録』[*四]等の冊子を参照しながら、用例を求めていく。

第三に、『色葉』に収録されているかどうかを確認する。

繰り返しになるが、『色葉』は漢籍系や仏典系漢語ではなく、日本語を主にした漢和対訳辞書であり、日常実用文を書くための国語辞書である（吉田金彦一九七六）[*五]。その『色葉』に収録されていることは、古記録等に使用例がなくとも、その語が当時の書記言語生活上に必要とされていたと考えられる。『今昔』に見られる衣服関係の語彙は、『色葉』[*六]に収録されているかどうかを調査し、仮名文学作品や古記録に見られる語と対照して検討する。

第四に、仮名文学作品・古記録や『色葉』に見られない漢語について、『今昔』の出典など、漢籍や仏典に当たってみる。

最後に、『今昔』に見られる衣服関係の語彙は、どのように分布しているのかを観察し、特に漢語の分布に留意し、漢語の位相等との関係を考える。（テキストは大系本を使用し、本章の第一節に述べた読みの確認作業を行う。なお、表記を統一するため、便宜上用例や引用の部分以外は現代の通用漢字を用いる。）

二　衣服関係の語彙における漢語

『今昔』に見られる衣服関係の語彙の中、漢語はどのような位置を占めているのかを明らかにするため、まず、『今昔』に見られる衣服関係の名詞語彙の全体像を概観する。

『今昔』に見られる衣服関係の名詞語彙を抽出し、岩波書店『日本語語彙大系』[*七]の意味属性体系に依り、衣服本体、衣服の部分、衣服の付属品、布・糸、そして装いの五項目に分類する。衣服本体をさらに衣服の総称・具体的な衣服の二つに分ける。

また、『今昔』は仏法説話であるため、衣服関係の語彙の中に、仏教関係の漢語も少なくはないので、それを一般語と分けて見る必要があると思われる。

右のように整理した衣服関係の語彙数をまとめると、表一のようになる。

表一　衣服関係語彙数

分類			漢語		和語		小計
			語数	計／%	語数	計／%	
一般	本体	衣服の総称	7	29 22%	4	105 78%	134 100%
		具体な衣服	13		43		
	衣服の部分		0		4		
	衣服の付属品		6		30		
	布・糸		3		21		
	雨具・寝具		0		3		
仏教関係	本体	衣服の総称	2	18 95%	0	1 5%	19 100%
		具体な衣服	10		1		
	衣服の付属品		5		0		
	布・糸		1		0		
小計			47		106		153

『今昔』に見られる衣服関係の語彙、全部で一五三語ある中で、漢語は約三割（四七語）を占めている。表一に示したように、仏教関係の衣服の語彙は、一九語の中、一八語が漢語であるのに対し、一般の衣服関係の語彙は和語が圧倒的に多く、漢語は二割強程度しかないのである。

一般の漢語の欄を見ると、ほとんどの分類の語数は、和語より少ないが、「衣服の総称」（七語）のみが、和語の語数（四語）を上回っている。

衣服の付属品や布・糸を指す漢語はわずか数語しか見られないのに対し、和語はその漢語の五倍以上もあり、圧倒的に多い。また、衣服の部分や寝具・雨具をさす語彙については、漢語が見あたらず、いずれも和語が使用されている。

なお、表一に示していないが、『今昔』には、「よそい」をさす語も見られる。それに関して、漢語は「装束」の一語しか見られないが、和語は「出《いだ》シ衣・出シ袙・中結《なかゆひ》・中帯《なかおび》・下腰《しもこし》」など多く用いられている。

一言で言えば、『今昔』に見られる一般の衣服関係の漢語が少なく、衣服に関する表現は、基本的に和語に頼っている。一方、仏教関係の衣服を表す場合、和語が一語しか見られず、ほとんど漢語が用いられているのである。仏教は中国から伝来したものであり、その衣服関係の漢語も仏教文化とともに日本に伝わり、独自の領域を保有している様相が窺える。

ところで、多くない一般漢語の中で、衣服の総称を表す漢語が比較的多く見られることは注目すべき点であると思われる。

二・一　漢語

それらの漢語はどんなものであるか。『今昔』に見られる衣服関係の漢語の一覧を次頁に示しておく。語の後にある数字は用例数である。語彙は用例数の多い順で配列する。語の下に提示する読みについては、基本的には大系本のルビによる。「〈　〉」で示したものは筆者が『今昔物語集索引』、及び『今昔物語集漢字索引』等を参考にし、定めたものである。（　）内は表記が異なったものである。（後に示す和語の一覧と対照しやすくするため、漢語一覧の項目を調整した。なお、後に仮名文学作品や『色葉』に見られる漢語を改めて示すので、ここでは印を付けない。）

次頁に示した「水干」は「水旱」と表記される用例も含む。具体的な衣服の中の「服」は喪服である。「御服」は天皇の衣裳を指す用例である。

漢語の下に示した延べ語数を見ると、一般の衣服関係の漢語は、総称としての語が延べ語数が多く、仏教関係は衣服の総称の延べ語数が少なく、具体的衣服の延べ語数が多いことがわかる。つまり、一般の衣服関係の漢語は、総称としての語が使用頻度が高いのに対し、仏教の衣服関係の漢語は、具体的衣服の使用頻度が高いのである。

また、仏教の衣服関係の漢語は、和語に比べると多彩であると言えよう。例えば、同じものを指すのに「法衣」と「法服」などがあり、「青衣」と「白衣」または「浄衣」と「垢衣」のように対になる語もある。

『今昔』に見られる衣服関係の漢語一覧[*八]

ア　一般

○衣服

▽衣服本体

（衣服の総称）

装束46　シヤウゾク
衣服38　エブク
衣裳8　イシヤウ
服8　ブク
御服2　ゴフク
服飾1　フクシキ
衣物1　〈エモツ〉

（具体的衣服）

水干11　スイカン
甲冑11　カフチウ
襖9　アヲ
布衣6　ホイ
水干装束4　スイカンシヤウゾク
服3　ブク
寶衣3　ホウエ
束帯2　ソクタイ
衣冠2　〈イクワン〉
汗衫2　カザミ
袍1　ハウ
蠻繪1　バンヱ
衫1　〈サン〉

○衣服付属品

▽帽子

烏帽子30　エボウシ
帽子7　ボウシ
巾子2　コジ
寶冠2　〈ホウクワン〉

▽履き物

草鞋2　サウカイ

▽装身具

明珠2　ミヤウジユ

○布・糸

調布2　テウフ
兜羅綿1　トラメン
綾羅1　リヨウラ

イ　仏教関係

○衣服（本体）

（衣服の総称）

五衣1　ゴエ
三衣1　サンエ

（具体的衣服）
袈裟40　ケサ
法服21　ホフブク
浄衣6　ジヤウエ
天衣5　テンエ
青衣4　シヤウエ
白衣4　ビヤクエ
法衣3　ホフエ

綵服2　サイフク
垢衣1　クエ
僧伽利衣1ソウギヤリエ

○衣服付属品
▽帽子
寶冠2　〈ホウクワン〉

▽装身具
念珠27　ネンジユ
瓔珞18　ヨウラク
花鬘7　クヱマン
虎珀1　コハク

○布・糸
瑠璃2　ルリ

右に示した漢語一覧の中の「装束」「衣裳」「服」「衣物」について、少し検討しておく。

衣服の総称としての漢語の中では、「装束」の延べ語数が最も多い。和語の「よそひ」「よそほひ」に当たることば「装束」は、平安時代に一般化していた漢語として注目されている。[*九]「冬の**しやうぞく**ひとくだりをいとちいさくたゝて、身づからもていでゝたまひ」〔うつほ・忠こそ〕[*一〇]のように衣服を指す用例は、仮名文学作品においても見られる。「装束」は平安時代において一般化していた。本来漢字「束」の韻尾である「く」が動詞の活用語尾として用いられるようになったことがこれを証する。その用例は『源氏物語』等に求めることができる。「唐めいたる舟、つくらせ給ひける、いそぎ**さうぞかせ**給ひて、おろし始させ給ふ日は…」〔源氏・胡蝶〕[*一一]などである。

『今昔』においても、「装束」は名詞として、「よそひ」「よそほひ」の意、と衣服一般を指す用法が見られる。（以下の用例について、〔　〕内は用例の所在である。太字は筆者によるものである。）

乳母、目ヲ悟シテ、児ニ乳ヲ含メテ、寝タル様ニテ見ケレバ、夜半許ニ塗籠《ヌリゴメ》ノ戸ヲ細目ニ開テ、其ヨリ長《タケ》五寸許ナル五位共ノ、日ノ**装束**《シャウゾク》シタルガ、馬ニ乗テ十人許次キテ枕上ヨリ渡ケルヲ、…

〔今昔巻第二十七　幼児為護枕上蒔米付血語第三十〕

家ハ土御門、西ノ洞院ニ有ケレバ、家ニ走テ入タリケルヲ、家ノ妻子共、「此ハ何ナル事ノ有ツルゾ」ト問ヘドモ、露、物モ不云ズ、**装束**《シャウゾク》ヲモ不解ズ、着乍ラ伏《ウツフシ》ニ臥ニケリ。〔今昔巻第二十八　山城介三善春家、恐蛇語第三十二〕

動詞としての用例については、『今昔』には、四段活用動詞としての「装ゾク」の用例が七例見られ、サ変動詞の用例が三例見られる。ここでは、「装ゾク」の用例を一例挙げておく。

「鳥部寺ノ賓頭盧《ビンヅル》コソ極ク験ハ御スナレ」トテ、共ニ女ノ童一人許ヲ具シテ、十月ノ廿日比ノ午時許ニ、微妙《メデタ》ク**装**《シャウ》ゾキ立テ参ケルニ、既ニ参着テ居タル程ニ、少シ送レテ鑭《キラ》ラカナル雑色男一人亦詣デタリ。

〔巻第二十九　詣鳥部寺女、値盗人語第廾二〕

以上のように、「装束」は、『今昔』においても、平安時代の仮名文学作品に類似した用法で用いられている。「衣裳」は平安時代にも使われていたが、「匂ひなどは假のものなるに、しばらく衣裳に薫物すと知りながら、えならぬ匂ひには、必ず心どきめきするものなり」〔徒然・八〕*二二 のように頻繁に用いられているのは、鎌倉時代である。その後、いくらか上等の衣服を指すようになったと考えられている。*二三『今昔』では、『徒然草』の用例と同じく、着る物一般を指す表現として使用される。用例は次のようである。

…眷属散リ失セ、妻子弃テ、去ヌ。親族皆絶ヌ、昔シ昵《ムツビ》シ人モ今ハ、敵ノ如シ。憑《タノ》ム所皆失テ寄リ栖ム方无シ、**衣裳**《イシヤウ》无クシテ裸也。然レバ巷《チマタ》ニ行テ食ヲ乞テ世ヲ過ス。

〔巻第二　王舎城燈指比丘語第十二〕

而ル間、薬連、此ノ二人ノ子ヲ呼テ、告テ云ク、「我レ、明日ノ暁ニ、極樂ニ往生《ワウジャウ》セムトス。速ニ**衣裳**《イシヤウ》ヲ洗ヒ浄メ、身躰《シンダイ》ニ沐浴セムト思フ」ト。二人子、此レヲ聞テ、忽ニ浄キ衣ヲ儲ケ調フ。

〔巻第十五　信濃國如法寺僧薬連、往生語第二十〕

「服」は衣服の総称であるが、日本では喪服を指すことばとして使用されていた（前田富祺一九七七）[*一四]。『今昔』においても、一般の衣服を表す用例と、喪服を指す用例と両方が存在する。

未ダ稚クシテ人ヲ見ル事无シ。幼ヨリ深キ山ニ住テ世ヲ不知ズ、草ヲ以テ**服**トシ、菓《コノミ》ヲ拾テ食トセリ。

〔巻第五　國王、入山狩鹿見鹿母夫人為后語第五〕

未ダ若カリケル時ニ、父ノ大臣失給ヒニケレバ、歎キ悲ムト云ヘドモ、甲斐无クテ墓无ク過テ、亦ノ年ニ成タレバ、哀ハ盡セヌ物ナレドモ、限有レバ**服**除《ブクヌグ》トテ、道信中将此ナム讀ケル、…

〔巻第二十四　藤原道信朝臣、送父讀和歌語第卅八〕

「衣物」は一例あるが、『日葡辞書』を含む古辞書には見あたらず、この語が漢語として意識されていたか、「きるもの」「きもの」（やや時代が遅れると思われるが、）といった和訓が当てられていたかは不明である。

善通、昔、夫妻共ニ堂ノ内ニシテ銭四ヲ瓮《カメ》ノ中ニ埋テ、其ノ上ニ瓦ヲ覆テ、泥ヲ以テ固ク封シツ。亦、多ク**衣物**ヲ賈《カヒ》テ、櫃ノ中ニ貯ヘタリ。如此クシテ既ニ富ヌ。〔巻第九　震旦周善通、依破戒現失財遂得貧賤語第卅七〕

ただし、この用例は震旦部に見られ、出典とされている『冥報記』[*一五]では「又多市《カヒ》衣物貯櫃中」（又多く衣物を市《カヒ》テ櫃《ひつ》の中に貯ふ）に作るのである。それに、中国では古く、唐李延壽著の南史巻十九の謝靈運傳に「性豪侈、車服鮮麗、衣物多改舊形制、世共宗之。[*一六]」などのような用例があり、現代でも「保暖衣物」「針織衣物」をいい、日本語の「衣類」に当たることばとして、衣服の全般を表す表現として、一般的に使用されている。したがって、「衣物」は漢語として扱われていた可能性が考えられる。

二・二　和語

比較のため、『今昔』に見られる衣服関係の和語をも示しておく。（「〈　〉」等の記号の使用は漢語の場合に同じ。「［　］」内はその仮名が入っている用例を含むことを示す。「*」が付いている漢語は仮名文学作品に見られるもので、「△」が付されている漢語は『色葉』に見られるものである。）

『今昔』に見られる衣服関係の和語一覧[*一七]・・

ア　一般

○衣服

▽衣服本体

（衣服の総称）

衣〈きぬ〉*△336　着物《きるもの》*31　御衣《おんぞ》*△14　服物《きるもの》4

（具体的衣服）

袴《はかま》*△68　指貫《さしぬき》*△20　狩衣《かりぎぬ》*△15　表[ノ]衣《うへのきぬ》△13　帷《かたびら》*△11　襴《なほし》△11　甲《よろひ》△10　青[キ]衣《あおききぬ》10　裳《も》*△9　單衣《ひとへぎぬ》*△8　袙《あこめ》*△7　上下《かみしも》*△6　鎧《よろひ》△6　俗衣《たふさぎ》5　甲《かぶと》△*4　細疊《ほそてづくり》4　狩衣袴《かりぎぬはかま》△4　宿直物《とのゐもの》*4　白疊《しろかたびら》4　單《ひとへ》*△4　疊《かたびら》△4　紙衣《かみぎぬ》3　小袖〈こそで〉3　直垂《ひたたれ》△3　上着《うはぎ》*1　唐衣《からぎぬ》*3　袿《うちき》*△3　打衣《うちぎぬ》2　冑《よろひ》2　袙袴《あこめはかま》2　片袴〈かたはかま〉2　重《かさね》*△1　懸衣《けの〈ころも〉》1　練衣《ねりぎぬ》1　垢疊《あかかたびら》1　藤袴《ふぢはかま》*△1　打狩袴《うちかりはかま》1　襴衫《なほしのころも》△1　直《なほし》*△1　下襲《したかさね》*△1　細長〈ほそなが〉*1　片股《かたもも》1　練《ねりきぬ》△1

▽衣服の部分

袖《そで》*△56　裾《すそ》*△10　袪《そで》3　純《もとほし》1

○衣服の付属品

帯〈おび〉*△34　扶《くくり》△12　行縢《むかばき》*△6　手巾《たのごひ》3　襪《したうづ》*△3　帕額《まかう》△2　襁《つむぎ》*1　襷褌《ちはや》△1　色革〈いろかは〉*1　紶《もとゆひ》*△1　脛巾《はばき》*1

▽帽子

冠《かうぶり》*△45　笠《かさ》*△38　綾藺笠《あやゐがさ》5　紙冠《かみかうぶり》*5　市女笠《いちめがさ》*4　藺笠《ゐがさ》2　平笠《ひらかさ》1　菅笠《すげがさ》1　田笠〈たがさ〉1

▽**履き物**

沓《くつ》*24　藁沓《わらくつ》11　平足駄《ひらあしだ》5　履物《はきもの》△3　履《くつ》△4　足駄《あしだ》*△3　藁履《わらぐつ》1　高足駄《たかあしだ》1

▽**装身具**

簪《かむざし》△6　釵《かむざし》△5

○**布・糸**

絹《きぬ》*△48　布《〈ぬの〉》*△44　錦《にしき》*△25　綾《あや》*△13　苔《こけ》*△9　麻《〈あさ〉》*△5　織物《〈おりもの〉》*△4　生《すずし》*△3　薄物《うすもの》*△3　紬《つむぎ》△3　唐錦《からにしき》*2　練糸《ねりいと》2　練絹《ねりぎぬ》*2　縑《かとり》△2　藤《〈ふぢ〉》*△2　織綾《おりあや》1　細布《さいみのぬの》1　疊綿《たたみわた》*1　縫物《〈ぬひもの〉》*△1　八丈絹《〈はちぢやうきぬ〉》1　地摺《ぢずり》*1

○**雨具・寝具**

衾《ふすま》*△29　蓑《みの》*△8　蓑笠《みのかさ》4

イ　仏教関係（衣服本体）

綴《つづり》△3

右に示した和語の中で、『色葉』に見られる語（「△」が付いているもの）は五八語で、約五五％を占めており、仮名文学作品に見られる語は五四語で、約五一％[*一八]を占めている。すなわち、『今昔』に見られる衣服関係の和語は、少なくとも半分ほどが、平安時代に広く使用されていた語であると言える。

衣服の総称である「衣《きぬ》」の用例は三三六例[*一九]も存し、漢語で最も用例が多く見られる「装束」の六倍以上にものぼる。

「衣」については、「ころも」と「きぬ」がある。前田富祺（一九七七）[*二〇]は、万葉集・古今和歌集・後撰和歌集・源氏物語・枕草子での「ころも」と「きぬ」を比較した。中古には、歌の世界では「ころも」が優勢であったが、一般には、「きぬ」のほうが使われていたと述べている。**二・一**で述べた「装束」も当代一般化されていた語である。『今昔』では、「衣（きぬ）」「装束」のように一般的に使用されていた語が最も多く用いられていることがわかる。

『今昔』に見られる衣服関係の和語は、「笠」「沓」「帯」など、衣服の付属品または衣服の部分を表す語が少なくない。すなわち、より細やかな表現が多い。また、表記の多様性が見られる。例えば、「きるもの」として、「着物」と「服物」と両様の表記が見られ、「なほし」については、「欄・直」があり、「かたびら」は「畳」と「帷」との二種の表記が存在する。また「よろひ」については、「甲・冑・鎧」の三つの表記が見られる。そのほか、「そで」は「袖・袪」、「くつ」は「沓・履」、「かむざし」は「簪・釵」などが見られる。

二・一と**二・二**で示した漢語と和語の一覧を見ると、漢語に比べ、和語のほうが異なり語数も延べ語数も多いことがわかる。ただし、衣服一般を指す表現として、漢語は「装束・衣服・服・御服・衣裳・服飾・衣物」七語があるのに対し、和語は「衣《きぬ》・着物《きるもの》・御衣《おんぞ》・服物《きるもの》」の四語（実質は三語）のみである。

具体的な服を指す語彙の中で、漢語は「水干・甲冑・襖・布衣・水干装束・御服・束帯・衣冠」など全身を包む衣服、または上下セットの衣服を指すものがほとんどである。それに対して、和語は「袴・指貫・裳」など下半身の衣服を指すものも少なくない。また「上着」「下襲」などのように、上に着るか下に着るかが明らかになっている語が見られる。そして、「袖・裾」など衣服の一部分を表す和語があるが、漢語が見あたらない。すなわち、同じ具体的な衣服を指す場合でも、和語は「部分」をも指し、より具体的であるのに対し、漢語は全体を表し、より総括的な表現である。

漢語一覧と和語一覧に示した語彙の延べ語数を眺めると、和語の延べ語数が漢語のより多いことがわかる。つまり『今昔』における衣服関係の語彙に関しては、漢語より和語の使用頻度が高いのである。

三　仮名文学にも見られる漢語

二・一に示した漢語について、仮名文学作品にも見られるものをまとめてみる。**一**で述べた調査を行った結果、『今昔』にあって、和語中心の仮名文学作品にも見られる衣服関係の漢語が、一六語見られ、衣服関係の漢語（全四七語）の約三四%を占めている。**二**で示した和語の割合（五一%、実質上五三%）よりは小さい。それらの漢語を次に示して置く。（「*」が付いている漢語は女流文学作品に見られるもので、「△」が付されている漢語は『色葉』に見られるものである。数字は『今昔』での使用頻度（延べ語数）。）

ア　一般

○衣服の総称

装束*△46　衣裳△8

○具体的衣服

襖*△9　布衣△6　服*△3　束帯△2　衣冠△2　汗衫*△2　蠻繪*△1

○衣服付属品

烏帽子*△30　巾子△2　草鞋△2

イ　仏教関係

○具体的衣服

袈裟*△40　法服*21　浄衣*6

○布・糸

瑠璃*△2

右に示したように、「法服」「浄衣」以外は、いずれも『色葉』に見られる。

右に示した漢語は、具体的な衣服が比較的多く見られ、衣服の総称「装束」を含め、「襖・服（喪服を指す）・烏帽子」などは、女流文学作品にも現れている。特に、注目すべきなのは、「法服」「浄衣」は『色葉』に見当たらないにもかかわらず、女流文学作品に用いられていることである。その用例は次のようである。（参照のため、『今昔』の用例を併せて示しておく。）

明ル朝《アシタ》ニ法會《ホフヱ》ヲ始ムルニ、不許《ユルサ》ズシテ既ニ**法服**《ホフブク》ヲ令着メツ。〔今昔巻第十二　伊賀國人母、生牛来子家語第廾五〕

御心亂れぬべけれど、あながちに御脇息にかゝり給ひて、山の座主よりはじめて、御忌むことの阿闍梨《あざり》、三人さぶらひて、**法服**《ほふぶく》などたてまつるほど、この世を別れ給ふ御作法《さほふ》、いみじく悲し。〔源氏*二一　若菜上〕

僧ノ食物《ジキモツ》微妙《メデタ》ク調ヘテ、毎日《ヒゴト》ニ湯涌《ワカ》シテ、僧ニ浴《アブ》シ、布施・供養、法ノ如ク慥ニ給ヒケリ。宮モ沐浴《モクヨク》・潔斎《ケツサイ》シテ、

浄衣《ジヤウエ》ヲ奉テ、信ノ心ヲ至シテ念ジ入テナム四日ガ間御《オハシ》ケル。〔今昔巻第十九　三條大皇大后宮出家語第十八〕

この君は、いとかしこう、さりげなく、きこえ馴れ給ひにためり。「修法《すほふ》など、せさせ給ふ」ときゝて、僧の、布施《ふせ》・**淨衣**《え》などやうの、こまかなる物をさへ、たてまつれ給ふ。なやみ給ふ人は、え聞え給はず。〔源氏　夕霧〕

「はじめに」で述べたが、仮名文学作品は和語が中心で、特に女流文学には、漢語の使用は非常に限られている。右のように「法服」「浄衣」などの漢語が、女流文学作品の地の文に使用されていることから、それらの漢語は平安時代の日本語語彙に浸透していたと認められる。

「衣裳」「布衣」「束帯」「衣冠」については、次のような用例が見られる。

ふか〈る〉き山よりとぶらひ侍るもわかちてやしなひ侍るにかゝりて、一人のずさもはべらず。**えさう**も侍らでこもり侍るに、めいわうのいでおはしまして、かくまかりうかびたるよろこびを、すなはちそうせんと思ひはべりつれど、……〔うつほ　国譲下〕

飯・酒しげくたび、もちてまいるくだものをさへめぐみたび、つねにつかうまつるものは、**衣裳**をさへこそあてをこなはしめ給へ。されば、まいる下人も、いみじういそがしがりてぞすゝみつどふめる〔大鏡　道長上〕

瀧口をはなちて、**布衣**のもの内にまいる事は、かしこき君の御ときも、かゝることの侍けるにや。〔大鏡　師輔〕

御厩の御馬どもめして、候ひしかぎり御前つかまつり、頭中將（實資）は**束帶**ながらまいり給ふ。ほりかはの院なれば、ほどちかくいでさせ給に、ものみぐるまども二条大宮の辻にたちかたまりてみるに、**布衣・々冠**なる御前したるくるまのいみじく人はらひなべてならぬいきほいなるくれば、「たればかりならん」とあやしく思あへるに、……

（大鏡　道長下）

「布衣・束帯・衣冠」などの使用は、物語の素材に限定される可能性が考えられるが、「衣裳」はより広く使用されているようである。

これらの仮名文学作品にも見られる漢語は、『今昔』における使用度数が比較的高いものである。（右に漢語の下に提示した延べ語数を参照するとわかる。）そのいずれも古記録において、用例を確認できる。一二例を示しておく。

依奉敬神明之懇誡、於家中整**衣冠**遥拝、解除、不読経・念誦、…

（小右記　治安三年七月一七日）

坐円座、指入冠於**巾子**、取髪騒（搔）理鬢、復本座、……

（小右記　寛仁四年十二月二十六日）

すなわち、これらの漢語は、変体漢文の古記録にも、和漢混淆文の『今昔』にも、和文の仮名文学作品にも見られ、当代の日本語語彙に浸透していたものであると言える。

四　古記録に見られる漢語

三に述べたように、仮名文学作品にも見られる漢語は、いずれも古記録に出ている。それらの漢語以外、次の二二語が古記録文献に現れている。（「△」が付されている漢語は『色葉』に見られるものである。数字は『今昔』での使用頻度。）

ア　一般

○衣服の総称

衣服38　服△8　御服2

○具体的衣服

水干△11　甲冑△11　水干装束4　袍△1　衫△1

○衣服付属品

帽子△7　明珠2

○布・糸

調布△2　綾羅△1

イ　仏教関係

○衣服の総称

三衣△1

○具体的衣服

天衣5　青衣4　白衣4　法衣3

○衣服付属品

念珠27　瓔珞△18　花鬘△7　虎珀△1

古記録に見られる漢語は、全部で三七語あり、『今昔』に見られる衣服関係の漢語（四七語）の約七八%を占めている。**三**の仮名文学作品に見られる漢語を併せて見ると、「衣服の総称」から「布・糸」まで、偏りなくいずれの分類の漢語も見られることがわかる。仮名文学作品には具体的衣服が多く見られるが、古記録にはそれだけではなく、『今昔』に見られる衣服の総称もほとんど出ている。

漢語の下に示した『今昔』での使用回数を、右の漢語と**三**に示したものと比べると、次のことがわかる。三〇回以上のものが仮名文学作品（**三**に示したもの）には三語見られるのに対し、右には一語しか見られない。一回しか使用されていない漢語が仮名文学作品には一語あるのに対し、右には六語も見られる。すなわち、『今昔』では、仮名文学作品にも見られる漢語のほうが、より頻繁に用いられているのである。

右の「△」が付いている「服・水干・甲冑・袍・衫・帽子・調布・綾羅・三衣・瓔珞・花鬘・虎珀」などは、『色葉』に見られ、古記録での使用例も確認でき、日常実用文の用語、つまり日常実用語と認められる。一部の用例を示しておく。

殿上賭弓、未時参入、今日不着位服、著赤色**服**、在昔上達部如此之間、必不着位服〈云云〉

主上御馬場殿、被馳御馬、御馬乗水干袴〈に〉かチ或又アヲ袴、又**水干**并同袴〈に〉着冠、申刻許事了還御

〔九暦[*三]　天暦三年三月二十二日〕

〔殿暦　康和四年閏五月二十四日〕

饗饌山及庁共儲、早朝座主被奉**三衣**御筥、〈納三衣、〉御念珠二連

〔小右記　永延二年十月二十九日〕

また、「衣服・白衣・念珠」などは古記録に二〇例以上見られ、「水干装束」は『小右記』『中右記』『殿暦』などの複数の文献において、それぞれ複数回使用されており、日常実用文の用語として見なすべきと思われる。用例の一部を示しておく。

廿一日、丁卯、給随身**衣服**如例

〔小右記　寛仁四年閏十二月二十一日〕

今年賀茂祭日斎院女房唐衣外着**白衣**、似有所思

〔小右記　寛弘二年四月二十一日〕

已上絹千四十四疋、袈裟千帖、**念珠**千連、被物二重、米百石

〔後二条師通記　寛治五年十月十六日〕

今夜瀧口本所方持大刀着**水干装束**侍入来、仍余仰随身搦之

〔殿暦　永久一年十一月十二日〕

「御服」は天皇の衣服をさすもので、古記録では複数の文献に、次のような用例が見られる。

院御文陳仲（使仲陳）朝臣来令見良佐宿祢（十市部）・公方朝臣（惟宗）等勘申**御服**事、良佐勘申云、上皇**御服**与凡人可同、公方申云、与正帝可同

〔貞信公記　天慶九年九月二十九日〕

ただし、喪服を指す「御服《おほむぶく》」の用例が圧倒的に多く見られ、天皇（や上皇）の衣服をさす「御服」の使用は、非常に限られていた様相が窺える。

一方、「明珠・天衣・青衣・法衣」は、『平安遺文』などの古文書に見られるが[*二三]、いずれも用例数が少なかったので、広く通行していた漢語としては認めにくい。後に**六**で改めて検討してみることにする。

五　『色葉字類抄』に見られる漢語

『今昔』に見られる衣服関係の漢語には、『色葉』の掲出語と共通するものが二六語あり、約五五％を占めている。この割合は、**二**に示した和語の割合（五四％）とはほぼ同じである。

二に示した漢語一覧を参照してみると、具体的衣服をさす漢語一三語のうち、一〇語が『色葉』に見られ、衣服の付属品を指す漢語六語のうち、五語が『色葉』に収録されていることがわかる。つまり、衣服の総称より具体的衣服をさす漢語のほうが、より多く『色葉』に見られるのである。

三に示したように、その『色葉』に見られる『今昔』の衣服関係の漢語（二六語）は、半分（一三語）が仮名文学作

品に現れており、古記録や古文書には二五語も出ている。すなわち、『色葉』に見られる『今昔』の衣服関係の漢語のほとんどは、他の文献にも用例を求めることができる。

ただ一語「宝冠」は、『今昔』には四例見られるが、仮名文学作品にも、古記録にも用例を見いだせなかった。「宝冠」は当代の書記言語生活上に必要とされていたが、広く通用されなかった可能性が考えられる。**六**で改めて検討してみる。

六　その他の漢語

仮名文学作品にも、古記録にも、『色葉』にも見あたらない『今昔』の衣服関係の漢語は、次の八語である。（数字は『今昔』での使用頻度。）

ア　一般

○衣服の総称

服飾1　衣物1

○具体的衣服

寶衣3

○布・糸

兜羅綿1

イ　仏教関係

○衣服の総称

五衣1

○具体的衣服

綵服2　垢衣1　僧伽利衣1

右の漢語の下に示した数字を見ると、**三**・**四**に示した漢語より、『今昔』においての使用回数が少ないことは、明らかである。右記の漢語と、**四**に触れた用例が少なかった「明珠・天衣・青衣・法衣」と、『色葉』にしか見あたらない「宝冠」については、『攷證今昔物語集』*二四及び大系本の頭注などを参考にして、説話の出典とされている文献、または関連のある（間接的な原拠など）文献に当たってみる。調査した結果、「衣物・宝衣・兜羅綿・五衣・綵服・垢衣・僧伽梨衣・天衣・青衣・法衣・宝冠・明珠」などは原典の用語が踏襲されたものであることがわかる。『今昔』の用例と、説話の原典における用例*二五を並べると次のようになる。

亦、多ク**衣物**ヲ買《カヒ》テ、櫃《ヒツ》ノ中ニ貯ヘタリ。　〔今昔巻第九震旦周善通、依破戒現失財遂得貧賤語第卅七〕

又多市《カヒ》**衣物**貯櫃中（又多く衣物を市《カヒ》テ櫃《ひつ》の中に貯ふ）　〔冥報記〕（この例はすでに**二**に示した）

「汝、常ニ我等九人ニ依テ世ニ有ツル人也。今ハ我等出家シテムトス。此ノ**寳衣**《ホウエ》・象馬ヲ以テ汝ニ与フ、身ノ貯《タクハヘ》ト可為也」ト云テ、九人ト別レヌ。　〔今昔巻第一　阿那律・跋提、出家語第廿二〕

汝常依我等以自存活。我等今者出家。以此**寶衣**并大象與汝用自資生活。時諸釋子即前進……〔四分律巻第四〕

一切ノ寶幢《ホウドウ》・香花《カウクヱ》ヲ以テ供養シテ七日ヲ経テ後、鐵棺ヨリ出シテ、諸ノ香水ヲ以テ我ガ身ニ浴《アブ》シテ上妙《ジヤウメウ》ノ**兜羅綿**《トラメン》ヲ以テ身ニ纏へ、微妙《ミメウ》ノ白疊《シロカタビラ》ヲ以テ綿ノ上ニ覆テ皆、鐵棺ニ入レテ微妙ノ香油ヲ以テ棺ノ内ニ満テ閇《トヂ》テ、……

〔今昔巻第三　佛、入涅槃給後入棺語第卅一〕

經七日已復出鐵棺。既出棺已應以一切眾妙香水。灌洗沐浴如來之身。既灌洗已以上妙**兜羅綿**遍體纏身。次以微妙無價＊二六白疊千張。復於綿上纏如來身又入鐵棺。復以微妙香油盛滿棺中閉棺＊二七令密。〔大般涅槃經後分＊二八巻上〕

叔離、頭ノ髪自然ラ落テ、着タル所ノ白疊《シロカタビラ》ハ變ジテ**五衣**《ゴエ》ト成ヌ。〔今昔巻第二　舎衛城叔離比丘尼語第十三〕

佛言善來。頭髪自墮。所著白疊尋成**五衣**。〔經律異相巻第二十三　叔離以疊裹身而生出家悟道〕

少《スコシキ》ノ銭ヲ投テ我ガ像ヲ令造メタルニ依テ、我レ、今、来テ汝ヲ救フ。汝ヂ、我ガ**綵服**《サイフク》ヲ見テ可知シ』ト宣テ、即チ、掻消《カキケ》ツ様ニ失セ給ヒヌト思テ、我レ活レリ。〔今昔巻第六　震旦唐虞安良、兄依造釋迦像得活語第十一〕

汝依縁投錢三十文。助彼造像。既投少錢令造我像。是故來救汝。見**綵服**以為驗。言已不見。

〔三寶感應要略録巻之上　唐幽州漁陽縣虞安良助他人造釋迦像免苦感應篇〕

只一ツ着タル所ノ衣ヲ脱□□、隣家ノ使ノ女ニ与ヘテ云ク、「我レ、難有キ恩ヲ蒙《カウブ》ルト云ヘドモ、身貧キニ依テ、可奉キ物无シ。只、此ノ**垢衣**《クエ》ノミ有リ。此レヲ奉ル」ト云テ、泣〻ク与ケレバ、使ノ女、此レヲ取テ打チ着テ、返去《カヘリサリ》ヌ。〔今昔巻第十六　殖槻寺観音、助貧女給語第八〕

著たる黒き衣を脱ぎて、使に與へて言はく「物の獻る可き无し。但**垢衣**有り。幸に受け用ゐよ」といふ。使の母取りて著、〈急々〉に還り去りて、……

〔日本靈異記巻中*二九　孤孃女憑敬觀音銅像示奇表得現報緣〕

亦、摩耶夫人、佛ノ**僧伽利衣**《ソウギャリエ》及ビ錫杖《シャクチャウ》ヲ右手ニ取テ地ニ投ルニ、其ノ音、大山《ダイセン》ノ崩ルヽガ如シ。

〔今昔巻第三　佛入涅槃給後、摩耶夫人下給語第卅三〕

爾時摩訶摩耶說此偈已。顧見如來**僧伽梨衣**。及鉢多羅并以錫杖。右手執之左手拍頭。舉身投地如太山崩。

〔摩訶摩耶經巻下〕

其ノ光明ノ中ニ、百千ノ天衆《テンジュ》有テ、種ゝ《クサグサ》ノ**天衣**《テンエ》・諸ノ寶ヲ瓔珞《ヤウラク》ヲ以テ、王及ビ此ノ比丘ニ施ス。

〔今昔巻第六　天竺迦弥多羅、華嚴経傳震旦語第卅一〕

光明之中。有百千天人。以種種**天衣**珠寶瓔珞。奉獻王及沙門。

〔三寶感應要略錄巻中　有人將讀華嚴經以水盥掌所霑虫類生天感應〕

其ノ時ニ、童真《ドウシン》ト云フ僧有リ、霊幹ガ病ヲ訪《トブラ》ハムガ為ニ、来テ傍ニ有リ。霊幹、童真ニ語テ云ク、「忽ニ**青衣**《シャウエ》ノ童子、此ノ所ニ来テ、我レヲ兜率天宮ヘ引ク。……」

〔今昔巻第六　震旦僧霊幹、講花嚴経語第卅二〕

沙門童真。問疾在側。幹謂真曰。向見**青衣**童子引至兜率天宮。

〔三寶感應要略錄巻中　釋靈幹講花嚴經見天宮迎改生花藏界感應篇〕

佛、阿難ヲ以テ出家セシメ給ヒツ。其ノ後、婆羅門、酔覺《エヒサメ》テ我ガ身ヲ見レバ既ニ髪ヲ剃リ、**法衣**《ホフエ》ヲ着《チャク》セリ。其ノ

時ニ寄異ノ思ヲ成シテ驚キ恠《アヤシ》ムデ走リ去ヌ。〔今昔巻第一　婆羅門、依酔不意出家語第卅八〕

佛敕阿難。與剃頭着**法衣**。醉酒既醒驚怖己身忽為比丘。即便走去。〔法苑珠林巻第二十二　入道篇引證部〕

寶冠ノ髻《モトドリ》ノ中ノ**明珠**《ミヤウジュ》ヲ抜テ車匿ニ与テ、「此ノ**寶冠明珠**《ミヤウジュ》ヲバ父ノ王ニ可奉シ」〔今昔巻第一　悉達太子、出城入山語第四〕

便脱**寶冠**髻中**明珠**。以與車匿。而語之曰。以此**寶冠**及以**明珠**。致王足下。*三〇〔過去現在因果經巻第二〕

「服飾」については、出典とされている仏典には、対応するものが見あたらないが、多くの仏典には「服飾」という語が現れている。例えば、『釋迦譜』は漢文のまま直接『今昔』の出典とされるものと言われている。その『釋迦譜』には次のような用例が見られる。

王復寛恩敕語諸臣。命聽王子著吾**服飾**。天冠威容如吾不異。內吾宮裏。〔釋迦譜巻第三　阿育王弟出家造石像記第二十五〕

仏典に見られるだけではなく、『全唐詩』にも、

太子張舍人遺織成褥段（杜甫）

留之懼不祥、施之混柴荊。**服飾**定尊卑、大哉萬古程。*三一

のような用例が見られ、『漢書』にも次のような用例が現れている。

五威將乗乾文車、駕坤六馬、背負鷩鳥之毛、**服飾**甚偉。　〔漢書[*三二]巻九十九中　傳第六十九〕

「服飾」は、仏典にも漢籍にも見られる、古くからあった漢語であることが明らかである。
すなわち、これらの漢語のほとんどは、『今昔』において、使用回数が少なく、説話の出典など、『今昔』の原典とされる文献の用語が、踏襲され、用いられていたものである。それらは、平安時代の仮名文学作品、古記録等の文献には使用されておらず、当代の日本語語彙に浸透していなかった漢語であると考えられる。

七　衣服関係の語彙の分布

七・一　漢語の分布

第二章では、天竺震旦部と本朝仏法部は、本朝世俗部より漢語が多く使用されていることを明らかにした。では、衣服関係の語彙の中で、漢語はどういう分布の傾向を呈するのか。**二・一**に示した漢語の用例をまとめ、巻ごとの用例数を表二で示す。

表二を見ると、本朝仏法部における用例数が多少多く見られるが、全体的には、天竺震旦部・本朝仏法部・本朝世俗部の各部における用例の分布は、ほぼ均等であるように見える。この点では、第二章で得られた、和文的である本

表二　巻ごとの漢語

	巻	用例数	小計
天竺震旦部	1	29	118
	2	13	
	3	24	
	4	8	
	5	11	
	6	13	
	7	5	
	9	9	
	10	6	
本朝仏法部	11	10	128
	12	13	
	13	16	
	14	16	
	15	13	
	16	12	
	17	12	
	19	25	
	20	11	
本朝世俗部	22	4	119
	23	4	
	24	6	
	25	5	
	26	20	
	27	5	
	28	39	
	29	21	
	30	5	
	31	10	

朝世俗部においては、漢語の使用頻度がほかの部よりは低いという結果とは異なっている。

各巻の用例数を見ると、本朝仏法部における九巻中の八巻は十例台にあり、衣装に関する漢語の使用頻度は一見ほぼ一定に保たれているようである。それに対して、天竺震旦部・本朝世俗部では、各巻における用例数の差が大きい。特に本朝世俗部では、巻によって最少四例、最多三十九例にのぼるものもある。したがって、『今昔』における衣服関係の漢語の分布は、必ずしも均等ではないと言える。事実上、『今昔』における衣生活の表現用例は、個々の説話によって、装束を語る説話と語らない説話があり、同じ語の用例、特に数例しか見られない語の用例は、往々にして、同一の説話中に存在する。では、なぜ各部における衣服関係の漢語の用例総数が接近しているのであろうか。

『今昔』に見られる漢語の中では、仏教関係の語が多く含まれている。すなわち、**二・一**のイに掲げた語である。この部分の語が『今昔』の各巻にどのように出現するかを見るため、その数を表三にまとめる。

第二章で調査した結果、漢語の分布は、本朝仏法部に最も多く、次に天竺震旦部、和文的な本朝世俗部が最も少ないことがわかる。表三を見ると、仏教の衣服関係の漢語は、おおよそ『今昔』における全巻の漢語に似た分布をしている。とはいえ、第二章全巻の漢語の調査結果では、本朝仏法部に見られる用例数は、本朝世俗部の二倍程度にすぎないが、仏教の衣服関係の漢語については、本朝仏法部の用例数は、本朝世俗部の用例数の九倍近くに上る。天竺震旦部においても、本朝世俗部の七倍以上の用例が見られる。すなわち、仏教の衣服関係の漢語は、ほとんどが天竺震旦部及び本朝仏法部に分布しており、本朝世俗部での用例は極めて少ないのである。

その分布状態については、天竺震旦部と本朝仏法部とは説話の文体が漢文訓読的であるためというよりは、説話の素材・内容に大きく左右されたからであると思われる。

例えば、本朝部の説話に唐風の衣装を着る人が現れても、天竺震旦部の説話に和装の人が出現する可能性は、極めて低いと言ってよいであろう。用例を当たって見たところ、「水干」と「水干装束」と併せて十五例の用例の中では、一例のみが本朝仏法部にある、ほかの十四例すべて本朝世俗部に見られる。「烏帽子」は三十例出ているが、六例のみが本朝仏法部にあり、二十四例が本朝世俗部に見られる。「水干」「水干装束」「烏帽子」のいずれも天竺震旦部に存しないのである。

表三　仏教関係の漢語

	巻	用例数	小計
天竺震旦部	1	18	63
	2	5	
	3	15	
	4	7	
	5	4	
	6	7	
	7	2	
	9	2	
	10	3	
本朝仏法部	11	7	80
	12	12	
	13	11	
	14	12	
	15	9	
	16	7	
	17	8	
	19	7	
	20	7	
本朝世俗部	26	4	9
	28	1	
	29	2	
	31	2	

表四　衣服の総称の漢語

	巻	用例数	小計
天竺震旦部	1	4	36
	2	8	
	3	7	
	4	1	
	5	5	
	6	4	
	7	3	
	9	4	
本朝仏法部	12	1	22
	13	3	
	14	3	
	15	2	
	16	2	
	17	4	
	19	4	
	20	3	
本朝世俗部	22	2	42
	24	2	
	25	2	
	26	5	
	27	1	
	28	17	
	29	10	
	30	1	
	31	2	

表五　「装束」

巻	用例数	小計
5	1	1
16	2	5
19	2	
20	1	
22	2	40
24	2	
25	1	
26	5	
28	17	
29	10	
30	1	
31	2	

　さて、和風の衣装のみを指すのではなく、衣服の総称すなわち衣服一般を指す漢語について、『今昔』におけるその用例の分布を見てみる。「衣裳・装束・服・衣服・服飾・衣物」の用例の所在を確認し、表四にまとめる。

　表四の数字を見ると、本朝世俗部の用例が最も多い。その次は、天竺震旦部である。衣服一般を指す漢語は、『今昔』の全巻漢語の分布傾向に反して、本朝世俗部に多く用いられていることがわかる。その中で、特に注目すべきなのは、衣服関係の漢語の中で、本朝世俗部に最も多く見られる「装束」という語である。衣服一般を指す「装束」の各巻における用例数を表五で示す。

　表五に示したように、衣服一般を指す「装束」の用例はほとんど本朝世俗部に見られる。表四と比べて見ると、本朝世俗部に見られる衣服一般を指す漢語の用例は、ほとんど「装束」そのものである。ちなみにそのほかの二例は

「服」である。

『今昔』の各部における漢語の使用に違いがあることは明らかである。二・一で述べたように、「装束」は平安時代において一般化していた語である。「服」も古くから使用される語である。三にも示したように、「装束・服」は『色葉』にも、古記録にも、仮名文学作品にも見られる漢語である。このような日本語に浸透していた、和語と同じように使いこなされる漢語が、本朝世俗部に用いられているのである。なお、「装束」は本朝部に見られるが、天竺震旦部には見あたらない。すなわち、表二においては衣服関係の漢語の分布はほぼ均等に見られるが、実は漢語の使い分けがされているのである。

七・二　和語の分布

二・二に示した語彙の中で、衣服本体を指す語以外のものは、ほとんどが本朝の仏法部や世俗部に見られる。衣服に関係する和語は和風の衣服を指すものが多い。七・一で述べたように、本朝部の説話に唐風の衣装を着る人が現れても、天竺震旦部の説話に和装の人が出現することは、ほぼない。まして和装の細部までを描写するはずがない。したがって、衣服関係の和語の一般的分布傾向を見るため、説話の素材・内容によって強く制限されている細部を表す語を措き、二・二の衣服本体を指す語の分布を表六にまとめる。

表六で示したように、衣服本体を指す和語の数は、天竺震旦部・本朝仏法部・本朝世俗部という順に、約百語で逓増している。その中で、天竺震旦部に用いられているものは、本朝世俗部に見られるものの半分にも満たないのである。

では、衣服の総称として用いられる語、「衣・着物・御衣・服物」は、表六と同じ傾向を見せるのであろうか。二・二のアに挙げた衣服の総称としての語、「衣・着物・御衣・服物」の各巻における用例数を表七にまとめる。

表六　衣服本体の和語

	巻	用例数	小計
天竺震旦部	1	25	129
	2	17	
	3	9	
	4	25	
	5	10	
	6	5	
	7	13	
	9	20	
	10	5	
本朝仏法部	11	28	213
	12	11	
	13	17	
	14	21	
	15	25	
	16	45	
	17	21	
	19	26	
	20	19	
本朝世俗部	22	7	311
	23	42	
	24	27	
	25	24	
	26	45	
	27	31	
	28	43	
	29	50	
	30	19	
	31	23	

表七　衣服の総称和語

	巻	用例数	小計
天竺震旦部	1	20	94
	2	8	
	3	8	
	4	21	
	5	8	
	6	1	
	7	11	
	9	13	
	10	4	
本朝仏法部	11	18	150
	12	8	
	13	13	
	14	15	
	15	21	
	16	33	
	17	14	
	19	16	
	20	12	
本朝世俗部	22	3	141
	23	25	
	24	10	
	25	15	
	26	15	
	27	12	
	28	7	
	29	32	
	30	12	
	31	10	

表七と表六とを比較して見ると、衣服一般を指す和語は、天竺震旦部では、延べ九四語で、表六に示した衣服本体の和語の七三%を占めており、その他の衣服本体を指す語よりも多く使用されていることが明らかである。本朝仏法部も約七割あり、延べ語数は一五〇語に上る。それに対して、本朝世俗部は四五%以下に止まっており、延べ一四一

語である。すなわち、具体的衣服の和語は、本朝世俗部に集中しており、天竺震旦部や、本朝仏法部では、衣服の総称としての和語が、より多く使用されていることが明らかである。

ちなみに、「衣・着物・御衣・服物」の中で、天竺震旦部に使用されているのは、「衣」のほかに「着物」六例、「服物」一例である。「御衣」は和文の表現であるためか、用いられていない。本朝世俗部に多用される漢語の「装束」とは対照的である。

八　結び

『今昔』に見られる衣服関係の語彙の中で、漢語は約三割を占めている。その中には、仏教関係の漢語が約四割を占めている。

仏教の衣服関係の語彙は、和語が一語しか見られず、ほとんどが漢語である。それは、仏教文化とともに、仏教の衣服関係の漢語が中国から伝わり、漢語のままで使用され、特別な位相を有するため、和語が用いられにくいことが考えられる。

一方、『今昔』に見られる一般の衣服関係の漢語は、和語に比べ、非常に少なく、特に衣服の部分や雨具・寝具をさす漢語が見られず、具体的な衣服や衣服の付属品などを指す漢語もわずかしかない。すなわち、一般の衣服関係の表現は、基本的に和語に頼っている。

しかしながら、衣服の総称としての漢語は「装束・衣服・服・御服（天皇の衣服）・衣裳・服飾・衣物《きるもの》」七語があるのに対し、和語は「衣・着物《きるもの》・御衣・服物」の四語（実質は三語）のみである。衣服の総称としての漢語のほうが多いのである。

また、具体的な衣服を指す語彙の中で、漢語は「水干・束帯・衣冠」など全身を包む、または上下セットの衣服を指すものがほとんどであるのに対して、和語は「袴・指貫・裳」など下半身の衣服を指すものや、「上着・下襲」などのように、上に着るか下に着るかを明示する語も見られる。すなわち、同じ具体的な衣服を指す場合でも、和語は部分をも指し、より具体的であるのに対し、漢語は全体を表し、より総括的である。

二に示した漢語と和語の延べ語数を参照すると、衣服関係の語彙に関して、『今昔』では、漢語に比べ、和語のほうが、使用頻度が高いことがわかる。

『今昔』に見られる衣服関係の漢語は、仮名文学作品には約三割しか見られず、和語のその割合とは二割ほどの差がある。しかしながら、その『今昔』に見られる衣服関係漢語は、約八割が古記録に現れており、約半分以上が『色葉』に見られ、その割合は、衣服関係の和語のそれに近いのである。

さらに、仮名文学作品・古記録・古辞書などと対照した結果、『今昔』における衣服関係の漢語は、次のような三つの層を成していることが明らかになった。

A　「装束・襖・汗衫・烏帽子・袈裟」などは、古記録文献から仮名文学作品まで広く使用され、平安時代の日本語語彙に浸透していたと思われる漢語である。

B　「衣服・水干・甲冑・帽子・念珠」などは、Aほど浸透していなかったが、古記録や古辞書に出現し、平安時代では日常実用文の用語として通行していた漢語である。

C　「服飾・衣物・寶衣・五衣・綵服」などは、『今昔』の原典から踏襲したと思われ、平安時代の日本語語彙に浸透していなかった漢語である。

『今昔』では、A層の衣服関係の漢語が、使用頻度が高く、B層、C層の順に使用頻度が低くなっていくことも、調査によって明らかになった。

説話素材の影響で、『今昔』の衣服関係の語彙は、説話によって、使用されたり、使用されなかったりしているのである。総じて言えば、天竺震旦部と本朝部に見られる衣服関係の語彙は、大きく分かれている。天竺震旦部には漢語「衣服」・和語「衣」など、衣服の総称として語が多く見られるが、「指貫」などの具体的な衣服をさす和語が見あたらない。それに対して、本朝部には総括的な語もあり、具体的な語もたくさん見られる。しかし、**七・二**に示したように、同じく本朝の説話としても、仏法部と世俗部とでは、衣服関係の語彙の使用に、違いが見られる。仏法部では総括的な表現がより多く使用されているが、世俗部では具体的な表現がより多く用いられているのである。

『今昔』の各部における衣服関係の漢語の分布は、一見平均的に見えるが、実は各部における漢語の使用は、明らかに異なっている。まず、仏教関係の漢語は、本朝世俗部にはほとんどなく、天竺震旦部と本朝仏法部に集中している。次に、具体的な衣服をさす漢語はほとんど、本朝世俗部に見られる。第三に、衣服の総称として漢語は、それぞれの位相や日本語語彙への浸透の程度に従い、異なった部に使用されている。例えば、「装束」は平安時代において一般化していた語であり、「服」も古くから使用される語である。「装束・服」は『色葉』にも、古記録にも、仮名文学作品にも見られる漢語である。このような日本語に浸透していた、和語と同じように使いこなされる漢語が、天竺震旦部には見られないのに対し、本朝世俗部には用いられているのである。

注

一　注二の『日本語語彙大系』の一般名詞意味属性体系においては、「衣料」としている。
二　池原悟ほか［編］（一九九七）『日本語語彙大系』一〜五　岩波書店
三　『ひまわり』で国文学研究資料館の日本古典文学本文データベースを利用するためには、国立国語研究所のホームページから変換パッケージをダウンロードして、元のデータを変換する必要がある。詳細は http://www.kokken.go.jp/lrc/ を参照。
四　東京大学史料編纂所の『大日本古記録』（岩波書店）、『大日本古文書　家わけ文書』、『大日本古文書』（編年文書）の当該各巻、及び竹内理三の『平安遺文』（東京堂出版）を参照する。
五　吉田金彦（一九七六）「辞書の歴史」『講座国語史三　語彙史』大修館書店
六　中田祝夫・峰岸明（一九七七）『色葉字類抄研究並びに総合索引』風間書房
七　注二を参照。
八　漢語の一覧に示した「汗衫」の用例数は「紆衫」を含む。「袈裟」の用例の中に「甲ノ袈裟」二例を含む。「念珠」の素材として、沈・水精・木蓮子・菩提子などが見られる。漢語一覧に挙げた語のほかに、衣装を意味する「紅梅」が一例見られ、衣服の一つの切れを意味する「甲」（カウ）が三例見られる。
九　前田富祺（一九七七）「衣の生活語彙史」『言語生活』三一四号（一九七七年十一号）筑摩書房
右のほか、「装束」に関する論述は多数見られ、二戸麻砂彦氏は「K入声漢語の受容と定着」（二〇〇四年『山梨県立女子短期大学紀要』三十七）において、枕草子・源氏物語・紫式部日記・蜻蛉日記・大鏡等に見られる「装束」用例を集めている。
一〇　室城秀之ほか［編］（一九九九）『うつほ物語の総合研究』1本文編索引編　勉誠出版
一一　山岸徳平（一九五八）日本古典文学大系『源氏物語一』岩波書店
一二　西尾實（一九五七）日本古典文学大系『方丈記・徒然草』岩波書店
一三　「衣裳」は「漢語であったためか、いくらか上等な衣服を指したらしい」、と前田富祺氏が「衣の生活語彙史」において指摘している。

一四　前田富祺（一九七七）「衣の生活語彙史」『言語生活』三一四号（一九七七年十一号）筑摩書房

一五　説話研究会（一九九九）『冥報記の研究』による。

一六　中華書局一九七五年出版の『南史』（二十四史）による。一九九七年再版。

一七　和語の一覧に示した「衣」の用例数は「ころも」とされている用例を含む。ただし、「表ノ衣」のように別の語として提示したものは含まない。「俗衣」は「裕衣」と表記されているものを含む。「帕額」は「帕袼」を含む。「襻襌」については、新大系本の脚注には、「正装の唐衣との関係から考えて、節会に奉仕する女官たちがつける『ひれ』であろう。」とあったので、衣服の付属品に分類する。「紙冠」は陰陽師が冠るものである。「蓑」は「莪」で表記されているものを含む。そのほかに、衣装を指す「萌黄」が一例見られる。

一八　『今昔』では実質上同一語であるが、異なった表記を使用しているので、それらの異表記だが同一語であるものを一語として計算すると、『色葉』に見られる語は五八％、仮名文学作品に見られる語は五三％を占めている。

一九　「衣」の複合語として取られる用例もあろうが、本稿は「表ノ衣・青キ衣」など掲げたもの以外は、すべて「衣」の用例として数える。

二〇　注一四に同じ。

二一　仮名文学作品の用例に関しては、テキストは岩波書店の日本古典文学大系『源氏物語』『大鏡』等当該各巻を使用する。ルビは大系本の振り仮名、その重要なものを適宜添付した。

二二　古記録の用例は東京大学史料編纂所の『大日本古記録』（岩波書店）の当該各巻による。

二三　東京大学史料編纂所データベースを利用して、元永二年までと限定し、「古文書フルテキストDB」「奈良時代古文書フルテキストDB」「平安遺文フルテキストDB」をそれぞれ検索した。現段階の調査はデータベースの検索範囲に限られている。

二四　芳賀矢一（一九一三〜一九二一）『攷證今昔物語集』冨山房

二五　出典の用例について、注を付していないものの本文は、『攷證今昔物語集』による。

二六　「疊」字の右側に「毛」がある。入力の便宜上「疊」とする。次の〔經律異相〕の用例も同じ。

二七　この用例は、中華電子佛典協會のCBETA電子佛典集成資料庫を利用し、検索をかけて得たもので、『攷證今昔物語集』にない用例である。

二八　芳賀矢一の『攷證今昔物語集』によると、『佛祖統紀』には「如來涅槃已經七日。將欲出棺。大衆哀泣。共扶如來至七寶床香水灌洗。妙**兜羅綿**。纏頭至足。白疊千張。次第纏身。共扶如來入寶棺中。以妙香木成大香樓。」〔巻第四〕とあり、同様に「兜羅綿」という語が見られる。

二九　遠藤嘉基・春日和男（一九六七）日本古典文学大系『日本靈異記』岩波書店

この用例は同書の書き下し文による。

三〇　この用例は、大系本頭注を参考にし、CBETA 電子佛典集成資料庫を利用して検索したものである。『攷證今昔物語集』には、「太子脫頭**寶冠**與車匿報大王。」〔法苑珠林巻第十　千佛篇出家部〕が見られる。

また、「明珠」は全唐詩に「龍馬花雪毛、金鞍五陵豪。秋霜切玉劍、落日**明珠**袍。」〔雜曲歌辭　白馬篇（李白）〕、「腰間延陵劍、玉帶**明珠**袍。」〔敘舊贈江陽宰陸調（李白）〕などが見られ、漢詩にも使用されていた。

三一　乾隆（清）（一九六〇）『全唐詩』第七冊中華書局

三二　班固（漢）（唐　顔師古注）（一九六二）『漢書』第十二冊中華書局

第三節　食料関係の漢語

一　調査の目的と対象

第二節では、『今昔』に見られる衣食住等の生活語彙の中、衣服関係の漢語を中心に調査した。続けて、本節は食料関係[*一]の漢語を中心に、調査を進めていきたい。

『今昔』に見られる食料関係の名詞語彙を抽出し、和語を参考にしながら、漢語の性格や位相を考える。

テキストは岩波書店日本古典文学大系『今昔物語集』を使用し、本章の第一節に述べた読みの確認作業を行う。

また、抽出する語彙は、前後の文脈から「食べる」ことが読み取れるものに限る。本節は『日本語語彙大系』に従い、「食料」ということばを使用したが、食料品と言う意味ではなく、本節ではあくまで『今昔』に見られる食の対象とされているものを指す。つまり、生き物が食の対象とされていると判断できる場合、その生き物を指す語は本節の考察対象になる。例えば、空を飛んでいる鳥について、それを楽しむ場合は生き物と見なすが、食にあてるために狙われる場合は食の対象であると判断する。一方、「蚯蚓ノ羹」は食の対象とされているが、『今昔』の説話から、それは異常なことであり、普通は考えられないものであることが読み取れるため、そのようなものを指す語彙は対象外とする。なお、「不動」「椺」などのような語義・読みを定めるのが困難な語も対象外とする。(なお、表記を統一するため、便宜上用例や引用の部分以外は現代の通用漢字を用いる。)

二　『今昔物語集』における食料関係の語彙

『今昔』では、食料関係の名詞語彙(一六四語)の中で、漢語が四六語見られ、三割弱を占めている。それらの漢語は、『今昔』における食料関係の語彙の中においては、どんな位置を占めているのか。『今昔』における食料関係の語彙全体像を概観したい。

漢語和語の違いを明らかにするため、抽出した語彙を分類し、それぞれの語数をまとめてみる。『日本語語彙大系』の意味属性体系に従い、食料の総称以外の語彙を、大きくⅠ食品・Ⅱ料理・Ⅲ嗜好品等の三項目に分類する。さらに、Ⅰ食品は①穀物、②野菜、③魚介類、④肉・卵、⑤乾物・漬物等、⑥豆腐・寒天等、⑦調味料の七種類に分け、Ⅱ料理は①料理一般、②飯、③麺類、④汁、⑤その他の五つに、Ⅲ嗜好品等は①果物、②菓子、③飲物の三種類に分類する。まとめたものを次頁の表一で示しておく。

表一を一瞥して、Ⅰ食品・Ⅱ料理・Ⅲ嗜好品等を指す語彙は、和語が圧倒的に多いのに対して、食料の総称に関しては、漢語が圧倒的に多いことがわかる。

また、表一の漢語の小計欄を見ると、食料の総称としての語がⅠ食品・Ⅱ料理・Ⅲ嗜好品等のいずれよりも多いことが明らかである。

表一　食料関係の名詞語彙数

<table>
<tr><th colspan="2">語種</th><th colspan="2">漢語</th><th colspan="2">和語</th><th colspan="2">混種語</th><th rowspan="2">合計</th></tr>
<tr><th>分類</th><th>小分類</th><th>語数</th><th>小計</th><th>語数</th><th>小計</th><th>語数</th><th>小計</th></tr>
<tr><td colspan="2">食料総称</td><td>19</td><td>19</td><td>5</td><td>5</td><td>0</td><td>0</td><td>24</td></tr>
<tr><td rowspan="7">Ⅰ食品</td><td>①穀物</td><td>3</td><td rowspan="7">16</td><td>10</td><td rowspan="7">66</td><td>0</td><td rowspan="7">1</td><td>13</td></tr>
<tr><td>②野菜</td><td>1</td><td>19</td><td>1</td><td>21</td></tr>
<tr><td>③魚介類</td><td>4</td><td>16</td><td>0</td><td>20</td></tr>
<tr><td>④肉・卵</td><td>2</td><td>12</td><td>0</td><td>14</td></tr>
<tr><td>⑤乾物・漬物等</td><td>0</td><td>4</td><td>0</td><td>4</td></tr>
<tr><td>⑥豆腐・寒天等</td><td>0</td><td>1</td><td>0</td><td>1</td></tr>
<tr><td>⑦調味料</td><td>6</td><td>4</td><td>0</td><td>10</td></tr>
<tr><td rowspan="5">Ⅱ料理</td><td>①料理一般</td><td>3</td><td rowspan="5">5</td><td>0</td><td rowspan="5">24</td><td>0</td><td rowspan="5">0</td><td>3</td></tr>
<tr><td>②飯</td><td>2</td><td>15</td><td>0</td><td>17</td></tr>
<tr><td>③麺類</td><td>0</td><td>2</td><td>0</td><td>2</td></tr>
<tr><td>④汁</td><td>0</td><td>2</td><td>0</td><td>2</td></tr>
<tr><td>⑤その他</td><td>0</td><td>5</td><td>0</td><td>5</td></tr>
<tr><td rowspan="3">Ⅲ嗜好品等</td><td>①果物</td><td>3</td><td rowspan="3">5</td><td>16</td><td rowspan="3">22</td><td>0</td><td rowspan="3">0</td><td>20</td></tr>
<tr><td>②菓子</td><td>2</td><td>2</td><td>0</td><td>3</td></tr>
<tr><td>③飲物</td><td>0</td><td>4</td><td>0</td><td>4</td></tr>
<tr><td colspan="2">小計</td><td colspan="2">45
（28％）</td><td colspan="2">117
（71％）</td><td colspan="2">1
（1％）</td><td>163
（100％）</td></tr>
</table>

表一の右側の合計欄を見ると、各小分類に比べ、食料の総称の語彙が多いことが明らかである。食料の総称以外、合計十語以上ある小分類の中では、Ⅰ食品の②野菜、③魚介類、④肉・卵、①穀物（語数の多い順）、Ⅱ料理の飯、Ⅲ嗜好品等の果物、のいずれも和語が圧倒的に多く見られる。それらのいずれも和語による表現が中心となっていることが認められる。それに対して、ただ一種類、Ⅰ食品の⑦調味料に関しては、漢語が多く見られる。その点に留意するべきと思われる。また、Ⅱの①料理一般の三語がすべて漢語である。総じていえば、『今昔』では、食料の総称など、より総括的な表現はほとんど漢語であるが、より具体的表現は和語が圧倒的に多い。

表一に含まれる語彙はどんなものであるかを明らかにするため、漢語と和語の一覧をそれぞれ示しておく。

（次頁に示す漢語一覧と和語一覧に使用した印等については、ここで説明しておく。漢語の下方に提示する読み及び和語のルビについては、「〈〉」で括ったものは筆者が他の文献を参考にし、定めたものであり、そうでないものは大系本のルビによるものである。括弧内は表記が異なったものである。仮名文学作品にも見られる語は「*」で、古記録に現れる語は「#」、『色葉』に掲出されている語は「△」で示す。ちなみに、『色葉』に見られる語は、表記が異なっているが『今昔』の語彙と共通すると認められるものを含む。）

『今昔』に見られる食料関係の漢語一覧：

食料の総称

飲食#△　オンジキ
魚鳥#　ギヨテウ
供御*#△　グゴ
薫辛　〈クンシン〉
粁*#△　レウ
食*#△　〈ジキ〉
食味#　ジキミ
食物#　ジキモツ
酒食#　〈シユシヨク〉
酒肉#　〈シユニク〉

施食#　セジキ
麁食*△　ソジキ
蔬食△　ソシヨク
段食　タンジキ
珎物#△　チンブツ
飯食#　ハンジキ
美食#△　〈ビジキ〉
美物#　ビブツ
百味*　ヒヤクミ

Ⅰ　食品

①穀物
穀*#△　コク
白米#△　ハクマイ
麻米　〈ママイ〉
②野菜
雑菜#　〈ザフサイ〉
③魚介類

魚食# 〈ギヨジキ〉
魚物# 〈ギヨブツ〉
魚類# 〈ギヨルイ〉
大魚 ダイギヨ

④肉・卵
肉食# ニクジキ
白團 〈ハクダン〉

⑤調味料
甘露#△ カンロ
胡麻*#△ ゴマ
蘇#△ ソ
蘇蜜# ソミツ
蘇油 ソユ
味煎#△ ミセン

Ⅱ 料理(料理一般)

饗膳#△ キヤウゼン
餚饍 ケウゼン
美膳 〈ビゼン〉

①飯
水飯*# スイハン
當飯 タウハン

Ⅲ 嗜好品等

柑子*#△ カンジ
珎菓#△ チンクワ
美菓 ビクワ
柚*#△ ユ
煎餅#△ 〈センベイ〉

『今昔』に見られる食料関係の和語一覧：

食料の総称
味物《あぢはひのもの》・饗《あるじ》・美饌《うまきそなへもの》・粮《かて》・饌《そなへもの》

Ⅰ食品
①穀物

小豆《あづき》*△・粟《あは》*△・黍《きび》*△・大角豆《ささげ》（角豆）*△・稗《ひえ》*・大豆《まめ》*△・麦《〈むぎ〉》*△・麨《むぎこ》△・糄《やいごめ》*△・米《よね》*△

②野菜

青菜《〈あおな〉》△*・芋頭《いもがしら》*△・瓜《〈うり〉》*△・大根《おほね》*△・蒜《おほひる》△・蕪《かぶら》△・草ノ根《〈くさのね〉》*・菜《くさびら》*△・茸《くさびら》△・木ノ根《〈このね〉》*・笋《たかむな》*△・野老《ところ》*△・茄子《なすび》*△・
平茸《ひらたけ》△・蒜《ひる》*△・舞茸《まひたけ》・暑預《やまのいも》△・若菜《わかな》*△・和多利《わたり》（和太利）△

③魚介類

鯵《あぢ》△・鮑《あはび》*△・魚《うを》*△・魚ノ肉《うをしし》・鰹《かつを》*△・蟹《かに》△・貝《かひ》*△・貝ツ物《かひもの》*・鯉《〈こひ〉》*△・鮭《さけ》*△・鯛《たひ》*△・膾《なます》△・鯰《なまづ》△・蛤《はまぐり》*△・鮒《ふな》*△・溝貝《みぞかひ》

④肉・卵

牛《〈うし〉》*△・馬《〈うま〉》*△・卵《かひご》*△・龜《〈かめ〉》*△・鴨《かも》△*・雁《〈かり〉》*△・蛇《くちなは》*△・肉《しし》（完）*△*二・肉村《ししむら》（完村・臠）△・鳥《とり》*△・羊《〈ひつじ〉》*△・猪《〈ゐ〉》*△

⑤乾物・漬物等

荒巻《あらまき》△・塩辛《しほから》・干瓜《ほしうり》・干鳥《ほしとり》△

⑥豆腐・寒天等

海松《みる》*△

⑦調味料

酒《〈さけ〉》*△・塩《〈しほ〉》*・酢《す》△・醤《ひしほ》*△

Ⅱ料理

①飯

朝粥《あさかゆ》・飯《いひ》*△・暑預粥《いもがゆ》△・御飯《おもの》*△・交飯《かしきがて》（炊交）△・粮飯《かていひ》・粥《かゆ》*△・強飯《こはいひ》*△・粢《こむつ》△・白飯《しろきいひ》・鮨《すし》△・鮨鮎《すしあゆ》・糒《ひめ》△・水漬《みづつけ》・
湯漬《ゆつけ》*

②麺類
舊麦《ふるむぎ》・麦縄《むぎなわ》△

③汁
羹《あつもの》＊△・汁物《しるもの》

④その他
煎物《いりもの》△・肴《さかな》＊△・菜《な》＊△・焼漬《やきつけ》・焼物《やきもの》

Ⅲ嗜好品等

①果物
山女《あけび》△・搔栗《〈かいくり〉》＊・柿《かき》＊△・蓏《くさのみ》△・菓子《くだもの》＊△・栗《くり》＊△・胡桃《くるみ》＊△・若《こくは》△・菓《このみ》＊△・李《すもも》＊△・橘《たちばな》＊△・梨子《なし》＊△・棗《なつめ》＊△・蓮ノ實《はちすのみ》＊△・郁子《むべ》△・桃《〈もも〉》＊△

②菓子
粢《しとぎ》△・餠《もちひ》＊△

③飲物
酒《さけ》＊△・乳《ち》＊△・水《〈みづ〉》＊△・湯《〈ゆ〉》＊△

ちなみに、混種語は「毒茸（どくたけ）」の一語が見られる。

右に示した漢語一覧と和語一覧には、それぞれの語の下に、仮名文学作品や『色葉』に見られる印が付いている。漢語は、その二二％（一〇語）が、仮名文学作品に現れ、その四一％（一九語）が『色葉』に見られる。和語は、その六〇％（七〇語）が仮名文学作品に現れ、その七七％（九〇語）が『色葉』に見える。このように多くの和語が、仮名文学作品や『色葉』に出現していることを、留意しながら検討していく。

ちなみに、『今昔』に見られる食料関係の漢語は、約七二％（三三語）が古記録や古文書に見られる。

三　食料の総称としての漢語

二に示した『今昔』に見られる食料関係の漢語（四六語）一覧の中で、Ⅰ食品・Ⅱ料理・Ⅲ嗜好品等の上位分類である食料の総称としての漢語は、二〇語も見られ、四割以上を占めており、その下位分類に見られる漢語のいずれよりも多いのである。ちなみに上記よりも上位分類に当たる漢語「衣食」が見られるが、「衣服」と「食料」の両方を含むので、語彙表から外している。

それに対して、同じく食料の総称としての和語は、「味物《あぢはひのもの》・饗《あるじ》・美饌《うまきそなへもの》・糧《かて》・饌《そなへもの》」など[*三]しか見あたらず、わずか和語の四％にすぎない。『今昔』では、食料一般を表現する場合は、漢語を中心に用いていることが明らかである。

本節では、食料一般を指す食料の総称の漢語の多様さを確認できる。では、食料の総称としての漢語について、語彙の意味（三・一）、他の文献との対照（三・二）、説話の出典との関係（三・三）という三つの視角から分析してみる。

三・一　語彙の意味

『今昔』に見られる食料関係の漢語一覧の中において、食料の総称としての漢語をみると、単に食料というものを指すだけではなく、抽象的な意味も含まれている漢語があることに気づく。

まず、美味しいか美味しくないかという感覚が表現される語が見られる。大系本頭注では、「蔬食」の意味について、「もと、菜食の意から、粗食の義にも用いる。」「麁食」も同義と説明されているように、粗末な食事を「麁食」「蔬食」という。一方「うまい食べ物」「味のよい食べ物」を「美食」「美物」といい、「麁食」「蔬食」とは対立した概念を表しているのである。

次に、仏教の精神に基づいた用語として、「段食」「施食」が見られる。

『成唯識論』*四 巻第四には

> 契經説食有四種。一者**段食**、謂欲界系香味觸三。（中略）二者觸食、觸境爲相。（中略）三意思食、希望爲相。（中略）四者識食、執持爲相。

とある。仏教では、「四食《シジキ》」という教えがあり、食は段食《タンジキ》・触食《ソクジキ》・思食《シジキ》・識食《シキジキ》の四種類あるとされており、人の体を造るために毎日食べる食事は段食という。「施」については、次のような「施」のみ用いられる用例が見られる。

> 此ヲ以テ知ルニ、四十九日ノ**施**《セ》ハ尤《モト》モ重シ。然レバ人勤ムル所无クシテ、四十九日ノ佛事ノ所ニ至《イタリ》テ食用《ジキヨウ》セム事ハ不可有《アルベカラ》ザル也トナム語リ傳ヘタルトヤ。
> 〔今昔・巻第三　金翅鳥子、免修羅難語第十〕

大系本『今昔物語集一』補注二五六には、

「施」は、このまま名詞として使われるほかに、動詞としての用法も多く見られる。（中略）「施」は名詞としては「布施」として用いられ、動詞としては「与フ」「供養スル」とほぼ同義に、また、その避板法として用いられることがある。

とある。すなわち、「施」は「食」に限定することなく、広く「布施」という意で使用されている。「施食」は布施の「食」であり、仏教信仰の行いに基づいたものである。

また、世俗の身分によって使い分ける語には「供御」が存する。用例は次のようである。

其ノ後、隋ノ文帝ノ即位ノ時ニ、猶、監膳トシテ、抜彪、**供御**《クゴ》ヲ同ク膳《ソナ》フ。

〔今昔巻第九　震旦周武帝、依食鶏卵至冥途受苦語第廿七〕

「供御」は本来中国では、

左右尚方御府諸署、**供御**制造、咸存倹約。

〔宋書八　本紀第八[*五]〕

のように、「天子（王）に物を差し上げる」という意で用いられていたが、日本では天皇・上皇・皇后・皇太子などの食料の敬称として使用され、室町時代には将軍についても用いられた。

和語の総称にも、美味しい・珍しい食べ物を意味する「味物《あぢはひの》・美饌《うまきそなへもの》」があるが、日本固有のことばとしては考えられにくい。漢籍に用例を求めると、次のような用例が見られ、漢文訓読語彙として認められる。

內饔。掌王及后世子膳羞之割亨煎和之事、辨體名肉物、辨百品**味之物**。（中略）選百羞、醤物、珍物、以俟饋。共后及世子之膳羞。
〔周禮・天官冢宰第一〕

且飢者不待**美饌**而後飽、寒者不俟狐貉而後溫、為味者口之奇、文繡者身之飾也。
〔三國志巻六十五　吳書二十〕

迎門接引、爲設**美饌**、申以厚禮。
〔資治通鑑・隋紀三　高祖文皇帝中〕

このように、漢語または漢文訓読語は、食料そのものを指すだけではなく、食料に対する感覚、会話の相手への待遇、宗教精神など抽象的な意味が含まれている。

それに対して、『今昔』における食料一般をさす、「かて・そなへ・あるじ」などの日本固有の語は、数が少ない上、食料そのものをさすが、「おいしい」という感覚など抽象的な意味を表さない。仏教は中国から伝来したものであるためか、それらの和語に仏教の精神などを含まない。

三・二　『色葉字類抄』等との対照

二に示した食料の総称の漢語は、その時代においては、一般的に使われたのであろうか。『色葉』を調べてみると、

供御クコ　食シク　ヒモノ／ショク　クラフ[*六]　麁食ソシキ　蔬食ソショク　珎物チンブツ　美食ヒショク　粁レウ

が見られる。右記の七語のほか、見出し語ではないが、「飲食部」などは部名として、頻繁に出現している。また、『和名類聚抄』（以下『和名抄』と略す）には、「飲食部第十一」の中に「魚鳥類五十七」があり、魚と鳥とが一つのカテゴリー

にまとめられ、食の対象になる魚類と鳥類の上位語彙として、「魚鳥」という語はすでに存在したことが認められる。すなわち、上記の「供御・食・麁食・蔬食・珍物・美食・料・飲食・魚鳥」などは確かに平安時代にあったことばであり、日常実用文を書く際に必要とされている漢語である。

平安時代において、漢語は次第に日本語語彙に浸透していったが、和語中心の仮名文学作品では、漢語が現れることが少ない。その仮名文学作品に見られる漢語は、特殊なものでない限り、日本語に浸透していた語と見なすことができる。

では、『今昔』に見られる食料の総称としての漢語は、仮名文学作品に用例があるかどうかを調べてみる。まず、国文学研究資料館の日本古典文学本文データベースを、電子テキストとして利用し、国立国語研究所の全文検索システム「ひまわり」で検索をかける。[*七] 電子テキストについては、竹取物語・伊勢物語・大和物語・宇津保物語・枕草子・源氏物語・落窪物語・堤中納言物語・大鏡・土佐日記・蜻蛉日記・紫式部日記・更級日記などの作品を取り入れた。同時に、文字表記や仮名遣いの差異による見落としを防ぐため、並行して『古典対照語い表』と照合する。次に、検索の結果と底本である岩波書店の日本古典文学大系各巻、または『うつほ物語の総合研究』と照合し、ルビなどを確認する。

検索した結果、「飲食」「供御」「食」「料」「百味」の五語が見られる。いずれも『うつほ物語』に見られる。それぞれ一例ほど示しておく。

ありつるいほは、いほとみつれど、**百味**をそなへたる**飲食**になりぬ。あやしうたへなる事おほかり。〔うつほ　俊蔭〕

又、女御のきみ、なしつぼよりたてまつれ給しこがねのかめに**くご**をいれかへて、それにそへたりしこゐ、ことり・ひぼし、ゑぶくろにいれながら、ふぢつぼよりたてまつれ給へりしきじそへて、うちにたてまつれ給とて・・・　〔うつほ　蔵開上〕

又、やま〳〵てら〴〵に、**じき**なく、ものなきをこなひ人をくやうし給へ　〔うつほ　藤原の君〕

山ごもりの**みれう**に、かゆの**れう**・あはせ、いときよらにてうじて、むまどもに〈ナシ〉おほせて、・・・　〔うつほ　国譲下〕

他の作品とは異なり、『うつほ物語』には庶民生活をありのままに描いた所が散見する。それを表現するために、多くの衣食住の語彙が必要となり、右記のような漢語も自然に現れてくる。仮名文学作品に使用されていたこの五語は日本語語彙に浸透していた可能性が考えられる。

仮名文学作品にわずかの用例しか見あたらないことは予想の通りである。そこで、第一節に述べたように、日常実用語の中核を占めているのは、古文書・古記録などの実用文に用いられている漢語であるので、**二**に提示した食料の総称としての漢語について、古記録・古文書に用例を求めてみたい。

東京大学史料編纂所データベースを利用し、元永二年まで（『今昔』が成立前）限定して検索すると、食料を指す「飲食」「供御」「食」「料」「珍物」「美食」「魚鳥」「食物」「酒食」「施食」「飯食」が見いだされた。その用例は次のようである。（□は本文に見られる空白、〈 〉内は割注である。句読点は『大日本古記録』の本文に従う。）

中納言〈忠、〉有五節定事、執筆知綱〈藤原〉朝臣、事畢被設**飲食**云々　〔後二条師通記　寛治六年十月十五日〕

先典侍藤宗子・掌侍仲〈平〉子等參向、**供御**供了、行事蔵人宗佐〈藤原〉參御前、申供了由　〔中右記　寛治七年十二月十五日〕

先以白布各充衣裳、兼以**美食**給石女□□□□（小右記　寛仁三年八月三日）

又送火桶等於処々、菓子・**魚鳥**等類同奉（小右記　長保元年十一月二六日）

頭中將取御**施食**、次僧汁物、〈二度、〉（中右記　承徳二年九月二二日）

皆着狩衣騎馬扈従、殿下被随身**食物**、又殊有食物、（小右記　永延二年十月三日）

両三殿上人会、聊有**酒食**、秉燭向大炊御門、即帰家（小右記　長徳元年正月九日）

於水飲律師覚慶儲候御膳、及備侍臣等**食**、事了赴給之間（小右記　永延二年十月二八日）

人々退出之後供御**料**、陪膳源中将…（小右記　寛治六年七月十日）

仮名文学作品に見られる「飲食・供御・食・料」は、古記録にも現れている。「百味」は東京大学史料編纂所データベースを利用して、『平安遺文』を検索、確認してみると

兼延龍象演説大日經、幷設**百味**奉獻三寶、伏願藉此妙業、濟抜煢魂（續遍照發揮性靈集補闕鈔八（四四二八）天長三年十月八日）

の用例が見られる。『色葉』に見られ、仮名文学作品及び古記録や古文書の両方にも見えることは、「飲食・供御・食・料・百味」などが広く使用されていた証の一つであると思われる。

ちなみに、「飲食」「食」「料」のほか、「魚鳥」「食物」「酒食」は古記録にそれぞれ十例以上見られる。[*八] 古記録は平安貴族の日記が中心となっており、そのような文章を実用文と称して支障がない。『色葉』や『和名抄』に見られ、且つ古記録の実用文に使用例が多く現れる「珍物・美食・魚鳥」は、平安時代で実用文を書く際の用語として認めら

れる。

『色葉』に見あたらないが、古記録に三〇例以上確認できる「食物・酒食」は、実用文によく使用され、辞書に収録するほど難しい語ではなかった可能性が考えられる。また、「施食」は用例が多くないが、複数の古記録文献に現れているので、実用語としてある程度通用していたと思われる。

一方、「蔬食」は『色葉』にのみ見られ、古記録での使用例が見あたらない。「飯食」は、『色葉』に見られるが、古記録での用例は『小右記』に一例しか見いだせないため、当代の日常実用語として認めがたい。「蔬食・飯食」などが『今昔』に用いられるのは、漢籍や説話の出典との関係から説明できるのではないかと思われる。

三・三　説話の出典との関係

三・二に提示した『色葉』に見られるが、仮名文学作品にも、古記録にも用例が見あたらない「麁食・蔬食」と、用例数が少なかった「飯食」、及び「薫辛・食味・宿食・酒肉・段食・美物」など、古辞書・仮名文学作品・古記録文献等のいずれにも確認できない語について、『今昔』説話の出典、または間接的典拠とされている仏典等に当たってみる。

出典において、『今昔』の用例に対応している箇所に現れる語は、「蔬食・薫辛・宿食・酒肉・段食」である。

其ノ寺ニ、恵鏡ト云フ僧住ケリ、本ハ溜洲ノ人也。出家シテ後、常ニ**蔬食**《ソシヨク》ニシテ、道《ダウ》ヲ修《シユ》スル事懇《ネムゴロ》也。

〔今昔巻第六　震旦悟真寺恵鏡、造弥陀像生極楽語第十五〕

出家已後**蔬食**苦行。

〔三寶感應要略録巻上　悟眞寺沙門釋惠鏡造釋迦彌陁像見淨土相感應篇〕

一人ノ比丘《ビク》有テ申シテ云ク、「此レハ出家ノ羅漢ノ滅尽定《メツジンヂャウ》ニ入レル也、多ノ年ヲ積《ツモ》レリ。此ノ故ニ鬢髪《ビンハツ》長キ也」ト。（中略）「**段食**《タンジキ》ノ身ハ、定《ヂャウ》ヨリ出《イヅ》レバ即《スナハチ》其ノ身破レヌ。然《サ》レバ、撃《ウチ》テ覺《サト》ラシメバ可起《オクベ》シ」ト。

〔今昔・巻第四　天竺山人、見入定人語第廾九〕

乃入滅心定阿羅漢也。（中略）**段食**之體出定便謝。

〔大唐西域記・十二〕

「麁食」に関しては、

後ニ美膳ヲ止メテ**麁食**《ソジキ》ノ饗《アルジ》ヲ出シテ云ク

〔今昔巻第十　高祖、罸項羽始漢代為帝王語第三〕

以**惡食**食項王使者。

〔史記巻七　本紀第七〕

沙門瞿曇*九麤食知足。

〔中阿含經*一〇　五十七〕

原典の一つとされている『史記』には「惡食」とあるが、「麁食」は仏典の『中阿含經』『最上乘論』などに多く現れており、『法苑珠林』にも見られる。

「飯食」は、『今昔』に対応する箇所ではなく、次のように『今昔』の原典とされている文献の中に散見する。

著衣持鉢往其家就座而坐。居士手自斟酌**飯食**。（中略）時有六群比丘。手把散**飯食**。（中略）若比丘故作手把散**飯食**。犯應懺突吉羅。

〔四分律巻第二十一〕

「食味」は『法苑珠林』に

常貪於**食味**　其心常希望　於味變大苦　此苦不可説　〔法苑珠林巻七十〕

の用例が見られる。

出典の当該文章に確認できなかった「美物」の、漢籍における用例は次のようになる。

三牲之俎、八簋之實、**美物**備矣。　〔禮記・二五　祭統〕

すなわち、上記の語は何らかの原拠が存在し、この主なものは『今昔』の出典にある。原拠の用語を踏襲したことによって、『今昔』に用いられたのであろう。

四　食品・料理・嗜好品等

二に示した『今昔』に見られる食料関係の漢語一覧のⅠ食品・Ⅱ料理の下位分類を見ると、Ⅰ食品では、「穀」は穀物一般を指す。「雑菜」は様々な野菜のことをいう。「魚食・魚物・魚類」は魚介類の総称である。「肉食」は肉類一般を指す。Ⅱ料理では、「饗膳・餚饍・美膳」は具体的な料理名ではなく、料理全般のことを意味する。Ⅲ嗜好品等では、「珍菓・美《ビ》菓」も具体的なくだものを表していない。一言で言えば、『今昔』に見られる食料関係の漢語のほとんどは、それぞれ所在のカテゴリー（大分類や小分類）の総称であり、より総括的な表現であると言える。但し、調味料に注目してみると、漢語は六語あり、和語（四語）よりも多いことがわかる。

それらの漢語については、仮名文学作品・古記録・『色葉』と対照し、語彙の位相を見てみたい。

二に示した表一と『今昔』に見られる食料関係の和語一覧から見てとれるように、個々の具体的な食品を指す語のほとんどは和語である。それらの和語に関しても、当代にはそのような語はあったか、『色葉』『和名抄』と対照してみる。また、それぞれの語は広く用いられていたかを確認するため、仮名文学作品とも対照してみる。

四・一　仮名文学作品に見られる語

まず、『今昔』に見られる食料関係の小分類の語彙の中で、『今昔』・古辞書・古記録に用いられるほか、性格が異なる仮名文学作品にも用いられている語について、まとめてみる。

平安時代以前の仮名文学作品に確認できた漢語は「穀・水飯・柑子・柚」であるが、和語は次のようなものがある。

（**二**に提示した漢語・和語それぞれの一覧を参照。）

Ⅰ食品
①穀物　小豆・粟・大角豆（角豆）・大豆・麦・糄・米・黍・稗
②野菜　菜・瓜・大根・笋・野老・茄子・蒜・芋頭・若菜・草ノ根・木ノ根・貝ツ物
③魚介類　鮑・魚・鰹・貝・鯉・鮭・鯛・蛤・鮒
④肉・卵　牛・馬・卵・亀・雁・蛇・肉（完）・鳥・羊・猪
⑥豆腐・寒天等　海松
⑦調味料　酒・醤・塩

Ⅱ料理　飯・御飯・粥・強飯・湯漬・羹・肴・菜

Ⅲ嗜好品等

①果物　搔栗・柿・菓子・栗・胡桃・菓・李・橘・梨子・棗・蓮ノ實・桃

②菓子　餅

③飲物　酒・乳・水・湯

右記のように、『今昔』と仮名文学作品の両方に現れる和語は、漢語とは明らかに違って、非常に多く見られる。各分類を見ると、いずれの小分類にも該当する語があることがわかる。食料の小分類にあたる個々の具体的食品を指す語は、ほとんど和語であることは一目瞭然である。また、それらの語は多くが複数の作品に出ている。例えば「梨」は『源氏物語』に一例、『枕草子』に二例、『蜻蛉日記』に一例、『古今和歌集』に一例、そのほか、『万葉集』にも一例が見られる。それらの語は『今昔』独自の用語ではなく、平安時代でより広く知られていたことばであると考えられる。

さて、数の少ない漢語を検討してみる。「柑子」については、『文明本節用集』には、「人王四十五代聖武御宇神亀二年自レ唐渡レ之」と記されている。「柚」も中国原産のものである。『源氏物語』には

この頃となりては、**柑子**などをだに、ふれさせ給はずなりにたれば、頼み所なくならせ給ひにたること

〔源氏・薄雲〕

「柑子などをでも、手を御つけなさらなくなってしまった」と心配する女房がいる。

「柑子」は『源氏物語』の地の文と女房の会話文に見られ、「柚」は『枕草子』『蜻蛉日記』の地の文に見られる。「穀・水飯」については、『蜻蛉日記』に「こくだち」「手づからすいはなどするここち」という形で現れている。『うつほ物語』にも

源少将は山にこもりにし日より、**こく**〈ゝ〉をたち、しほたちて、このみ、松のはをすきて、六時まなくをこなひて……〔うつほ　あて宮〕*二

とある。陽明文庫本『源氏物語』にも「水飯」の用例が見られる。

氷水《ひみづ》めして**すいは**などとりぐにさうどきつゝくふ〔源氏・常夏〕

「柑子・柚・穀・水飯」は、漢語の使用が非常に少ない女流文学作品に見られ、女性の会話文や地の文に用いられていることからも、それらの語は漢語のままで日本語に浸透していた様相が窺える。

四・二　『色葉字類抄』等に見られる語

次に、小分類の語彙の中で、古辞書に収録され、その語が平安時代に存在したと思われるものについて、見てみる。

四・一に示した語以外、『色葉』や『和名抄』に現れる漢語は「白米・甘露・胡麻・蘇・蘇蜜・味煎・饗膳・煎餅」であり、その中に調味料を指すものは五語である。和語は次のようなものがある。

Ⅰ食品
①穀物　麨
②野菜　菘・蕪・茸・平茸・暑預・和多利（和太利）
③魚介類　鰓・鰺・蟹・鱠・鯰
④肉・卵　肉村（完村・臠）
⑤乾物・漬物等　荒巻・干鳥
⑦調味料　酢
Ⅱ料理　暑預粥・交飯（炊交）・漿・鮨・糄・麦縄・煎物
Ⅲ嗜好品等　山女・葅・蓿・郁子・楽

四・一で示した語に比べると、和語の数は遥かに少ないが、漢語の数はより多い。

仮名文学作品に見あたらず、『色葉』や『和名抄』に見られる語は、当時の文学作品には用いられることはなくとも、男性知識人によって、充分に使用されていた語であると思われる。また、『色葉』は日常実用文を書くための国語辞書であるので、『色葉』の掲出語は実用文を書く際に必要な語であるとされていたと考えられる。

一方、漢語の「白米・甘露・胡麻・蘇・蘇蜜・味煎・饗膳・煎餅」などは、いずれも仮名文学作品に用例が現れないが、古記録または古文書に用例が見られる。その用例を次に示しておく。

伊勢**白米**減省、不続前司教〔孝〕忠　〔小右記　治安一年十二月九日〕

六日、己丑、従昨日雨通夜下、雖**甘露**、　〔御堂関白記　寛弘一年五月六日〕

下宮内　**胡麻**五斗　大角豆一石八斗五升七合　大豆四斗二升…
〔東寺百合文書モ 後七日御修法料切下文 永保四年一月八日〕

昨日夕従鎮西献**蘇**、今日賜**蘇**甘栗勅使左衛門尉兼隆（藤原）
〔小右記　永延二年一月二十一日〕

〈伴僧二口、〉為攘天変、**蘇蜜**・名香・浄衣等送之
〔小右記　治安三年十二月十四日〕

梨・〔棗〕給府、明日陣料、**味煎**・署預事、便云属丹波中将雅通
〔小右記　長和三年一月十三日〕

各着座了、諸司如形毎座前居**饗膳**、〈不用魚類也、〉先一献
〔中右記　嘉保二年二月二十六日〕

大豆餅卌二枚　小豆餅卌二枚　**煎餅**卌二枚　阿久良形卌二
〔大日本古文書（編年文書）天平十一年〕

これらの漢語は、『色葉』に見られ、古記録での使用例が確認できるため、日常実用語として認めることができる。古記録に見える「甘露」の用例は雨の事を指すが、実用語としては変わりはないのであろう。ちなみに、「煎餅」については、『和名抄』に「以㆑油熬㆓小麦麺㆒之名也」とあり、現代のせんべいとは異なり、中国から伝わったものである。

四・三　その他の語

四・一と**四・二**に示した語以外の、『今昔』にあって、仮名文学作品にも、古辞書にも見あたらない語を、次に示しておく。

Ⅰ食品
（漢語）麻米・雑菜・魚食・魚物・魚類・大魚・肉食・白團・蘇油
（和語）干瓜・舞茸・溝貝・塩辛

Ⅱ料理　（漢語）餚饍・美膳・當飯
（和語）朝粥・白飯・鮨鮎・水漬・舊麦・焼物・焼漬
Ⅲ嗜好品等　（漢語）美菓

四・一と**四・二**に比べると、漢語は多く見られるが、和語は極めて少ない。その和語の「舞茸、塩辛、焼物」などについては、現代でも日常生活でよく使われる語であるので、古辞書に掲載されていないことは、当代の新出事物か、または既に日常的に使用され、辞書に掲載される必要性がないと判断されていたか、のいずれになるのであろう。即ち、『今昔』に見られる食料関係の和語は、基本的に時代とかけ離れたものではないと判断できよう。

Ⅰ食品に分類した和語は漢語より圧倒的に数多く見られるが、仮名文学作品にも古記録にも現れない語については、漢語のほうが多い。ただし、野菜一般を指す「雑菜」、魚介類全般をいう「魚食・魚物・魚類」、肉類の総称である「肉食」はいずれも古記録に見られる。それぞれの用例を一例ずつ示しておく。

又僧正御料白米十折櫃・**雑菜**十折櫃　（小右記　治安三年十一月二十九日）
魚食、日脚推量之処、未剋不例　（後二条師通記　寛治六年十月二十六日）
合禄布、米十石・熟瓜三駄・**魚物**等遣之府　（小右記　寛仁三年八月十一日）
除目了日執筆人給**魚類**等於内記所云々　（小右記　治安一年八月二十九日）
従今日**肉食**間、可書法華経一巻　（御堂関白記　寛仁三年二月六日）

古記録にも見られない「麻米[*二二]・大魚・白團・蘇油」については、『今昔』の説話の出典や間接的な典拠とされる仏典等に当たってみると、原拠の用語を踏襲した痕跡が認められる。

其ヨリ尼連禪《ニレンゼンガ》河ノ側《ホトリ》ニ至《イタリ》給テ、坐禪・修習シテ苦行シ給フ。或《アル》日ハ一麻ヲ食《ジキ》シ、或日ハ一米ヲ食シ、或《アルイ》ハ一日乃至七日《ナイシナヌカ》ニ一ノ**麻米**ヲ食ス。

〔今昔・巻第一　悉達太子、於山苦行語第五〕

於尼連禪河側静坐思惟。宜應六年苦行以度衆生。太子日食**一麻一米**。或七日一食。

〔佛祖統紀巻二　教主釈迦牟尼佛本紀出父家部〕

於是太子思惟至理爲伏苦行外道節麻米以支身

「麻米」は出典の「一麻一米」に引かれたものであることが考えられる。また、『攷證今昔物語集』には示されていないが、『大唐西域記』[*一三]にはが見られる。

「武帝ノ**白團**ヲ食《ジキ》セシ事、實《マコト》ニ其ノ員《カズ》ヲ不記《シルサ》ザリキ」ト。

〔今昔・巻第九　震旦周武帝、依食鷄卵至冥途受苦語第廾七〕

「帝食**白團**、實不記数。」（帝白団を食すること実に数を記《おぼ》え不《ざ》りき。）

〔冥報記巻三（前田家本）[*一四]〕

佛ノ宣《ノタマ》ハク、「我ガ法ノ中ニハ**蘇《ソ》油《ユ》**ノ食《ジキ》ヲ不許《ユルサ》ズ、何《ナン》ゾ舎利弗肥《コエ》タルゾヤ」ト。

〔今昔・巻第三　舎利弗、攀縁暫篭居語第四〕

『経律異相』には「蘇油」が見あたらないが、『大智度論』には

佛問羅睺羅何以羸瘦羅睺羅説偈答佛　若人食油則得力　若食**酥**者得好色　食麻滓菜无色力　大徳世尊自當知

〔大智度論　巻第二[*一五]〕

とあり、「蘇」と「油」を合わせていうことも考えられるが、「蘇油」は「単に蘇ともいう。」と大系本の頭注がある。『康熙字典』では、「酥」は

【玉篇】酪也。【韻會】酪屬、牛羊乳爲之、牛酥差勝。【臞仙神隱書】造法、以乳入釜、煎二三沸、傾入盆內、冷定、待面結皮、取皮再煎、油出去滓、入鍋內卽成**酥油**。北方名馬思哥。

とされ、唐詩にも見られる。

十万军城百万燈、**酥油**香暖夜如烝

〔唐・薛能「影灯夜[*一六]」〕

また、『齊民要術』の「缹瓜瓠法」にも

漢瓜用極大饒肉者、皆削去皮、作方臠、廣一寸、長三寸、偏宜豬肉、肥羊肉亦佳、**蘇油**亦好、特宜菘菜。

〔齊民要術・九〕

「大魚」は『今昔』の巻第五第卅九話の題、「五人、切大魚肉食語」にも、説話にも見える。

今昔、天竺《テンヂク》ノ海邊《ホトリ》ノ濱ニ大キナル魚、寄リタリケリ。其ノ時ニ、山人ノ行キ通ズル五人有リケリ。此ノ**大魚**《ダイギヨ》ヲ見テ寄《ヨリ》テ魚ノ肉《シシ》ヲ切取《キリトリ》テ五人シテ食《クラヒ》テケリ。

〔今昔・巻第五　五人、切大魚肉食語第卅九〕

この説話の典拠は『賢愚經』であるとされている。『賢愚經』を見ると、「摩竭大魚」「見一大魚。身有百頭。」があり、説話の本文は次のように対応しており、原典である『賢愚經』の用語を踏襲した痕跡が見られる。

其ノ魚ト云ハ今ノ釋迦佛《シヤカホトケ》ニ在《マシ》マス。**大魚**《ダイギヨ》ノ身ト成（ナリ）テ山人ノ道行カムニ、我ガ肉《シシ》ヲ与《アタ》ヘムト也。

〔今昔・巻第五　五人、切大魚肉食語第卅九〕

我捨此身願為**大魚**。以我身肉充濟一切。

〔賢愚経巻七　設頭羅健寧品〕

このように仮名文学作品や古記録には見られないが、漢籍または仏典類とは切り離せない関係にある。特に「白團」は冥界特有な言い方であったので、登場人物である監膳にさえ通じず、冥界の人からの説明が必要となるほど、仏教的要素が強く感じられる。

一方、漢語ではない「毒茸・干瓜・舞茸・山ノ菜・溝貝・塩辛」は、今回調査した限り、『今昔』の成立時代に近い文献に確認することができない。『宇治拾遺物語』に「干瓜」の用例が見られるが、それは『今昔』と重出する説話に出ているものであるため、確認できたとは言えない。料理に関する描写について、『今昔』は他の文献と異なった表現がされていた可能性が考えられる。また、Ⅲ嗜好品等を見ると、「美菓」以外の語は、すべて『色葉』や『和名抄』、あるいは仮名文学作品に確認できることがわかる。その中で、果物が非常に多く見られるので、今後は留意したい。

四・四　まとめ

Ⅰ食品・Ⅱ料理・Ⅲ嗜好品等以下小分類に当たる和語は漢語より圧倒的に多い。それらのほとんどが『色葉』や『和名抄』、あるいは仮名文学作品により確認できる。そして、**二**に述べたように、多くの和語が、仮名文学作品や『色葉』に出現しており、その大部分は多くの作品に見られることからも、『今昔』における食料関係の和語は、時代とかけ離れたものではないことが窺える。

漢語はそれぞれの小分類の総称が多い。その用例は古記録に見られる語は少なくないが、仮名文学作品に用例を求めるのは難しい。とはいえ、具体的な食品を表す「柑子・柚」のような仮名文学作品にも見られる語もある。また、調味料を指す漢語は和語よりも多く、ほとんどが古記録そして『色葉』に出ており、日常実用語と認められる。具体的な食品を指す漢語の多くは中国より伝わった食品を表しており、食品そのものと共に、表現も日本語語彙に浸透したのではないだろうか。

また、仮名文学作品や古記録に確認できない漢語は、基本的に原典や原拠の用語を踏襲したものであると認められる。

五　結び

『今昔』における食料に関する名詞語彙については、食料のカテゴリーの中において、総称としての語は漢語が多く、具体的な個々の食品を表す語のほとんどは和語である。すなわち、『今昔』に見られる食料関係の語彙は、上位分類には漢語が中心となり、下位分類には和語が中心となる構造が認められる。漢語は簡潔で含蓄に富むという特色があり（佐藤喜代治一九七九『日本の漢語』）、抽象的な意味が含まれやすいため、総括的な表現が多く見られると考えられる。『今昔』に見られる食料関係の漢語は、日本語における漢語和語の一般的特徴に一致しただけではなく、際立っており、表現の豊富さをも窺い知ることができる。

『今昔』に見られる食料関係の漢語は、約二割が仮名文学作品に現れ、約四割が『色葉』に見られるのに対して、和語は、約六割が仮名文学作品に現れ、約八割が『色葉』に見られる。またその和語の多くは複数の仮名文学作品に出ている。本節の調査、特に和語の調査によって、『今昔』における食に関する描写の多くは、『今昔』独自のものではないことが推察できる。

一方、数は限られているが、具体的な食べ物を指す漢語は、ほとんどが中国由来の食品を表し、表現は物と共に、日本に浸透してきたと考えられる。その中でも調味料を指す漢語は和語よりも多いことに注目したい。

『今昔』における食料関係の漢語は、ほとんど仮名文学作品に現れないが、古記録に用例を求めることができる。その両方にも見いだせない場合は、原典原拠となる文献及び他の漢籍によって確認できるものが多い。すなわち、食料関係の漢語について、『今昔』では、日常実用語を使用している一方、説話の原拠などから用語を踏襲したことが明らかである。

浅野敏彦（一九九八）[*一七]に指摘されている通り、漢語はきわめて重層的なものである。本節の調査を通して、『今昔』における食料関係の漢語は、次のような三つの層をなしていることが見えてくる。

A　語数は多くないが、「柑子・柚・料・飲食」などは、古記録文献から仮名文学作品まで広く使用され、平安時代の日本語語彙に浸透していたと思われる語である。中には中国から伝わった具体的な食品を指す語も見られる。

B　「酒食・食物・蘇蜜・煎餅」などは、Aほど浸透していなかったが、古記録や古辞書に出現し、平安時代では日常実用語として通行していた語である。

C　「白團・蘇油」などは、『今昔』の典拠及び他の漢籍・仏典から踏襲したものと思われ、平安時代の日本語語彙に浸透していなかった語である。

『今昔』においては、食料の総称としての漢語が数多く見られるのが特徴的である。その背景には、『今昔』は広い分野から素材を取り入れていた経緯があると思われる。この点に関しては、今後さらに検討したい。

注

一　『日本語語彙大系』の一般名詞意味属性体系においては、「食料」の分類項目を立てている。本節はこの項目に分類し得る語彙を調査対象とする。

二　『今昔』では、「生類ノ肉」「諸ノ肉」の表現も見られるほど、食の対象として、「亀ノ肉（肉村）・牛ノ肉・鯰肉・魚ノ肉（肉村）・猪ノ肉・馬ノ肉」など、「〜ノしし（ししむら）」という表現が多く見られる。連体修飾語のない「しし」は滅多にない。ただし、巻第十九の鴨雌見雄死所来出家人語第六にはこのような用例が見られる。

而《シカ》ル間、其ノ産シテ専《モハラ》ニ完食《シシノジキ》ヲ願ヒケリ。夫、身貧クシテ完食《シシノジキ》ヲ難求得《モトメエガタ》シ。田舎《ヰナカ》ノ邊《ホトリ》ニ可尋《タヅヌベ》キ人モ无シ、市ニ買ハムト為《ス》レバ、其ノ直《アタヒ》无シ。然レバ心ニ思ヒ繚《アツカヒ》テ、未ダ不明《アケ》ザル程ニ、自《ミヅカ》ラ弓ニ箭ニ筋許《バカリ》ヲ取リ具シテ家ヲ出《イデ》ヌ。池ニ行《ユキ》テ池ニ居《キ》タラム鳥ヲ射テ、此妻《コノメ》ニ令食《クハシメ》ムト思《オモフ》故ニ也。

〔今昔巻第十九　鴨雌見雄死所来出家人語第六〕

「しし」が欲しくて、池に行ったが、釣りをせずに、鴨を射た。魚より鳥を「完食」の対象にした。したがって、「しし」を「肉・卵」に分類するのは妥当である。その他、食料に関するものではないが、次の用例も見られ、「しし」は「猪」のことを指していう。

其ノ中ニ、一人ノ女人《ニヨニン》有リ、年若クシテ髪ニ猪《シシ》ノ油ヲ塗《ヌリ》テ、其ノ庭ニ人ノ中ニ有《アリ》テ法ヲ聞ク。行基、此ノ女人《ニヨニン》ヲ見テ、宣《ノタマ》ハク、「我レ、甚ダ臰《クサ》シ。彼《カ》ノ女ノ頭《カシラ》ニ血・**肉**《シシ》ヲ塗レリ。速に其ノ女ヲ遠ク追弃《オヒス》テヨ」ト。（中略）此レヲ思フニ、凡夫《ボンプ》ノ肉眼《ニクゲン》ニハ油ノ色ヲ見ル事无シ、聖人《シヤウニン》ノ明眼《ミヤウゲン》ニハ完《シシ》・血ヲ見ル事顕《アラハ》也。

〔今昔巻第十七　文殊、生行基見女人悪給語第卅六〕

三　食料一般を指す語としては、「饍《そなへ》・珎《めづらしき》物」も見られるが、人間のためではなく鬼のために用意されたものであるので、考察の対象外とする。

四　世親（インドの僧）の「唯識三十頌」に対する、インドの仏僧護法ら十大論師の注釈。本発表は「成唯識論導巻四」と『日本大蔵経』二十七成唯識論泉鈔巻四を参考にした。「段食」を「團食」とされたこともあるという。

五　漢籍の用例を突き止める際は、北京書同文『四部叢刊』電子版を利用した。入力の便宜上文字を適宜に変更することもある。当該の漢文大系や漢文大成各巻を参考にした。

六　「食」の「シ」は漢文の伝統的な読みである。

七　『ひまわり』で国文学研究資料館の日本古典文学本文データベースを利用するためには、国立国語研究所のホームページから変換パッケージをダウンロードして、元のデータを変換する必要がある。詳細は http://www.kokken.go.jp/lrc/ を参照。語彙辞書研究会にて『今昔物語集』における食料関係の漢語」について発表した際は、まだこのソフトが利用できなかったので、『古典対照語い表』（宮島一九九二）と国文学研究資料館の検索システムを利用した。

八　食料を指す古記録の用例は多く「御料」の形で現れている。

九　『康熙字典』の「麄」の項目には、「【正字通】俗麤字。」とある。

一〇　CBETA電子佛典集成資料庫を利用し、検索をかけて見いだした用例である。
一一　室城秀之ほか［編］（一九九九）『うつほ物語の総合研究』１本文編 勉誠出版
一二　「麻米」については、お粥の意の「糜」の誤写と考えられる用例も見られるが、現段階では有力な傍証が見いだせないため、それらの用例は考察の対象外とする。
一三　注一〇参照。
一四　『法苑珠林』巻九十四「酒肉篇感應縁」にも同文が見られる。
一五　『高麗大藏経　大智度論　外三十部』（東國大学校一九六〇）で確認した。
一六　文字は、日本語の字体に合わせて適宜調整した。『斉民要術』の用例も同じ。
一七　浅野敏彦（一九九八）『国語史のなかの漢語』和泉書院

第四節　住居関係の漢語

一　調査の目的と方法

本章では『今昔』における衣食住に関する語彙の調査を行い、衣服関係と食料関係の漢語についてはまとめた。続いて、住居に関する語彙を考察し、『今昔』に見られる住居関係の漢語の実態を明らかにしたい。

住居とは、人の住む家や場所のことをいう。本節はその人の住む家を中心に考察を進める。すべての建造物が人の起居するためのものとは言えないが、生活とは切り離せない関係にあるため、まず、『今昔』における建造物関係の語彙の全体像を把握する必要があると思われる。住居とそうでないものを指す語彙に漢語と和語の分量に差があるのか、漢語はどの程度の割合を占めているか、それはどういう類の表現であるか、その概況を最初におさえておくべきと考える。

その次に、『今昔』に見られる住居関係の漢語の位相や層別を考える。住居関係の考察方法は、第二節の衣服関係の漢語と同じく、四つのステップに分けて行う。ここでは簡単に示しておく。

第一ステップは、仮名文学作品での用例を確認する。

国文学研究資料館の日本古典文学本文データベースを、電子テキストとして利用し、国立国語研究所の全文検索システム「ひまわり」で検索をかける。[*一] 電子テキストについては、竹取物語・伊勢物語・大和物語・宇津保物語・枕草子・源氏物語・落窪物語・堤中納言物語・大鏡・土佐日記・蜻蛉日記・紫式部日記・更級日記などの作品を取り入れた。文字表記や仮名遣いの差異による見落としを防ぐため、並行して、『古典対照語い表』等と照合する。

第二ステップは、古記録や古文書に用例があるかどうかを調査する。

東京大学史料編纂所データベースを利用し、元永二年までと限定して用例を検索する。添付されている画像や『大日本古記録』[*二]等の冊子を参照しながら、用例を求めていく。

第三ステップは、『色葉字類抄』に収録されているかどうかを確認する。

第四ステップは、仮名文学作品・古記録や『色葉』に見られない漢語について、『今昔』の出典など、漢籍や仏典に当たってみる。

テキストは日本古典文学大系『今昔物語集』（岩波書店）を使用し、本章の第一節に述べた読みの確認作業を行う。[*三]

考察の対象に関しては、「東大寺」「感楊宮」「清涼殿」「楞嚴院」等の寺名・宮舎名などの固有名詞や、「王宮」「龍宮」などの一般的住居と区別すべきものや、明らかに場所のみを指す語は対象外とする。[*四] なお、「うまや」などの明らかに生活空間ではない語は除外したが、「講堂」「中堂」などの仏教関係の語彙は、比較のため、**二**で取り扱う。

建造物の語彙の分類に関しては、『日本語語彙大系』の意味属性体系に依り、家屋・庭・門や塀の三項目に分ける。家屋をさらに本体・部分・付属品の三つに分類する。家屋の部分を指す語について、「曹司」などの空間を有する場と、「天井」などの建造物の構造的要素とを区別して比較する。（なお、表記を統一するため、用例の字体は原則として、引用元の通りとしたが、用例や引用の部分以外は、現代の通用漢字を用いる。）

二　建造物関係の語彙における漢語

『今昔』に見られる建造物に関する名詞語彙を、漢語和語を問わずに抽出する。整理できた語彙表を三で示す。その語彙表の中には、「I　仏教の宗教施設を指す漢語」一覧に見られる「講堂」「中堂」「金堂」などのような、仏像を安置するなど、原則的に宗教活動を行う施設を指し、人が起居する場所を指すものではない漢語が見られる。その中には、冥界の建物を指す語も見られる。現代では冥界は俗信であり、仏教の教えとは異なったものであるという見方もあろうが、『今昔』に見られる

巻第十三　僧源尊、行冥途誦法花活語第卅五
巻第十四　利荊女誦心経従冥途返語第卅一
巻第二十　攝津國䊸牛人、依放生力従冥途還語第十五
巻第七　震旦李思一、依涅槃経力活語第卌二
巻第六　震旦溜洲司馬、造藥師佛ヲ得活語第廾一説話

などの説話から、冥界と仏教とは切り離せない関係にあることが窺える。本章では、冥界の建造物に関する語彙も仏教関係の語彙とする。

性質の異なる仏教の宗教施設を指す語彙と人が起居する建造物を指す語彙（住居関係の語彙）とは、分けて考えるべ

きと思われる。『今昔』における建造物を表す語彙の全体像を概観できるようにするため、三では「Ⅰ　仏教の宗教施設」と「Ⅱ　住居関係の漢語」、「Ⅲ　住居関係の和語」の三組にまとめる。

名詞語彙の性質を見る際には、語の意味を把握するのが研究の基本となる。『今昔』から採取した三組の語彙は、どのような意味体系で構成され、その特徴を見るため、各組の語彙を、『日本語語彙大系』（池原一九九七）の意味属性体系に依り、家屋・庭・門や塀の三項目に分ける。家屋をさらに本体・部分・付属品の三つに分類する。家屋の部分を指す語については、「曹司」などの空間を有する場と、「天井」などの建造物の構造的要素とを区別して比較する。その体系を図で示すと次の通りである。

図一

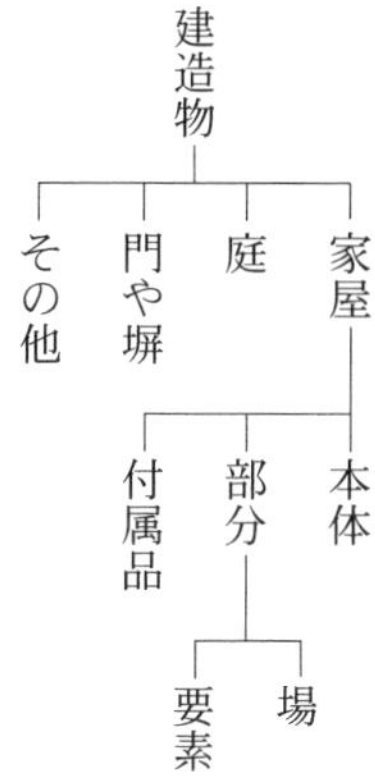

無論、単語の語義は、当該語の『今昔』における前後の文脈によって決定される。なお、『今昔』の住居関係の語には、「僧房・食堂」のような僧や聖人が起居や生活をする場を指す語が多く見られる。そのような語は、「寝殿・曹司」など一般人の住居と区別して見るべきと思われる。

なお、第二章で検討した「くら」を指す語彙[*五]に関して、『今昔』には「倉庫《サウコ》」「庫倉《コザウ》（蔵）」「蔵《くら》」「倉《くら》」の四語が見られる。大系本は「庫倉《くら》（蔵）」としている。しかし、『和名類聚抄』の伊勢十巻本では、「倉廩」「庫」が見出し語として並べられ、普通のくらを「倉廩」、武具のくらを「庫」としている。和語の「くら」については、『今昔』では一

表一　仏教の宗教施設の語彙数

語種	分類	語数	小計
漢語	本体	28	36
	部分〈場〉	5	
	部分〈要素〉	1	
	付属品	2	
混種語	本体	1	2
	部分〈場〉	1	
合計		38	

文字の「倉《くら》」と「蔵《くら》」が頻繁に用いられており、二文字の「庫倉」や「庫蔵」を使用する必要性がなかったものと思われる。一方、仏典には「倉庫」「庫蔵」が頻繁に現れている。また、稍々時代が遅れているが、『伊呂波字類抄』（十巻本）のコの畳字に「庫倉〈一作蔵〉」が見られる。以上のことを踏まえ、本節では「倉庫《サウコ》」「庫倉《コザウ》（蔵）」を漢語、「蔵《くら》」「倉《くら》」を和語として扱う。

『今昔』における建造物を表す語彙の全体像を概観するため、住居関係の漢語と仏教の宗教施設を指す漢語とは差異があるかどうか、その使用状況を確認してみたい。

さて、仏教の宗教施設（表一を参照）と人の起居の場を指す語彙（表二を参照）が対照できるように、その数をまとめる。なお、『今昔』の住居関係の語には、「僧房・食堂」のような僧や聖人が起居や生活する場を指す語が多く見られる。そのような語は仏教関係の語とし、「寝殿・曹司」などの一般の住居とを区別すべきと思われる。それを表二に示した。

仏教は中国から伝来したものであるため、関連する建造物の語彙は当然ながら漢語が中心となる。表一の宗教施設を指す語彙にも、表二の仏教関係の住居を指す語彙にも、漢語が圧倒的に多いことがそれを裏付けている。

表一と表二の数字を併せて見ると、漢語は一〇三語、和語は九六語、混種語は一一語である。建造物全体で言えば、和語よりは漢語のほうが若干多く見られることがわかる。漢語が和語を上回ることは以前調べた衣服関係の語彙と食料関係の語彙には見られない傾向である。

まず注目すべきは建造物の本体を表す漢語である。漢語の約三割を占めている仏教の宗教施設を指す語（三六語、表一を参照）は、ほとんどが「金堂・寶殿」など、建造物の本体を指す語である。表二の「小計」欄を見ると、漢語・

表二　住居関係語彙数

語種	分類	一般		仏教関係		小計	
		語数	計	語数	計		
漢語	本体	21	47	15	20	36	67
	部分〈場〉	4		1		5	
	部分〈要素〉	7		0		7	
	付属品	9		2		11	
	門・塀	6		2		8	
混種語	本体	1	8	0	1	1	9
	部分〈場〉	0		1		1	
	付属品	4		0		4	
	門・塀	3		0		3	
和語	本体	24	92	4	4	28	96
	部分〈場〉	19		0		19	
	部分〈要素〉	17		0		17	
	付属品	19		0		19	
	庭	2		0		2	
	門・塀	9		0		9	
	その他	2		0		2	
合計		147		25		172	

和語の両方とも建造物の本体を指す語が最も多い事がわかる。和語は二八語（全九六語、約三割）が建造物の本体を指す語であるが、漢語は三六語（全六六語、五割以上）も現れる。和語と漢語を比較すると、和語の総語数は漢語より圧倒的に多いのに、本体を表す漢語は占める割合も高く、語数も和語のそれより多いことが明らかである。表二の「僧侶」の欄を見ると、表一の宗教施設の語彙と同じく、そのほとんどが建造物の本体を指す語であることがわかる。「一般人」の欄を見ても、建造物の本体を指す語彙に関しては、和語は三割（九二語中二四語）にも満たないのに対して、漢語は四割以上（四七語中二一語）あり、本体を指す漢語の占める割合が和語より大きいことがわかる。すなわち、住居関係ないし建造物関係の語彙には、本体を指す語彙が多いということである。その中で、漢語は特にその傾向が顕著である。

　次いで多いのは建造物に付属するものを表す語である。表二に示したように、屏障具など家屋の付属品を指す語（「付属」の欄を参照）は、本体を指す語に次いで多く見られる。ただし、家屋の付属品を指す漢語（一一語）は和語（一九語）の半分程度しかなく、本体を指す語彙の傾向とは違って、家屋の付属品を指す和語のほうが多い。なお、表一の「分類」欄の「付属品」には漢語は二語で、表二の「僧侶」欄の「付属品」にも漢語は二語のみである。つまり仏教の宗教施設でも、僧侶の住居でも、専用の建造物に付属するものを指す語は少なく、漢語に限られているのである。恐らく、建造物に付属するものに関しては、仏教においても、多くは仏教用語ではなく一般住居の用語を用いて表現しているのであろう。

さらに、建造物の部分を表す語彙については、右に述べた「付属」に似た傾向を呈しており、漢語より和語の方が数倍も多いのである。この傾向は本体以外を表す語彙のいずれにも共通する。すなわち、建造物本体以外のものは和語が主として用いられている。ただし、表一と表二の漢語の「部分（場）」と「部分（要素）」とを見比べると、仏教施設の部分を表す漢語は空間を有するものに集中していることがわかる。

また、混種語に関しては、数が少なく、和語と同様に建造物の本体を表すものが少ない。

そのほか、固有名詞であるため、表一の数字から外してある（三に提示した語彙一覧に入っていない）が、「阿弥陀《アミダ》堂《ダウ》・羂索堂《ケンザクダウ》・釋迦堂《シャカダウ》」などから見られるように、仏教の宗教活動を行う堂舎名は、漢語を用いる傾向がある。次の用例からも、堂舎名は漢語が使用され、それ以外のものは和語で表現されている様相が窺える。

西ノ西金堂・南ノ南円堂・東ノ東金堂《トウコンダウ》・食堂《ジキダウ》・細殿《ホソドノ》・北室ノ上階ノ僧房《ソウバウ》・西室・東室・中室ノ各ガ大小ノ房、…

〔今昔巻第十二　山階寺焼、更建立間語第廿一〕

用例の中では、建てられた方角によって堂舎を区別する場合は、「西金堂・東金堂・南円堂《ナンエンダウ》」のように漢語が用いられている。それに対して、僧侶の起居や生活の場である房に関しては、総括して言うときは漢語の「僧房《ソウバウ》・房」が使用されるが、各方角にある房を表現する場合は、「北室《きたむろ》・西室《にしむろ》・東室《ひむがしむろ》・中室《なかむろ》」*六などの和語が使われている。すなわち、仏教関係の建造物に関して言えば、宗教活動を行う場としての建造物を指す場合は、漢語が使用される。それに対して、起居や生活をする場としての建造物を指す場合は、包括的に表現するときは漢語、より具体的な個々の部屋などを指すときは和語が用いられる傾向があると言える。

ちなみに、『今昔』には、表一・表二の数字に含まれていない次のような語も見られる。「墓屋《つかや》・宝倉《ほくら》・瑞籬《みずかき》・巌ノ洞《いはほのほら》・巌崛《いはや》・[木ノ]空《うつほ》・洞《ほら》」などである。この中の「墓屋《つかや》・宝倉《ほくら》・瑞籬《みずかき》」などは、日本固有の宗教施設に関する語彙である。「巌ノ洞《いはほのほら》・巌崛《いはや》・[木ノ]空《うつほ》・洞《ほら》」は、すでに『日本書紀』にも記述があった日本古来の穴居を表現した語彙である。このような日本に古くからあったものは、和語で表現される。それは漢語の浸透しにくかった分野であるためと考えられる。*七

三　語彙表

まず、『今昔』に見られる仏教の宗教施設を指す漢語の一覧、次に、住居関係の漢語の一覧、住居関係の和語の一覧を、順に示しておく。語彙は五十音順で配列し、読みは基本的には大系本のルビによる。用いた記号について、〈 〉は当該語に大系本のルビが付いておらず、筆者が『今昔物語集索引』、及び『今昔物語集漢字索引』等を参考にし、定めたものである。( ) 内は表記が異なったものである。「*」が付いている語は仮名文学作品に現れるものであり、「#」が付されている漢語は古記録や古文書に見られるもので、「△」が付されている語は『色葉』にあるものである。

Ⅰ　仏教の宗教施設を指す漢語一覧：

○本体

講堂#△　〈カウダウ〉
樂堂　ガクダウ
経蔵#△　〈キヤウザウ〉
官曹　クワンサウ
官舎#　〈クワンシヤ〉
金堂*#△　コンダウ
草堂　〈サウダウ〉
鍾堂　シウダウ
鐘（鍾）楼#△　シウロウ
宿院　〈シクヰン〉
神殿#　〈シンデン〉
堂*#△　ダウ
堂閣　〈ダウカク〉
堂舎#　〈ダウシヤ〉
堂塔#　〈ダウタフ〉
塔*#△　〈タフ〉
中堂#　〈チウダウ〉
重楼　〈ヂウロウ〉
廳事#　チヤウジ
鐵塔　〈テツタフ〉
燈楼#　トウロウ
燈爐殿　トウロデン
佛堂#　〈ブツダウ〉
佛塔#　ブツタフ
寶塔#　〈ホウタフ〉
寶殿#　〈ホウデン〉
廟#△　メウ
廟堂#　メウダウ
（ちなみに、混種語は「御堂《みダウ》」）

○部分〈場〉

戒壇*#　カイダン
壇*#△　ダン
舞臺#　ブタイ
門舎#　〈モンシヤ〉
礼堂*#△　ライダウ
（ちなみに、混種語は「楽屋《ガクや》」）

○部分〈要素〉

門閣　〈モンカク〉

○付属品

天蓋　テンガイ
佛壇#△　〈ブツダン〉

Ⅱ　住居関係の漢語一覧：

ア　一般人の住居

○本体

宮宅　〈キウタク〉
舊宅#　キウタク
宮殿　クウデン
宮殿楼閣　クウデンロウカク
庫倉（蔵）　〈コザウ〉
御所*#　ゴシヨ

御殿*# 〈ゴデン〉
倉庫 〈サウコ〉
山驛△ サンエキ
山居#△ サンキヨ
山庄#△ 〈サンサウ〉
宿所(処)# 〈シクシヨ〉
室#△ 〈シツ〉
寝殿*#△ シンデン
膳所# 〈ゼンシヨ〉
臺(對)*#△ タイ
中殿# 〈チウデン〉
廳*#△ チヤウ
寳藏# ホウザウ
楼*#△ ロウ
楼閣△ ロウカク

○部分〈場〉
客殿# 〈キヤクデン〉
曹司*#△ ザウシ

寝所# シンジヨ
廊*#△ ラウ

○部分〈要素〉
延*#△ エン
⿰阝⿱⺮鬲(隔)子*#△ カウシ
高欄(蘭)*# カウラン
懸居 クヱンギヨ
間 ケン
天井*#△ テンジヤウ
破風#△ ハフ

○付属品
几帳*#△ 〈キチヤウ〉
障子(紙)*#△ シヤウジ
帳*#△ 〈チヤウ〉
屛風*#△ ビヤウブ
屛幔(縵)*# ヘイマン
幕*#△ 〈マク〉

縵#△ マン
連子 レンジ
円(圓)座*#△ ヱンザ

○門・塀
外門#△ 〈グワイモン〉
大門*#△ 〈ダイモン〉
中門*#△ 〈チウモン〉
屛#△ ヘイ
門*#△ 〈モン〉
門戸# モンコ

イ　僧侶の住居

○本体
菴(奄)室△ アンジツ
宿房# 〈シクバウ〉
寺塔# 〈ジタフ〉
静室 ジヤウシツ
堂寺 〈ダウジ〉

塔寺　〈タフジ〉
伽藍＊＃△　ガラン
御房＊＃　ゴバウ
食堂＃△　ジキダウ
石龕　〈セキガン〉
僧房＊＃△　ソウバウ
房（坊）＊＃△　バウ

房舎＃　バウシヤ
別院＃　〈ベツヰン〉
院＊△　〈ヰン〉
○部分〈場〉
廻廊＊＃　クワイラウ

○付属品
草座＃△　サウザ
縄床　ジヨウシヤウ
○門・塀
正門＃　〈セイモン〉
門楼＃　モンロウ

Ⅲ　住居関係の和語一覧・・

ア　一般人の住居

○本体
アゼ倉《〈くら〉》△・板屋《いたや》＊・家《いへ》（宅・舎・第）＊△・庵《いほり》（廬・盧・菴・奄）＊△・驛《うまや》＊△・大臣屋《おとどや》・大殿《〈おほとの〉》＊・方屋《かたや》・煙屋《かまどや》・萱屋《かやや》＊・
假屋《かりや》＊・倉《くら》（蔵）＊△・倉代《くらしろ》・舘《たち》（廳）＊△・旅所《たびどころ》＊・小屋《ちひさきや》＊・殿《との》＊△・贄殿《にへどの》＊・屋《や》＊△・宿《〈やど〉》＊△・弓場殿《ゆばどの》＊・車宿《くるまやどり》＊・宮《みや》・
室《むろ》＊△
○部分〈場〉
板敷《いたじき》＊△・厠《かはや》△・絹屋《きぬや》・黒殿《くろど》・簀子《すのこ》（板敷）＊△・壷屋《つぼや》・出居《でゐ》＊・塗籠《ぬりごめ》＊△・寝屋《ねや》＊△・階《はし》＊△・橋殿《はしどの》・放出《はなちいで》＊・檜皮屋《ひはだや》＊・
廣庇《〈ひろひさし〉》・細殿《ほそどの》＊・間《ま》＊△・曲殿《〈まがりどの〉》・客［人］居＊＊八・湯屋《ゆや》＊
○部分〈要素〉
籧篨《あむじろ》＊△・礎《いしずゑ》＊△・梁《うつはり》＊△・瓦《かはら》（塼瓦）＊△・壁《〈かべ〉》＊△・壁板《〈かべいた〉》・桁《けた》＊△・閾《しきみ》△・戸口《〈とぐち〉》＊・扉《とぼそ》＊・長押《なげし》＊△・櫓《のき》＊△・柱《はしら》＊△・檜垣《ひがき》＊

△・庇《ひさし》＊△・檜皮《ひはだ》＊△・棟《〈むね〉》＊△

○付属品

伊予簾《いよすだれ》＊・片戸《〈かたと〉》・帷《かたびら》＊△・切懸《きりかけ》＊・薦《こも》＊△・敷物《しきもの》＊・茵《しとね》＊△・蔀《しとみ》＊△・簾《すだれ》＊△・畳《たたみ》＊△・立蔀《たてじとみ》＊・妻《つま》＊△・妻戸《つまど》＊△・戸《〈と〉》＊△・床《とこ》＊
△・扉《とびら》＊△・御簾《みす》＊△・莚《むしろ》＊△・遣戸《やりど》＊△

○庭

薗《その》＊△・庭《にわ》＊△

○門・塀

綾檜垣《あやひがき》・垣《かき》＊△・門《かど》＊△・築垣《ついがき》△・中垣《なかがき》＊・籬《まがき》＊△・脇戸《わきど》・柴垣《しばがき》＊・御門《みかど》＊

○その他

幄《あげはり》（握）＊△・平張《ひらはり》＊

イ　僧侶の住居（本体）

石室《いはむろ》・御室《おむろ》・寺《てら》＊△・山寺《〈やまでら〉》＊

人が起居する住居関係の語彙については、右記の和語と漢語以外混種語も見られる。和語漢語に比べて数が少ないので、参考までに示しておく。

混種語

ア　一般人の住居

○本体　母屋《モや》　○付属　大幕《おほマク》　高麗端《カウライべり》　廣幕《ひろマク》　御帳《みチヤウ》　○門・塀　押立門《おしたてモン》　唐門屋《からモンや》　棟門《むねモン》

イ　僧侶の住居

○部分〈場〉　登廊《のぼりラウ》[*九]

右に示した語彙表には、仮名文学作品や、古記録（和語に付さない）、または『色葉』に見られる印が付いている語がある。仏教の宗教施設を指す漢語（三六語）は、仮名文学作品に見えるものが六語（一七％）、古記録に現れる語が一〇語（二八％）、『色葉』に出ている語が二五語（六九％）ある。住居関係の漢語に関しては、後に触れるとして、住居関係の和語（九二語）は、仮名文学作品に見えるものが七六語（八三％）、『色葉』に出ている語が五七語（六二％）である。特に注目すべきなのは、八割以上の和語が仮名文学作品に見られることである。その中でも、家屋の付属品を指す語は、二〇語中一九語も見られ、仮名文学作品との共通率が格別に高いのである。それは、『今昔』では、和語による住居関係の描写は、特に家屋の付属品に関しては、仮名文学作品と同じ表現をしていることを意味する。

仏教の宗教施設を指す漢語は、仮名文学作品や『色葉』には多く見られないが、古記録に現れる語が、約七割に上ることにも留意しなければならない。

ちなみに、『色葉』に見られない和語について、『和名類聚抄』[*一〇]に見られるかどうかも調査したが、見いだせなかった。

また、漢語の「廻廊」と和語の「細殿」など、同じものを指す語についても留意したいと思う。

四　仮名文学作品に見られる漢語

『今昔』は仏法説話で、漢籍仏典を原典とする説話が少なくないため、用いられる語彙は必ずしもすべてが当代一般に使用されていた言葉ではないと推測されやすい。特に漢語についてはそれが強く懸念される。本稿は『今昔』に見られる住居関係の漢語を対象に、それらの語の平安時代における通用の程度を考察するため、同時代の文献を調査することにした。

一で述べたように、国文学研究資料館の日本古典文学本文データベースを、電子テキストとして利用し、国立国語研究所の全文検索システム「ひまわり」で検索をかける。検索の結果、『今昔』にあって、和語中心の仮名文学作品にも見られる住居関係の漢語（二九語）は、次のようである。

ア　一般

○本体

御所　御殿◎　寝殿◎　臺（對）◎　廳◎　楼

○部分〈場〉

曹司◎　廊◎

○部分〈要素〉

延◎　隔（隔）子◎　高欄（蘭）◎　天井

○付属品
几帳◎　障子（紙）◎　帳◎　屏風◎　屏幔（縵）◎　幕◎　蓮子
○門・塀
大門◎　中門◎　門

イ　仏教関係（本体）

○本体
伽藍　御房◎　僧房◎　房（坊）◎　院◎
○部分〈要素〉
廻廊

「◎」が付いているものは『源氏物語』『枕草子』『蜻蛉日記』など女流文学作品に現れるものである。右記の漢語は『今昔』に見られる住居関係の漢語の四割ほどを占めており、そのほとんどが女流文学作品にも現れている。それらの用例は、特殊な文章の中に出現するのではなく、広く地の文に用いられている。「寝殿・格子」などは特に使用頻度が高い。

寝殿《しんでん》の東おもて、桐壺《きりつぼ》は、若宮具《ぐ》したてまつりて、まゐり給ひにし頃なれば、こなた、かくろへたりけり、遣水などの行きあひ、はれて、由あるかゝりのほどを尋ねて、立ち出づ。〔源氏*一　若菜上〕

北の方、心やいかゞおはしけん、仕うまつる御達《ごたち》の数にだにおぼさず、寝殿《しんでん》の放出《はなちいで》の、又一間なる所の、落窪《おちくぼ》なる所の、二間《ふたま》なるになん住ませ給ひける。〔落窪　巻之一〕

御直衣《なほし》など着給ひて、南の勾欄《こうらん》に、しばし、うちながめ給ふ。西おもての格子《かうし》そゝきあげて、人〴〵覗くべかめり。〔源氏　帚木〕

平安時代には漢語は原則的に男性知識人の言葉であったため、女性も違和感なく用いていたことは、それらの漢語がすでに日本語語彙に浸透していた証拠であると言えよう。

二で述べたように、『今昔』に見られる漢語は、家屋本体を指す語が圧倒的に多いが、右記の一覧を見ると、一般語では、家屋の付属品をさす語は九語中七語も仮名文学作品に現れ、その数は家屋本体を指す漢語よりも多い。それらの付属品を指す漢語は、ほとんどが女流文学作品に見ることができる。「几帳・障子」などの家屋の付属品は、平安貴族の日常生活に欠かせないものであり、特に女流文学においては、室礼として重要なものであったため、よく使用されるのは自然のことであるかもしれない。

それ以外の語に関しては、「楼・天井・門・伽藍」は古記録と『色葉』に見られ、多くの人によって日常実用文に用いられていたことが容易に想像できる。「御所」は『色葉』には見られないが、「楼・天井・門」と同じく、古記録に出ており、鎌倉時代の説話にも軍記物語にも現れている。この四語は平安時代の日本語語彙に浸透していたと思われる。

一方、仏教関係の語も六語見られ、特に注目すべきと思われるのは「房」「僧房」である。『今昔』では、僧侶の起居し生活する建造物を指す語の中には、「房（坊）」は一五〇例、「僧房」は三〇例以上見られ、最も頻繁に使用されている。それはほかに言い換える和語がないため、漢語がそのまま日本語語彙に浸透していたと考えられる。

また、「廻廊」は建物のまわり、または建物と建物とをつないで長くめぐらされた廊のことである。『大鏡』に一例のみ見られる。

たつみのはうに、三間四面の御堂たてられて、**廻廊**はみな供僧の房にせられたり。

〔大鏡第二巻・大政大臣実頼〕

この用例に見られる建物は実資邸内にあるが、仏像を安置するためや僧が生活するための建造物である。「廻廊」は『色葉』に見られず、古記録に十数例出ているが、ほとんどが『今昔』と同じく仏教関係の用例である。たとえば、『大日本古文書　家わけ文書』には、「金堂・廻廊同以顛倒」のように「金堂」と「廻廊」が続いている用例が多く見られる。

古記録には、まれに次のような用例も見られる。

昔貞観十八年四月十日、子時大極殿・小安殿・**廻廊**等焼亡[＊二三]、

〔中右記　嘉保元年十月二十四日〕

平安宮では、大極殿の背後に便殿として小安殿が設けられた。その周辺の廊を「廻廊」で表している。大極殿は天皇が政を親裁する場であったが、のち国儀大礼に際して臨御するだけとなったので、極めて神聖な場所である。

「廻廊」は『大鏡』に一例のみ見られる。『色葉』には見られず、古記録には十数例出ているが、いずれも（『大鏡』の用例を含む）『今昔』と同じく仏教関係の用例である。

すなわち、「廻廊」の使用は、仏教関係や天皇に関わる場所に限られているのである。それは、平安時代には、**三**の「住居関係の和語一覧」（一七二ページ）に示した「ほそどの」などの和語が、一般の用語として使用されていたからであると考えられる。

なお、右に示した二九の漢語は、「御所」「御殿」「高欄」「屏帳」「廻廊」以外はすべて『色葉』に見られる。

五　古記録に見られる漢語

四に示した仮名文学作品にも見られる漢語は、すべて古記録に出ている。古記録文献に現れる『今昔』の住居関係の漢語は、**四**に示した語以外は、次の通りである。

ア　一般

○本体
　舊宅　山居　山庄　宿所（処）　室　膳所　中殿　寶藏
○部分〈場〉
　客殿　寝所
○部分〈要素〉
　破風
○付属品

緩円（圓）座

○門・塀

外門　屛　門戸

イ　仏教関係

○本体

食堂　宿房　寺塔　房舎　別院

○付属

草座

○門・塀

正門　門楼

古記録に見られる漢語は五一語あり、『今昔』の住居関係の漢語（六七語）の約八割を占めている。家屋の付属品を指す語と、門・塀を指す語は、いずれもすべて古記録に見える。

その中の半数以上は仮名文学作品に現れている。**四**で述べたように、「御殿」「寝殿」「几帳」など、**四**に示したほとんどの語は、日本語語彙に浸透していたと考えられる。

右に示した漢語の中、「山居・山庄・室・破風・屛・緩・円座・外門・食堂・草座」の一〇語は、『色葉』にも見られる。『色葉』に見える上、次のように、古記録での使用例があったので、日常実用語であると認められる。

（藤原頼忠）覧観音院・民部卿**山庄**云々　（小右記　寛和一年三月九日）

已申具候之由、仍於庁後**屏**下着靴着座　（小右記　正暦四年一月十四日）

次左右相撲長二人置**円座**、次出居次将着座　（中右記　寛治七年八月一日）

一方、『色葉』には見られないが、「宿所・寶蔵・客殿・膳所・門戸・宿房・宿院」などは、古記録に次のような用例が十五例以上も現れており、複数の文献に分布しているため、日常実用語と見なして支障がないと思われる。

昨丑剋許奉春日御社奉幣了、返**宿所**、〈威儀師慶範宅、〉食了　（小右記　長元一年九月二十七日）

但渡新所之後程近、仍不閉**門戸**、又不付物忌　（殿暦　永久五年七月八日）

「舊宅・寝所・寺塔・房舎・別院」等は、用例数は多くないが、次のような用例が二つ以上の文献に見られるので、日常実用文においては、ある程度通用されていたと考えられる。

東西塔僧合戦、或放火焼**房舎**、或中矢亡身命　（中右記　長治一年三月三十日）

今夜御渡之間、不牽黄牛、是依**旧宅**儀也、但供五菓、覧吉書云々　（中右記　寛治五年八月八日）

しかし、「正門・門楼」は用例が少なく、一つの文献にしか現れないので、日常実用文の用語としては認めがたい。

『今昔』の用例と説話の典拠を確認してみると、次のように、

此ノ児《チゴ》、既ニ、村ノ門ヲ出デヽ見レバ、道ノ右ニ當テ一ノ小キ城《ジヤウ》有リ、四面ニ**門楼**有リ。柱・桁《ケタ》・梁《ウツハリ》・扉《トボソ》等、皆赤ク染テ、甚ダ事ゝ《コトゴト》シ氣《ゲ》也、例、更ニ不見ヌ所也。〔今昔巻第九　震旦冀洲人子、食鶏卵得現報語第廾四〕

因引兒出。村南舊是桑田。耕訖未下種。且此小兒忽見道右有一小城。四面**門樓**丹素甚嚴。〔法苑珠林巻第六十四　漁獵篇感應縁〕

佛、王宮《ワウグウ》ニ至リ給テ**正門**ヨリ入リ給フ。**正門**ニハ佛在《マシ》マセバ其方ヘハ不向《ムカハ》ズシテ脇戸ヨリ出ムト為ルニ、脇戸、自然《オノヅカラ》ニ閇《トヂ》テ塞《フサガ》リヌ。〔今昔巻第三　須達家老婢、得道語第十九〕

佛於爾時従**正門**入。四門皆塞唯**正門**開。〔法苑珠林巻第七十九　十惡篇邪見部〕

『法苑珠林』に見ることができる。「正門・門楼」は典拠の用語を踏襲したことによって、『今昔』に用いられる可能性が考えられる。

六　『色葉字類抄』に見られる漢語

『今昔』に見られる住居関係の漢語は、約五割のものが『色葉』に収録されている。その中で、家屋本体を指す漢語は半分ほどしか『色葉』に収録されていないのに対して、付属品を指す漢語は一一語中九語も収められている。つまり、『今昔』に用いられている家屋の付属品を指す漢語のほとんどは、『色葉』の掲出語である。（三）の「住居関係の漢語一覧」を参照）

その中に、『色葉』には収録されるが、仮名文学作品や古記録に見あたらない語が三つある。「山驛・楼閣・菴室」である。

「山驛」については、杜甫の「火雲揮汗日、**山驛**醒心泉。」の句が見えるほか、「山驛」「宿山驛」と題した唐詩が多く見られる。

「楼閣」は李白の「剣壁門高五千尺、石為**楼閣**九天開。」、杜甫の「鶯花随世界、**楼閣**寄山巓。」「抱病江天白首郎、空山**楼閣**暮春光。」などのように、漢詩に多く現れている。『法華経』などの経典にも出ている。

「菴室」は仏教関係の語である。『蟻喩經』[*一三]に「當於曠野空舍山間樹下巖穴**菴室**諸寂靜處。諦心思惟觀察是義。無令放逸生退轉心。」とあるように、仏典に確認できる。

この三つの語は、いずれも家屋本体を指す漢語であり、仏典や漢籍の漢語であることが明らかである。『色葉』には収録されていることから、それらは実用文を書く際に必要とされていた語であると考えられる。しかし、「山驛」「菴室」は他の文献に見あたらず、「楼閣」は『日本詩紀』（江戸期、市河寛斎編）[*一四]に出ているが、漢詩の枠を越えず、いずれも漢籍語、あるいは仏典語としての性格が強く、日本語に深く浸透していなかった語であると思われる。

七　その他の漢語

上記のいずれの方法で調査しても、用例が見いだせなかった漢語は、次の十二語である。

ア　一般

○本体

宮宅　宮殿　宮殿楼閣　庫倉（蔵）　倉庫

○部分〈要素〉

間　懸居

イ　仏教関係

○本体

静室　堂寺　塔寺　石龕

○付属品

繩床

右記の語については、『攷證今昔物語集』[*一五]などを参考にし、説話の出典及び間接的典拠とされている文献に当たってみる。調査した結果、「宮殿楼閣・庫倉（蔵）・倉庫・静室・縄床」などは『今昔』の原拠[*二六]の用語を踏襲して用いられているものであることがわかった。その用例は次のように対応している。

佛ノ浄土也ケリ、黄金《コガネ》ヲ以テ地《ヂ》トセリ。**宮殿楼閣**《クウデンロウカク》重ゝ《ヂウヂウ》ニシテ皆衆寶《シユホウ》ヲ以テ荘嚴《シヤウゴン》セリ、惣《スベ》テ心ノ及ビ眼ノ至所ニ非ズ。

〔今昔巻第六　震旦悟真寺恵鏡、造弥陀像生極樂語第十五〕

忽見廣博荘嚴淨土。以衆寶荘嚴。黄金為地。金繩界道。**宮殿樓閣**。重重無盡。

〔三寶感應要略錄巻上〕

昔《ムカ》シ、我レト共ニ**倉庫**ヲ事《アヅカリ》シ時、玉帛、我レモ、此レ、儲《マウケ》タリキ。

〔今昔巻第九　震旦周武帝、依食鷄卵至冥途受苦語第廾七〕

昔與我共食。**倉庫**玉帛亦我儲之。

〔法苑珠林巻第九十四　酒肉篇感應縁〕

五十餘躰ノ佛《ハツイ》ノ像ヲ堀出《ホリイダ》シ奉《タテマツリ》タリ。（中略）藤二幷ニ其ノ近邊《キホトリ》ノ人、共ニ皆、此レヲ見テ、貴ビ喜《ヨロコビ》テ、忽ニ賤《アヤシ》ノ**草堂**ヲ其ノ所ニ起《タ》テヽ、此ノ多《オホク》ノ佛菩薩ノ像ヲ安置《アンヂ》シ奉リツ。〔今昔巻第十七　依夢告従泥中堀出地蔵語第五〕

忽チ七十二尊ヲ掘出シ奉リキ。藤次悦テ、**草堂**ヲ彼ノ所ニ建立シテ、佛像ヲ安置シ奉リケル。

〔地蔵菩薩霊験記巻上〕

佛、威神《ヰジン》ノ力ヲ以テ難陁ヲ迫《セメ》テ、阿難ヲ以テ令出家給《シユツ》ツ。然レバ、難陁、**静室**《ジヤウシツ》ニ居《ヰ》テ、佛漸ク誘《コシラ》ヘ直シ給フニ、難陁歓喜《クワンギ》ス。

〔今昔巻第一　佛、教化難陁令出家給語第十八〕

加以神力閉在**靜室**。久々之後次第當直。

〔經律異相巻第七　難陀出家八〕

一人ノ羅漢《ラカン》ノ比丘《ビク》有リ。此《コノ》龍ノ請《シヤウ》ヲ得《エ》テ供養《クヤウ》ヲ受《ウケ》ムガ為ニ**縄床**《ジヨウシヤウ》ニ乍居《キナガ》ラ空ヲ飛《トビ》テ毎日ニ龍ノ栖《スミカ》ニ行ク。（中略）然ル間、此ノ沙弥《シヤミ》、師ノ龍ノ所へ行ク時、蜜ニ居《キ》タル**縄床**《ジヨウシヤウ》ノ下ニ取付《トリツキ》テ隠《カクレ》テ行《ユキ》ヌ。

〔今昔巻第三　新龍、伏本龍語第七〕

昔健駄邏國有阿羅漢。常受此池龍王供養。毎至中食以神通力。幷坐**縄牀**凌虚而往。侍者沙彌密於**縄牀**之下攀援潛隱。

〔大唐西域記巻第一〕

「塔寺・堂寺・石龕・宮殿・宮宅」などについては、『今昔』の説話と対応する典拠の本文には見当たらないが、仏典に見える。例えば、「塔寺」は『今昔』の主な原典の一つとされている『諸經要集』の巻第三だけでも、次のように現れている。

於三有海及諸施主。為我聲聞而造**塔寺**。〔旋遶縁第五〕

昔舍衛國中有一長者。造立**塔寺**。（中略）以作塔寺功德因縁得生天上。〔修故縁第七〕

「石龕」は

故水精龍塔永愴恨於遺髭。明鏡**石龕**獨徘徊於留影。〔廣弘明集巻第十六　佛德篇第三之二〕

石龕（坎含反廣雅龕盛也案石龕者山巖中淺小石窟也説文龍貌從龍從含省聲也）。〔一切經音義巻第八十二　西域記第三巻〕

などの用例が見られる。

「宮殿」は漢詩に多く現れるだけではなく、仏典を調査してみると、例えば、『金光明最勝王經』巻第六だけでも、「城邑宮殿」「七寶宮殿」「諸天宮殿」「所居宮殿」「於自宮殿見彼香煙」「至此宮殿」などのような用例が多く見られる。

「懸居《クエンギョ》」については、伊勢十巻本『和名類聚抄』と十巻本『伊呂波字類抄』に、「懸居」の正字とされている「懸魚」が見える。『今昔』の出典である『大日本國法華経験記』に

有一僧房新造浄潔。博風**懸魚**障子遣戸蔀簀天井。周匝荘厳甚可愛樂。〔大日本國法華経験記巻上〕

の用例が見られ、住居関係の知識として知られていたかもしれないが、通行語として浸透していなかったと考えられる。

右の十一語と、**五**に触れた「正門・門楼」、**六**に述べた「山驛・菴室・楼閣」は漢籍や仏典の漢語としての性格が強く見られ、日本語語彙に深く浸透していなかったと言えよう。

一方、「間」は『今昔』においては、「建物の柱と柱との間」の意から、「柱と柱との間の壁」を指すような用法が見られる。その一例は典拠を踏襲したようである。

亦、宮城《ミヤコ》ノ内ニ三間《ゲン》ノ壁ニ手跡有リ、破損《ヤブレ》ジテ後《ノチ》、人、筆ヲ下シテ改《アラタム》ル事无シ。（中略）和尚、墨ヲ磨《スリ》テ壁ノ面ニ灑《ソソ》キ懸《カク》ルニ、自然《オノヅカ》ラ**間**《ケン》ニ満テル「樹《ウエキ》」ノ字ノ成《ナリ》ヌ。〔今昔巻第十一　弘法大師、渡唐傳真言教帰来語第九〕

則大師磨墨入盌。灑懸壁面。自然作満**間**樹字。　〔弘法大師御傳巻下御筆精靈ノ條〕

典拠の用例を参考にできたため、理解しやすいが、次の用例の典拠が未詳である。

其ノ伴《トモ》ノ工《タクミ》ノ中ニ、其ノ中ノ間《ケン》ノ**間**長《ケンチヤウ》トシテ造《ツクリ》ケル工《タクミ》、此ノ事ヲ聞《キキ》テ云《イハ》ク、「我レ、此ノ**間**《ケン》ヲ造リシ間、梁《ウツハリ》ノ上ニ上ゲ過《スグ》シテ尺九寸ノ木ノ三丈ナルヲ三支《エダ》上ゲニキ。」ト。　〔今昔巻第十二　山階寺焼、更建立間語第廾一〕

漢籍[*一七]や仏典[*一八]を調査してみたが、「柱と柱との間の壁」を指すような用法は見あたらない。さらに検討する必要があると思われる。

八　結び

『今昔』に見られる建造物の語彙の中には、漢語が非常に多く見られる。主に宗教活動を行う施設を指す場合は、漢語が使用され、人が起居する場を指す場合は漢語と和語の両方が用いられている。その傾向は建造物名にも現れており、宗教活動を行う堂舎名は漢語、そうでない房舎名は和語が使われることが多いようである。一方、日本固有の宗教の施設など、古くからあったものに関しては、やはり和語をもって表現されている。

特に注目すべきなのは、八割以上の和語が仮名文学作品に見られることである。その中でも家屋の付属品を指す語は、仮名文学作品との共通率が格別に高いのである。『今昔』では、和語による住居関係の描写は、特に家屋の付属品に関しては、仮名文学作品と同じ表現をしていることが明らかである。

なお、宗教活動を行う施設に関わる語彙は、ほとんどが建造物の本体を指す語である。それに対して、人が起居する場である住居関係の語彙には、家屋の付属品などを指す語も多く見られる。家屋の付属品に関しては、仏教においても、仏教関係の用語ではなく、一般語を用いた表現をしていたと考えられる。

調査した結果、『今昔』に見られる住居関係の漢語に関しては、次のようなことがわかった。
①家屋本体を指す語が極めて多い。
②家屋の付属品を指すほとんどの語は、『色葉』の掲出語であり、仮名文学作品・古記録の両方に現れている。
右記のことから、『今昔』における住居関係の漢語は、部分よりは全体を指す特徴があると言えよう。しかし、数が限られていながらも、家屋の部分を示す付属品を指す漢語は、生活に欠かせないものであったと思われる。

さらに、仮名文学作品・古記録・古辞書などと対照した結果、『今昔』における住居関係の漢語は、次のような三つの層を成していることも明らかになった。

A　「寝殿・格子・屏風・几帳・僧房・房」などは、古記録文献から仮名文学作品まで広く使用され、平安時代の日本語語彙に浸透していたと思われる語である。

B　「山庄・宿所・寝所・円座・食堂・房舎」などは、Aほど浸透していなかったが、古記録や古辞書に出現し、平安時代では日常実用語として通行していた語である。

C　「宮殿楼閣・倉庫・静室・縄床・塔寺・石龕」などは、『今昔』の典拠や他の漢籍・仏典から踏襲したと思われ、平安時代の日本語語彙に浸透していなかった語である。

注

一　『ひまわり』で国文学研究資料館の日本古典文学本文データベースを利用するためには、国立国語研究所のホームページから変換パッケージをダウンロードして、元のデータを変換する必要がある。詳細は http://www.kokken.go.jp/lrc/ を参照。

二　東京大学史料編纂所の『大日本古記録』（岩波書店）、『大日本古文書　家わけ文書』、『大日本古文書』（編年文書）の当該各巻、及び竹内理三の『平安遺文』（東京堂出版）を参照する。

三　「登廊」ついては、『今昔』に「大安寺金堂ノ東登廊ノ第二間ニ」とあり、『今昔物語集文節索引』は「トウラウ」としている。説話の出典とされている『續日本紀』『扶桑略記』、漢籍・仏典、仮名文学作品そして説話や軍記物語などを調査したが、その用例を見いだせない。一方、古記録を調べると、「東（西）登廊」だけではなく、「東（西）昇廊」も見られる。同一文献に見える場合もある。また、『平安遺文』に「食堂登廊」「食堂上廊」などの用例が見られる。以上を踏まえて、新大系本に従い、「のぼりらう」とする。

四　対象外とした語は、字義と読みが不明の「箐」、及び建物の用例ではない「温室」「楼臺」、紫宸殿をさす「南殿」、場所を指す「薄堂」などを含む。それらの語に対しては、次のように検討した。

「温室」は、『色葉』ユの地儀に、「ユヤ」とあるが、大系本は「ウンシツ」としており、用例からも、建物を指す語ではないことが確認できる。

「南殿」については、大系本頭注に「わが国では紫宸殿の俗称。ナデンともいう。正殿。」とある。『今昔』では、巻三一―一五以外の用例は明らかに「紫宸殿」を指している。巻三一―一五の用例に関しては、正殿をさすようであるが、当該本文は原典になく、編者が敷衍したものとされており、「南殿」は「紫宸殿」の俗称であったため、それにちなんで正殿をいう可能性が考えられる。「南殿」は特定な殿舎を指し、「南向きの御殿」を意味する一般語として認めがたいため、対象外とする。

「宿駅」は、一例のみ見られ、熟語として取るべきか存疑であるため、対象外とする。

「薄堂」は、一例のみ見られ、ばくち打ちの場所を指す用例である。

「楼臺」については、一例のみ見られ、「白銀ノ楼臺ニ乗テ来テ…」とあり、西方世界の描写であり、人の住居ではない上その実体を突き止めにくいため、対象外とする。

「床」については、「シヤウ」「ユカ」とされているものは、椅子の類をさす「床子」と同じ用法が見られ、対象外とすべきと思われる。「トコ」とされているものについては、『色葉』には地儀部に「座・坐」に同じとされており、小学館の日本古典文学全集二（p.452）頭注一二「室内に一段と高く構えた床（ゆか）で、寝たりすわったりする所。普通そこに畳や敷物を敷く。」とあり、住居関係の語彙とすべきと考える。ということで、それぞれ区別して扱う。

和語の「黒殿」などは特定の場所名であり、「鬼殿」などは特定な邸宅名で、「木ノ丸殿」など歌に出ているものであるため、対象外とする。

五　第二章の**七**で、「庫倉（蔵）」について検討した。

六　「西金堂・東金堂・南円堂・北室・西室・東室・中室」などは堂舎名や房舎名として表一の数字に含まれない。

七　なお、人間が生活する場ではないため、表二に含まれていないが、家畜の小屋などに関しても、「牛屋《うしや》・厩《うまや》・厩《きざや》（象舎）・鷹屋《たかや》・鷲屋《わしや》」などの和語で表現されている。

八　「客居」と「客人居」の両方が含まれる。

九　「登廊」については、『今昔』に「大安寺金堂ノ東登廊ノ第二間二」とあり、『今昔物語集文節索引』は「トウラウ」としている。説話の出典とされている『續日本紀』『扶桑略記』、漢籍・仏典、仮名文学作品そして説話や軍記物語などを調査したが、その用例を見いだせない。一方、古記録を調べると、「東（西）登廊」などのみではなく、「東（西）昇廊」も見られる。同一文献に見える場合もある。また、『平安遺文』に「食堂登廊」「食堂上廊」などの用例が見られる。以上を踏まえて、新大系本に従い、「のぼりらう」とする。詳しくは拙稿（二〇一〇）「登廊读音辨讹」『华侨大学学报』（哲学社会科学版）2010年第2期を参照。

一〇　馬渕和夫（一九七三）『和名類聚抄古写本声点本本文および索引』風間書房

一一　テキストは大系本による。作品名は次の如く適宜略称で示す。源氏物語→源氏、落窪物語→落窪。

一二　句読点は『大日本古記録』（東京大学史料編纂所（1952～）岩波書店）に従う。

一三　中華電子佛典協會の CBETA 電子佛典集成資料庫を利用し、検索して入手した用例である。

一四　高島要（二〇〇三）『日本詩紀本文と総索引』勉誠出版による。

一五　芳賀矢一（一九一三〜一九二一）『攷證今昔物語集』冨山房

一六　説話の典拠とされる文献の用例は、原則として『攷證今昔物語集』芳賀矢一（一九一三〜一九二一冨山房）によっているが、必要に応じて関連の文献をも参考にした。

一七　北京書同文『四部叢刊』電子版を利用して、漢籍の用例を突き止める。

一八　仏典の調査は中華電子佛典協會のCBETA電子佛典集成資料庫を利用し、検索をかける。関係事項の手掛かりをつかんだら、当該の文献を確認するという方法で行う。

第五節　おわりに

本章は、漢語の日本語語彙への浸透の程度に着目し、『今昔』に見られる漢語の層別化に挑戦したものである。調査対象は衣食住を中心とした生活に直結する語彙に絞り、『今昔』の衣食住に関わる語彙の実態を明らかにしながら、その中に見られる漢語の当代における浸透の程度を検討した。

対照する際に使用する資料としては、仮名文学作品、古記録・古文書を選んだ。『色葉』を傍証資料とする。原則として、仮名文学作品に見られ、特別な場面でなくても使われていた漢語を、日本語語彙に浸透していたものと見なす。古記録・古文書などの実用文に用いられている漢語を日常実用語として認める。右の資料と『色葉』に見られないものは、『今昔』の原拠や漢籍・仏典に当たって、現れるものは、浸透していない「漢籍語」「仏典語」であろう。

右の考え方に従い、仮名文学作品・古記録や古文書・『色葉』などと対照した結果、『今昔』における衣食住に関する漢語は、次のような三つの層を成していることが明らかになった。

A　古記録文献から仮名文学作品まで広く使用され、平安時代の日本語語彙に浸透していたと思われる漢語。

B　Aほど浸透していなかったが、古記録や古文書、または古辞書（『色葉』）に出現し、平安時代では、日常実用語として通行していた漢語。

C 『今昔』の原拠など、漢籍・仏典から踏襲したと思われ、平安時代の日本語語彙に浸透していなかった漢語。

右のB層C層の区別の鍵は、古記録や古文書に、複数の用例、または複数の文献に見られるどうかということである。

このように仮名文学作品、古記録、『色葉』によって検証した結果、例外は少なく、層別は確実なものであると思われる。

『今昔』では、A層の漢語が、使用頻度が高く、B層、C層の順に使用頻度が低くなっていくという傾向は、第二節での、衣服関係の漢語に関する調査によって、明らかになった。第三節・第四節では、特定の漢語にのみ触れたが、その傾向が確認できる。

また、本章では、漢語を中心に、『今昔』に見られる衣食住など、生活に直結する語彙の概観的調査をも行った。まず、仏教関係の語については、仏教は中国から伝来したものであるため、ほとんどの場合漢語が使用されている。衣食住の中では、食料関係の語が少なく、使用されているのは「麁食・施食」など、仏教思想の影響がもたらしたものであると思われる。一方、建造物に関する語彙（ほとんどが漢語）が非常に豊富で、「金堂・講堂」などの宗教活動を行う施設と「僧房・房」などの起居や生活をする場とは区別されている。仏教文化とともに、建築関係の語彙も伝わり、日本語語彙に浸透した様相が窺える。

仏教関係は、漢語による表現が中心となっているが、一般関係の衣食住に関する表現は、基本的に和語に頼っていることが調査によって明らかになった。それらの和語は、衣服関係の語が比較的少ないが、ほとんどが仮名文学作品、または『色葉』に見られる。すなわち、『今昔』に見られる衣食住に関する語彙は、時代に則したものである。それらの和語は具体的な語が多い。

一方、『今昔』に見られる衣食住に関する漢語は、衣服の総称や衣服の本体（全身）を指す語、食料の総称としての語、住居の本体を指す語のような総括的な語が多く見られる。漢語には抽象的な意味が含まれやすい性格があるため、和語に比べ、総括的な表現に用いられることが多かったのではないかと考えられる。

『今昔』における衣服関係の語彙の使用実態は、天竺震旦部と本朝部仏法部と本朝世俗部と、部によって異なっている。説話素材の影響も考えられるが、本章の第二節での調査により、天竺震旦部には漢語「衣服」・和語「衣」など、衣服の総称としての（総括的な）語が多く見られるのに対して、本朝部には総括的な語と具体的な語の両方が見られることが明らかになった。なお、世俗部では、「指貫」などの具体的な語彙が最も多く用いられていることもわかった。その中で、同じ衣服の総称としての漢語についても、各部における使用が異なっており、漢語のそれぞれの位相や日本語語彙への浸透の程度に従い、異なった部に使用されていることも明らかになった。基本的には、漢語は天竺震旦部・本朝仏法部に用いられている。しかし「装束」のような、『色葉』、古記録、仮名文学作品のすべてに見られ、日本語語彙に浸透していた漢語は、天竺震旦部には見られないが、本朝世俗部には用いられることがあるのである。

『今昔』における衣食住の漢語の中で、衣服関係と食料関係の漢語が占める割合は約三割なのに対し、住居関係の漢語（仏教施設をさす漢語を含まない）の割合は、約四割にも上る。上代から平安初期にかけて唐風文化に心酔した結果、古代の日本建築も一時はほとんどが唐風になった。その影響で、建造物に関する用語に漢語が多く用いられるようになったという可能性も考えられる。

古記録や古文書に現れる漢語は、衣服関係の漢語には約八割、住居関係の漢語にも約八割、食料関係の漢語には約七割見られる。いずれも高い割合を占めており、『今昔』における衣食住に関する生活漢語は、日常実用語、または峰岸明（一九七四）に述べられている「記録語出自の漢語」がほとんどである。それが『今昔』全巻における漢語の傾向であるかどうかについては、今後さらに検証したい。

仮名文学作品に現れる漢語は、住居関係の漢語には約四割、衣服関係の漢語には約三割、食料関係の漢語には約二割見られる。住居関係の漢語は、衣服食料に比べ、仮名文学作品と共通する語がより多いのである。それは「几帳・障子」などの家屋の付属品を指す漢語の多くが仮名文学作品に見られるからである。それらの家屋の付属品は、平安貴族の日常生活に欠かせないものであり、特に女流文学においては、室礼として重要なものであったため、よく使用されていたと考えられる。

一方、食料関係の漢語は、仮名文学作品に見られる語が少ない。それは食料の総称としての漢語が、四割以上を占めているからである。その食料の総称としての漢語は、原拠となる文献及び他の漢籍・仏典から用語を踏襲したものが多い。その背景に、『今昔』は広い分野から素材を取り入れた経緯があったからであると思われる。

右のように、『今昔』に見られる衣服関係・食料関係・住居関係の漢語には、それぞれ異なった実態があり、語数に差は見られるが、いずれも三つの層を成している。

また、『今昔』に見られる衣服関係の漢語は、約五五%のものが『色葉』に見られる。それに比べると一割程度の差があるが、食料関係の漢語は約四割、住居関係の漢語は、約五割のものが『色葉』に収録されている。本章の調査結果から、その『色葉』に見られる漢語のほとんどが、古記録や古文書にも現れていることがわかる。これはまた、『色葉』の掲出語は日常実用語が中心であることを裏付けることともなる。

第四章

現代語との関連

——漢語の伝承——

第一節　はじめに

第三章は平安時代に視点を置き、『今昔』における漢語はその時代の語彙に浸透しているかどうかを中心に調査してきたが、古代語彙は現代の日本語語彙の基盤を成しているので、本章では、視点を変えて現代語との関連を考察してみたい。

漢語は中国文化とともに日本に伝えられ、固有の日本語語彙に浸透してきた。漢語の伝来は長い歴史を通じてなされ、それぞれの時代に漢語が新たに伝えられて、古い層の上に積み重ねられてきたものである。漢語の変遷をたどることによって、現代語とのかかわりを明らかにするのは最も有効な方法ではあるが、その作業をすべての語に行うことは到底できない。また、その語の変遷をたどる前に、平安時代に受容した漢語のなかで、どんな語が現代に生きているかを明らかにする必要があると思われる。

そこで、『今昔』に見られる漢語の中では、どのくらいの語が現代に生きているか、それはどんな語であるかを調査すべきと考えた。なお、それらは主にどんな層に属するかを明らかにできたら幸いである。

柏谷嘉弘（一九八七）[*一]では、『広辞苑』（新村出編　岩波書店）を取り上げ、『論語』などの文献に見られる漢語と、『広辞苑』の見出し語とを対照し、現代語との関連を論じている。しかし、『広辞苑』は「現代語はもとより、古代・中世・近世にわたってわが国の古典にあらわれる古語を広く収集し、その重要なものを網羅」[*二]したもので、現代に生きている漢語を追求する場合は、少々範囲が広すぎる嫌いがある。また、『今昔』には古くからあったと認めるべき付訓など、読みに関する記述がほとんどなく、国語辞書との対照は直ちに受け入れられにくいと思われる。むしろ、漢字文字列を中心に取り上げる漢和辞典と比較したほうが妥当であるのではないか、ということで、現代語を主として収録する漢和辞典を検討することにした。

『岩波新漢語辞典』[*三]（本章では『新漢辞』と略す）は「漢字・漢語の理解を通して日本文化の実態を知る」[*四]ことを目指しており、「日本語の中で用いられる漢字および漢語を、現代使われるものを主体として収録した」としている。日本語としての漢字漢語の意味・用法を、的確・簡明に解説していることが謳われている。『今昔』に見られる漢語と共通する、『新漢辞』の見出し語（親字と熟語を含む）が、どれほどあるかを調査することによって、『今昔』の漢語と現代語との関連を概観できるのではないかと考えた。

ところで、『新漢辞』では、見出し語の用例が掲載されるものが少なく、辞書であるゆえ、語の使用度数などを見ることができない。現代語での用例を調査するには、書き言葉に限定したほうが手っ取り早い。その場合、個人的な材料と社会的な材料が考えられる。ただし、『今昔』の膨大な語彙量に見合い、現代日本語の基盤を形成する語彙が調査できる対象を見つけなければならないため、社会的な材料を対象にするのが妥当であると思われる。そこで、多くの人に書かれ、読まれている現代雑誌が想起される。雑誌に使用されていることばのほとんどは、現代に定着して広く用いられていることばである。この現代雑誌は現代日本語の基盤を形成する語彙を見極めるには格好な資料である。従って、国立国語研究所が公開した「現代雑誌二〇〇万字言語調査語彙表」[*五]を使用して、『今昔』に見られる漢語と共通する語を見いだすことによって、現代において、その部分の漢語の具体的使用実態を探ることにした。

現代に用いられている漢語は、必ずしも原義のままで用いられておらず、語義・語形・用法等に何らかの変化が見られるものも少なくない。そのような個々の漢語に注目し、漢語の語義変化の一端を明らかにするため、その語義や用法の変化に留意すべきであると思われる。そこで本章の最後に、『今昔』にも、『色葉』にも、『新漢辞』にも、現代雑誌にも見られる漢語「次第」の用法の変遷と展開を扱いたい。

注

一　柏谷嘉弘（一九八七）『日本漢語の系譜―その摂取と表現―』東宛社

二　新村出（一九八三）『広辞苑』第三版（岩波書店）の凡例で述べられている編集方針による。

三　山口明穂・竹田晃（二〇〇〇）『岩波新漢語辞典』第二版　岩波書店

四　注三の「第二版刊行に際して」に記されており、引用部分は「凡例」による。

五　研究課題「現代日本語における書き言葉の実態解明と雑誌コーパスの構築」における「現代雑誌二〇〇万字言語調査」（二〇〇一年度～二〇〇五年度実施）の成果として、学術研究・教育利用を目的として公開された語彙表。

第二節　『新漢語辞典』に見られる漢語

一　調査の目的と方法

本節は、『今昔』に見られる漢語のうち、どのくらいの語が現代に生きているか、それはどんな語であるかについて、概観的に調査する。

本章の第一節に述べた通り、『新漢辞』（第一節を参照）は、「日本語の中で用いられる漢字および漢語を、現代使われるものを主体として収録した」としており、現代語を取り扱う漢和辞典と見て支障がない。

『今昔』に見られる漢語と、『新漢辞』の親字や熟語の見出し語と対照し、共通の漢語を抽出する。共通の漢語と認める語は、次の条件に該当するものである

（一）　原則として同じ漢字で表記されている漢語は同一語として認める。ただし、「國―国」「歸―帰」「佛―仏」「往―往」などのように、旧体字と新体字に差があるものや異体字の場合は、その限りでない。なお、旧体字に関しては、『新漢辞』は親字の見出しの下に示してあり、異体字に関しては注記に記されているので、参考にする。

（二）『今昔』では借字が使用される「延―縁」などや、『新漢辞』の注記において、表記が異なる「諳誦―暗唱」「馬惱―瑪瑙」「水精―水晶」などの関連を明らかにしているものは、同一語とする。

（三）『今昔』の漢語が、『新漢辞』の複合語の見出し語の一部になっている場合、共通する漢語とする。例えば、『今昔』に「天衣」が見られ、『新漢辞』の見出し語に「天衣無縫」があるので、「天衣」は共通の漢語である。

（四）「侍僮子―侍童」「紫磨黄金―紫磨金」「木蓮子―木蓮」（前者は『今昔』の用例、後者は『新漢辞』の見出し語）などのような、『今昔』での用例は文字数が多いが、『新漢辞』の見出し語とは、全く同義であるため、それらの語は『今昔』と『新漢辞』と共通する漢語とする。

（五）『今昔』に見られる一字漢語に関しては、『新漢辞』では漢字を意識して扱っている可能性があるため、それを現代では語として認められているかを確認する作業を行う。

Ⅰ『新漢辞』において、現代の用例が示されている語は『今昔』と共通する語と認める。例えば、「合」については、「両派を合（がつ）して新党を結成する」の用例が示されているので、共通する漢語とする。

複合語の構成成分として用例が挙げられるものも、『今昔』と共通する語とする。例えば、「庄」については、「多田（ただの）庄」という形で用例として挙げられているので、共通する語として認める。

Ⅱ『新漢辞』で現代の用例が確認できない語に関しては、「現代の言語生活において最も普通に用いられる日本語」を収録している『新明解国語辞典』*を使用して確認する。その見出し語であるものは、『今昔』と『新漢辞』と共通する漢語として認める。例えば、「呵」「吟」について、『新明解国語辞典』には見出し語として「かする【呵する】」「ぎん【吟】」が見られるので、「呵」「吟」は『今昔』と『新漢辞』と共通する漢語とする。

なお、『新明解国語辞典』の見出し語は、字音語の造語成分を含む。『新漢辞』に示されている読みを参考にし、漢音・呉音のどちらかが『新明解国語辞典』にあれば、その語が『今昔』と『新漢辞』と共通する漢語とする。

また、「婢」などのような、『新明解国語辞典』に古語と明記されている漢語は、『今昔』と『新漢辞』と共通する語としない。

Ⅲ 『新漢辞』において、造語成分としてしか用いられていない漢字とされ、意味解説のないものは共通する漢語としない。調べた結果そのような対象がない。

このようにして、見いだした『今昔』と共通する漢語は一九七一語、『今昔』の漢語の中では、約六一％を占めている。柏谷嘉弘（一九八七）[*二]では、建武本『論語』の漢語の約五二％を占める漢語は、『広辞苑』の見出し語と共通するものであるという結果が得られていた。比較する資料も方法も異なっており、一概に言えないが、現代に生きている漢語の割合については、『今昔』に見られる漢語は、建武本『論語』の漢語より低いということはなかろう。

それらの『今昔』と『新漢辞』と共通する漢語について、次のような方法で考察してみる。

まず、平安時代の漢和辞書とされている『色葉』に見られる『今昔』の漢語と、比較して、共通する語はどのくらいあるのかを調査し、その関連を明らかにする。

次に、『今昔』に見られる仏教語は、どのように受け継がれているのかをみる。

第一章では、仏教語に関する調査は『広説佛教語大辞典』[*三]（中村二〇〇一）によった。しかしながら、現代では本来仏教語である漢語が、仏教語として意識されなくなっているものが見られる。例えば、「我慢」は、そもそも仏教で、自己の中心に我があると考え、その我を中心として心が驕慢であること、おのれをたのんで心のおごる煩悩という意味であるが、後に転じて、「意地っ張り・強情」の意になり、さらに現代では、「こらえる・耐え忍ぶ」という意で用いられている。そのため、現代では、「我慢」は専門性の高い仏教の術語、ないし広い意味での仏教語としては意識されていないのである。このような一般化した仏教語が存在する現代語を考える場合、『広説佛教語大辞典』によって調査するのは必ずしも適切と言えない。

一方、『新漢辞』では、特定の分野に使われる術語については、その分野名の略号を以って示している。仏教の術語についても「〘仏〙」で明示している。『新漢辞』に「〘仏〙」の印が付される漢語は、現代において、一般に仏教の術語と認識されているものである。そのような語はどの程度あるのか、それらの語に留意して見ていきたい。

最後に、漢語の語義や用法に注目して見る。語彙の語義や用法は、時代とともに変化が伴うものは少なくない。『今昔』に見られる漢語の用法は、現代では使用されているのか。その点について考察してみたい。『今昔』と共通する『新漢辞』の漢語を対象に、その見出し語に付されている意味解説と、『今昔』での語義や用法と一致する項目があるかないかを確認すれば、変化を遂げた漢語が見えてくるのではないか。

二　調査の結果

調査した結果、一で述べたように、『今昔』に見られる全三三二四語の漢語の中で、『新漢辞』と共通する漢語は一九七一語あり、約六一％を占めている。その中で、『色葉』の掲出語であるものが九三七語、全体の約二九％を占めており、『新漢辞』に「〘仏〙」の印が付いている語は三〇七語が見られ、約一割を占める。その内訳を表一で示しておく。

表一を一瞥して、『今昔』に見られる漢語が三分されていることがわかる。その一は『色葉』の漢語、その二は『新漢辞』に見られる『色葉』の掲出語でない漢語、その三は『新漢辞』に見あたらない漢語である。

表一　『今昔』に見られる漢語の内訳

漢語	色葉	新漢辞	語数	%	小計／%
新漢辞と共通	○	○	817	25%	937 29%
		H	4	0%	
		K	10	0%	
		○B	63	2%	
		B	42	1%	
		KB	1	0%	
	×	○B	83	3%	1034 32%
		B	118	4%	
		○	813	25%	
		K	17	1%	
		△	3	0%	
共通しない	○	×	171	5%	1253 39%
	×	×	1082	34%	
計			3224	100%	

注：「○」は『今昔』と共通する語、「×」は『今昔』と共通しない語を示す。「新漢辞」欄の「○」は術語の印がない一般漢語、「B」は語義は一つのみで、仏教の術語の印がある語、「○B」は複数語義の中の一つに仏教の術語の印があるものを示す。「H」は同語と判断できるが、表記が異なっているもの、「△」は同語と認められるが語形が異なるもの、「K」は語義に変化が見られるもの、「KB」は語義に変化が見られ、仏教の術語の印があるものを示す。

表一で示したように、『今昔』と『新漢辞』と共通する約六割の漢語の中で、三割弱が『色葉』の掲出語であり、約半分ほど占めている。それは『色葉』と『今昔』と共通する漢語（「今昔と新漢辞と共通」九三七語と「共通しない」一七一語とを併せて一一〇八語）の八五％にあたる。すなわち、『今昔』に見られる『色葉』の掲出語である漢語は、大部分現代に生きていると言える。

『今昔』と共通する、『新漢辞』に見られる術語の印がない漢語、つまり一般漢語は、六一％（二九％＋三二％）の中の五〇％（二五％＋二五％）をも見られる。その一般漢語について、『色葉』に見られるのと、『色葉』にない語と比較してみると、『色葉』に見られる語のほうが若干多いが、ほぼ同じ割合を占めていることがわかる。

一方、仏教の術語とされている約一割（二％＋一％＋三％＋四％）の漢語については、その三分の二は『色葉』に見あたらない語である。『色葉』に収録される仏教語の数が限られていることも考えられるが、表一を見ると、『色葉』

に見られる仏教の術語と、そうでない語との間に、相違があることに気づくだろう。それはそれらの語に複数の語義があるかないかによって、異なってくるのである。『色葉』に見られる仏教の術語の多くは、複数の語義をもち、仏教の術語でない用法も有する語である。それに対して、『色葉』に見あたらない語は、仏教の術語の用法のみの語のほうが、もっと多く見られる。

表一の中で「K」で示した語義や用法に変化が見られる漢語は、併せて二八語がある。それは『新漢辞』で確認できるものに限るので、数は多くない。それらの漢語について、『色葉』にあるものと、ないものとを比較すると、『色葉』に見られる漢語のほうが若干少ないことがわかる。それは『色葉』に見られる漢語は、受け継がれていく過程では、『色葉』に見あたらない語よりは、多少安定していることを意味するかもしれない。その点については今後さらに検討したい。

三　語彙表

『今昔』と共通する『新漢辞』の漢語の中の約半分は、次の第三節で述べる「現代雑誌二〇〇万字言語調査語彙表」と共通する漢語である。重複を避けるため、後の第三節に示した漢語以外の九九一語のみ、次のページから示しておく。表一に合わせて『色葉』に見られる漢語とそうでない漢語等と、順に提示していく。

次の語彙表から、「現代雑誌二〇〇万字言語調査語彙表」に見られない、『新漢語』には掲載されている『今昔』の漢語は、『色葉』にも見えないものが多いことがわかる。

『色葉』に見られる一般漢語

（三四一語）

婬　イン
影　エイ
延　エン
賀　ガ
戒　カイ
議　ギ
興　キヨウ
菓　クワ
卦　クヱ
薫　クン
假　ケ
牙　ゲ
兄　ケイ
孝　ケウ
薨　コウ

穀　コク
斤　コン
坐　ザ
犀　サイ
曹　サウ
算　サン
讒　ザン
識　シキ
執　シフ
謝　シヤ
庄　シヤウ
請　シヤウ
笙　シヤウ
浄　ジヤウ
呪（咒）　シユ
修（脩）　シユ
暑　シヨ

信　シン
身　シン
施　セ
妾　セフ
切　セツ
仙　セン
先　セン
蘇　ソ
孫　ソン
退　タイ
寵　チヨウ
勅　チヨク
朕　チン
鎮　チン
陳　ヂン
泥　デイ
帖　デフ

鐃　ネウ
配　ハイ
房（坊）　バウ
薄　ハク
灰　ハヒ
貧　ヒン
鬢　ビン
福　フク
屏　ヘイ
崩　ホウ
本　ホン
名　ミヤウ
滅　メツ
免　メン
養　ヤウ
廊　ラウ
令　リヤウ
艫　ロ
禄　ロク

威　ヰ
愛敬　アイギヨウ
哀憐　アイレン
悪霊　アクリヤウ
安置　アンヂ
安穏　アンヲン
衣冠　イクワン
醫家　イケ
倚子　イシ
衣裳　イシヤウ
意趣　イシユ
逸物　イチモツ
異躰　イテイ
淫奔　インポン
婬欲　インヨク
有心　ウシン
云云　ウンウン
要用　エウヨウ
依怙　エコ

蔭子　オンシ
陰陽　オンヤウ
講莚　カウエン
高家　カウケ
纐纈　カウケチ
講説　カウゼツ
恪勤　カクゴン
呵責（嘖）　カシヤク
加持　カヂ
歌舞　カブ
甲冑　カフチウ
監察　カンサツ
感歎　カンタン
旱魃（颰）　カンバツ
看病　カンビヤウ
勘問　カンモン
奇異　キイ
牛車　ギウシヤ
弓箭　キウセン

皈(歸)依　キエ
巍巍(魏魏)　ギギ
起請　キシヤウ
祈禱　キタウ
祈念　キネン
饗應　キヤウオウ
行幸　ギヤウガウ
経師　キヤウジ
経論　キヤウロン
逆心　ギヤクシン
御遊　ギヨイウ
禽獣　キンジウ
禁中　キンチウ
箜篌　クウゴ
究竟　クキヤウ
恭敬　クギヤウ
供御　クゴ
具足　グソク
懐妊　クワイニン

懐抱　クワイハウ
廣博　クワウハク
過差　クワサ
瓦礫　グワリヤク
管絃　クワングエン
冠者　クワンジヤ
灌頂　クワンヂヤウ
官物　クワンモツ
外典　グヱデン(テン)
眷属　クヱンゾク
玄(懸)孫　グヱンソン
刑罰　ケイバツ
教化　ケウクヱ
飢渇　ケカツ
下賤　ゲセン
潔齋　ケツサイ
脇息(脇足)　ケフソク
下郎　ゲラウ
嫌疑　ケンギ

見参　ゲンザン
験者　ゲンジヤ
後朝　コウテウ
骨髄　コツズイ
骨肉　コツニク
胡麻　ゴマ
金鼓　コング
在廳　ザイチヤウ
曹司　ザウシ
讒言　ザンゲン
散々　サンザン
侍醫　ジイ
鐘楼(鍾楼)　シウロウ
至要　シエウ
子細　シサイ
死生　シシヤウ
熾盛　シジヤウ
紙燭　シソク
紫檀　シタン

失錯　シツサク
實否　ジツフ
上古　シヤウコ
上座　ジヤウザ
麝香　ジヤカウ
借用　シヤクヨウ
醜悪　シユアク
四維　シユイ
誦経　ジユキヤウ
宿老　シユク(シク)ラウ
修造　シユザウ
殊勝　シユシヨウ
呪咀　シユソ
出納　シユツナフ
修法　シユホフ
承引　シヨウイン
助教　ジヨケウ
書寫　シヨシヤ
書生　シヨシヤウ

紫菀(苑)　シヲン
瞋恚　シンイ
神祇　ジンギ
心神　シンジン
震動　シンドウ
水干(旱)　スイカン
随喜　ズイキ
水火　スイクワ
水精　スイシヤウ
髄腦　ズイナウ
誓言　セイゴン
聖目　セイモク
逍遥　セウエウ
小ゝ(少ゝ)　セウセウ
節會　セチヱ
説経　セツキヤウ
世路　セロ
前栽(裁)　センサイ(ザイ)
善道　ゼンダウ

先帝　ゼンテイ
先年　センネン
膳夫　ゼンプ
僧綱　ソウガウ
聡明　ソウミヤウ
奏聞　ソウモン
即位　ソクイ
蔬食　ソシヨク
大山　ダイセン(注色葉オホヤマ)
大門　ダイモン
道俗　ダウゾク
盗犯　タウボン
啄木　タクボク
踏歌　タフカ
丹誠　タンセイ
知音　チイン
中宮　チウグウ
中門　チウモン
遅参　チサン

除目　ヂモク
丁子　チヤウジ
勅宣　チヨクセン
鎮守　チンジユ
塵土　ヂンド
追放　ツイハウ
追捕　ツイブク
厨子　ヅシ
銚子　テウシ
朝庭　テウテイ
調布　テウフ
朝暮　テウボ
諂曲　テンゴク
天子　テンシ
殿上　テンジヤウ
田夫　デンブ
燈心　トウジミ
登壇　トウダン
銅鈸　ドウバチ

同腹　ドウフク
燈明　トウミヤウ
逗留　トウリウ
棟梁　トウリヤウ
徳行　トクギヤウ
讀経　ドクキヤウ(ドキヤウ)
内供　ナイグ
内侍　ナイシ
内典　ナイデン
内内　ナイナイ
惱乱　ナウラン
乳酪　ニウラク
如法　ニヨホフ
擾(嬈)乱　ネウラン
年少(小)　ネンセウ
配流　ハイル
放逸　ハウイツ
放言　ハウゴン
飽満　バウマン

放免　ハウメン
白米　ハクマイ
伴僧　バンソウ
半夜　ハンヤ
萬里　バンリ
非道　ヒダウ
琵琶　ビハ
誹謗　ヒハウ
美麗(灑)　ビレイ
貧窮　ビングウ
擯出　ヒンジユツ
貧賤　ヒンセン
无音　ブイン
武藝　ブゲイ
不孝　フケウ
封戸　フコ
不祥　フシヤウ
不善　フゼン
歩率　フソツ

富貴	フツキ
佛師	ブツシ
佛名	ブツミヤウ
豊饒	ブネウ
父母	ブモ
不慮	フリヨ
忿怒	フンヌ
分明	フンミヤウ
瓶子	ヘイジ
平復	ヘイブク
霹靂	ヘキレキ
弁才	ベンザイ
邊地	ヘンヂ
邊土	ヘンド
偏頗	ヘンバ
邊鄙	ヘンピ
遍満	ヘンマン
暴悪	ボアク
布衣	ホイ

蓬莱	ホウライ
苜蓿	ボクシユク
密（蜜）法	ミツボフ
名字	ミヤウジ
名状	ミヤウジヤウ
命婦	ミヤウブ
明法	ミヤウボフ
名聞	ミヤウモン
无下	ムゲ
无道	ムダウ
謀叛	ムホン
无益	ムヤク
馬腦	メナウ
帽額	モカウ
目代	モクダイ
黙然	モクネン
悶絶	モンゼツ
門徒	モント
疫病	ヤクビヤウ

踊躍	ユヤク
容顔	ヨウガン
容儀	ヨウギ
欲心	ヨクシン
老少	ラウセウ
狼藉	ラウゼキ
老耄	ラウモウ
律師	リツシ
理非	リヒ
良家	リヤウケ
綾羅	リヨウラ
綸言	リンゲン
流轉	ルテン
瑠璃	ルリ
療治	レウヂ
獦（獵）師	レフシ
憐愍	レンミン
籠居	ロウキヨ
往昔	ワウジヤク

和合　ワガフ
汙穢　ワヱ
威光　ヰクワウ
圍繞（遶）　ヰネウ
違約　ヰヤク
円座　ヱンザ
怨敵　ヲンデキ

『色葉』に見られる仏教の術語

（五九語）

偈　ゲ
業　ゴフ
冥　ミヤウ
悪業　アクゴフ
安居　アンゴ
引攝　インゼフ
機縁　キエン
経蔵　キヤウザウ
行道　ギヤウダウ
苦行　クギヤウ
苦患　クグヱン
愚痴　グチ
袈裟　ケサ
解脱　ゲダツ
結縁　ケチエン
結願　ケチグワン
下臈　ゲラフ
慳貪　ケンドン
後生　コウセイ
五戒　ゴカイ
後生　ゴシヤウ
乞食　コツジキ
罪障　ザイシヤウ
座主　ザス
宿徳　シクトク
慈悲　ジヒ
生生　シヤウジヤウ
邪見　ジヤケン
沙弥　シヤミ
受戒　ジユカイ
修験　シユゲン
初夜　シヨヤ
誓願　セイグワン
世世　セセ
導師　ダウシ
當来　タウライ
檀越　ダンエツ
弾指　タンジ
住持　ヂウヂ
聴聞　チヤウモン
濁世　ヂヨクセ
頭陁　ヅダ
讀師　ドクシ
入滅　ニフメツ
忍辱　ニンニク
念誦　ネンジユ
念念　ネンネン

諷誦　フジユ
布施　フセ
表白　ヘウビヤク
法相　ホツサウ
法會　ホフヱ
妄語　マウゴ
无漏　ムロ
瓔珞　ヤウラク
来世　ライセ
礼盤　ライバン
阿闍梨　アジヤリ
威儀師　ヰギシ

『色葉』に見えない仏教の術語

（一四八語）

果　クワ
願　グワン
愛執　アイシフ
愛染　アイゼン
愛欲　アイヨク
閼伽　アカ
悪縁　アクエン
悪世　アクセ
悪道　アクダウ
安養　アンヤウ
異類　イルイ
有為　ウヰ
衣鉢　エハツ
應身　オウジン
開眼　カイゲン
戒壇　カイダン
戒律　カイリツ
降魔　ガウマ
行人　ギヤウニン
弘誓　グゼイ
功徳　クドク
求法　グホフ
弘法　グホフ
火宅　クワタク
願力　クワンリキ
化現　クヱゲン
久遠　クヲン
脇士　ケフジ
現世　ゲンゼ
獄卒（率）　ゴクソツ
居士　コジ
五衰　ゴスイ
業因　ゴフイン
劫初　コフシヨ
護法　ゴホフ
後夜　ゴヤ
勤行　ゴンギヤウ
金口　コンク
今生　コンジヤウ
在家　ザイケ
罪業　ザイゴフ
在世　ザイセ

罪報　ザイホウ
斎（斉）會　サイヱ
像法　ザウホフ
三蔵　サンザウ
三世　サンゼ
讃歎　サンダン
三會　サンヱ
四恩　シオン
四諦　シタイ
四大　シダイ
十方　ジツパウ
十戒　ジフカイ
十善　ジフゼン
正覺　シヤウガク
精舎　シヤウジヤ
聖者　シヤウジヤ
聖衆　シヤウジユ
成道　ジヤウダウ
常住　ジヤウヂウ

正法　シヤウボフ
上﨟　ジヤウラフ
寂静　ジヤクジヤウ
寫瓶　シヤビヤウ
宿業　シユクゴフ
衆生　シユジヤウ
出離　シユツリ
證果　シヨウクワ
序品　ジヨホン
真諦　シンタイ
神通　ジンツウ（ヅウ）
真如　シンニヨ
新菩　シンボチ
垂跡　スイジヤク
宿縁　スクエン
宿世　スクセ
宿善　スクゼム
小乗　セウジヨウ
善根　ゼンゴン

善處　ゼンジヨ
懺法　センボフ
大願　ダイグワン
大乗　ダイジヨウ
大智　ダイチ
大悲　ダイヒ
大法　ダイホフ
塔婆　タフバ
檀那　ダンナ
中有　チウウ
持戒　ヂカイ
頂礼　チヤウライ
追善　ツイゼン
通力　ツウリキ
調伏　テウブク
傳燈　デントウ
轉讀　テンドク
天人　テンニン
傳法　デンポフ

度者	ドシヤ
二世	ニセ
能化	ノウクヱ
放生	ハウジヤウ
破戒	ハカイ
般若	ハンニヤ
浮圖	フト
分段	ブンダン
寶藏	ホウサウ
寶珠	ホウジユ
法界	ホツカイ
法性	ホツシヤウ
法身	ホフシン
本誓	ホンゼイ
凡夫	ボンブ
魔縁	マエン
魔障	マシヤウ
末世	マツセ
名号	ミヤウガウ

无間	ムケン
无明	ムミヤウ
妙法	メウホフ
妙理	メウリ
滅後	メツゴ
滅罪	メツザイ
滅度	メツド
夜叉	ヤシヤ
唯識	ユイシキ
維那	ユイナ
羅刹	ラセツ
利生	リシヤウ
両部	リヤウブ
輪廻	リンネ
六根	ロクコン
優曇花	ウドングヱ
優婆夷	ウバイ
優婆塞	ウバソク
恒河沙	ゴウガシヤ

善知識	ゼンチシキ
賓頭廬	ビンヅル
不退轉	フタイテン
佛法僧	ブツボフソウ
曼荼(陁)羅	マンダラ
愛別離苦	アイベツリク
結跏趺坐(座)	ケツカフザ
即身成佛	ソクシンジヤウブツ
難行苦行	ナンギヤウクギヤウ
如意寶珠	ニヨイホウジユ
如是我聞	ニヨゼガモン

『色葉』に見えない一般漢語

(四四三語)

因	イン
幼	エウ
呵	カ
蓋	カイ
降	ガウ

合 ガツ
龕 ガン
擬 ギ
琴 キン
吟 ギン
供 グ(ク・グウ)
決 クヱツ
懸 クヱン
啓 ケイ
獻 ケン
鏁 ジヤウ
成 ジヤウ
笏 シヤク
釋 シヤク
種 シユ
熟 ジユク
疏 シヨ
叙 ジヨ
推 スイ

詔 セウ
觸 ソク
帥 ソチ
堕 ダ
託 タク
誅 チウ
拜 ハイ
縛 バク
伏 ブク
復 ブク
勇 ユウ
療 レウ
狂 ワウ
悪鬼 アクキ
悪逆 アクギヤク
悪口 アクク
悪相 アクサウ
悪所 アクシヨ
悪念 アクネン

悪風 アクフウ
異形 イギヤウ
印鎰 インヤク
雲霧 ウンム
榮耀 エイエウ
榮爵 エイジヤク
要事 エウジ
幼童 エウドウ
恩愛 オンアイ
江河 ガウガ
香華 カウグヱ
隔(⿱竹隔)子 カウシ
庚申 カウシン
迎接 カウゼフ
香油 カウユ
講會 カウヱ
樂人 ガクニン
樂屋 ガクヤ
家風 カフウ

勘文　カンモン
几案　キアン
伎（妓）樂　ギガク
吉事　キチジ
吉日　キチニチ
器仗　キヂヤウ
貴殿　キデン
貴人　キニン
耆婆　ギバ
急難　キフナン
経巻　キヤウクワン
形像　ギヤウザウ
饗膳　キヤウゼン
客僧　キヤクソウ
客殿　キヤクデン
御感　ギヨカン
御寝　ギヨシン
御製　ギヨセイ
琴瑟　キンシツ

宮室　クウシツ
供花　クグヱ
口誦　クジユ
舊譯　クヤク
荒神　クワウジン
廣量　クワウリヤウ
畫工　グワク
火葬　クワサウ
過失　クワシツ
瓦石　グワシヤク
還御　クワンギヨ
官曹　クワンサウ
官舎　クワンシヤ
官爵　クワンシヤク
願主　グワンシユ
元日　グワンニチ
官府　クワンブ
願文　グワンモン
官位　クワンヰ

外戚　グヱシヤク
外法　グヱホフ
勧賞　クヱンジヤウ
還俗　グヱンゾク
玄番　グヱンバ
郡臣　グンジン
軍兵　グンビヤウ
下衆（下主）　ゲス
孝子　ケウシ
教法　ケウボフ
下向　ゲカウ
劇談　ゲキダン
假借　ケサウ
懈怠　ケダイ
下人　ゲニン
家礼　ケライ
兼學　ケンガク
減氣　ゲンキ
賢者　ゲンジヤ

現身　ゲンシン
絹帛　ケンハク
后妃　コウヒ
五行　ゴギヤウ
極悪　ゴクアク
國宣　コクセン
極熱　ゴクネツ
國府　コクフ
國母　コクモ
獄門　ゴクモン
獄吏　ゴクリ
御座　ゴザ
五節　ゴセチ
御前　ゴゼン
虚誕　コタン
御房　ゴボウ
御物　ゴモツ
誤用　ゴヨウ
困苦　コンク

金泥　コンデイ
際會　サイカイ
才學　ザイガク
祭主　サイシユ
㝡小（㝡少）　サイセウ
在俗　ザイゾク
在地　ザイチ
采（綵・婇）女　サイニヨ
罪人　ザイニン
再拝　サイハイ
財寶　ザイホウ
財物　ザイモツ
祭文　サイモン
相好　サウガウ
雙紙　サウシ
霜雪　サウセツ
草堂　サウダウ
相人　サウニン
喪服　サウブク

草木　サウモク
造立　ザウリフ
左近　サコン
雑色　ザフシキ
雑役　ザフヤク
山居　サンキヨ
三代　サンダイ
愁歎　シウタン
枝葉　シエフ
職事　シキジ
死期　シゴ
師子　シシ
侍者　ジシヤ
實名　ジツミヤウ
侍女　ジニヨ
詩賦　シフ
脂粉　シフン
四寶　シホウ
生育　シヤウイク

浄衣　ジヤウエ
床几　シヤウギ
城廓　ジヤウクワク
鉦鼓　シヤウゴ
上戸　シヤウゴ
生國　シヤウゴク
聖跡　シヤウシヤク（ジヤク）
生身　シヤウジン
聖躰　シヤウダイ
正文　シヤウモン
生類　シヤウルイ
尺餘　シヤクヨ
邪心　ジヤシン
邪説　ジヤセツ
車馬　シヤメ
沙門　シヤモン
舎利　シヤリ
宿驛　シユクエキ
宿房　シユクバウ

呪師　シユシ
修習　シユシフ
酒食　シユシヨク
手跡　シユセキ
手足　シユソク
出入　シユツニフ
主典　シユテン
酒肉　シユニク
衆人　シユニン
衆望　シユバウ
朱筆　シユヒツ
修補　シユホ
須臾　シユユ
守衛　シユヱ
順風　ジユンブウ
自餘　ジヨ
勝地　シヨウチ
松栢　シヨウハク
所願　シヨグワン

叙爵　ジヨシヤク
所説　シヨセツ
所為　シヨヰ
新宮　シングウ
神國　ジンコク
神色　シンシヨク
縉紳　シンシン
身心　シンジン
神道　ジンダウ
寝殿　シンデン
神人　ジンニン
人馬　ジンバ
親兵　シンヒヤウ
信伏　シンブク
神變　ジンベン
身命　シンミヤウ
神明　ジンミヤウ
新譯　シンヤク
瑞相　ズイサウ

水瓶　スイビヤウ
蘇芳　スハウ
生長　セイチヤウ
正門　セイモン
詔書　セウシヨ
小年（少年）　セウネン
焼亡　ゼウマウ
施主　セシユ
節日　セチビ
絶入　ゼツニフ
善悪　ゼンアク
前駈　ゼンク
宣旨　センジ
禪師　ゼンジ
善心　ゼンシン
仙術　センズツ
膳部　ゼンブ
仙藥　センヤク
宗室　ソウシツ

僧正　ソウジヤウ
僧俗　ソウゾク
僧徒　ソウト
僧尼　ソウニ
僧坊（房）　ソウバウ
粟散　ゾクサン
俗姓　ゾクシヤウ
俗書　ゾクシヨ
俗人　ゾクニン
尊者　ソンジヤ
存生　ソンシヤウ
尊容　ソンヨウ
大意　タイイ
臺下　タイカ
大海　ダイカイ
大寒　ダイカン
大饗　ダイキヤウ
大魚　ダイギヨ
怠状　タイジヤウ

退轉　タイテン
代人　ダイニン
當職　タウジキ
堂舎　ダウシヤ
唐人　タウジン
堂塔　ダウタフ
他行　タギヤウ
太郎　タラウ
端嚴　タンゴン
端座（端坐）　タンザ
鍮石　チウセキ
中風　チウブ
中流　チウリウ
持経　ヂキヤウ
値遇　チグ
畜類　チクルイ
持佛　ヂブツ
丈六　ヂヤウロク
嫡男　チヤクナン

勅勘	チヨクカン
勅使	チヨクシ
勅命	チヨクメイ
塵垢	ヂンク
珎物	チンモツ
圖繪	ヅヱ
涕(啼)泣	テイキフ
泥土	デイド
帝位	テイヰ
鳥獣	テウジウ
田家	デンカ
天蓋	テンガイ
天眼	テンゲン
典籍	テンジヤク
天罰	テンバツ
田野	デンヤ
同學	ドウガク
同座	ドウザ
同宿	ドウシク

童女	ドウニヨ
燈油	トウユ
毒害	ドクガイ
毒氣	ドクケ
戸口	トグチ
毒藥	ドクヤク
乃至	ナイシ
内陣	ナイヂン
内法	ナイホフ
難産	ナンザン
男女	ナンニヨ
日月	ニチグワチ
入唐	ニツタウ
任國	ニンゴク
人身	ニンジン
年号	ネンガウ
年三	ネンサン
念珠	ネンジユ
能書	ノウシヨ

方士	ハウジ
方便	ハウベン
白銅	ハクドウ
末孫	バツソン
破風	ハフ
半作	ハンサク
悲歎	ヒタン
碑文	ヒモン
兵杖	ヒヤウヂヤウ
百官	ヒヤククワン
便船	ビンセン
貧道	ヒンダウ
鬢髪	ビンハツ
舞樂	ブガク
腹中	フクチウ
福徳	フクトク
不日	フジツ
不浄	フジヤウ
父祖	フソ

佛供　ブツク
佛果　ブツクワ
佛家　ブツケ
佛子　ブツシ
佛事　ブツジ
佛寺　ブツジ
佛性　ブツシヤウ
佛陀　ブツダ
佛堂　ブツダウ
佛道　ブツダウ
佛塔　ブツタフ
佛土　ブツド
風聞　フブン
風流　フリウ
平生　ヘイゼイ
驃騎　ヘウキ
返歌　ヘンカ
片時　ヘンシ
報恩　ホウオン

奉加　ホウガ
寶冠　ホウクワン
方寸　ホウスン
寶前　ホウゼン
寶塔　ホウタフ
寶殿　ホウデン
寶瓶　ホウビヤウ
木石　ボクセキ
蕟願　ホツグワン
法衣　ホフエ
法事　ホフジ
法弟　ホフデイ
法服　ホフブク
法名　ホフミヤウ
法門　ホフモン
法螺　ホフラ
法樂　ホフラク
法力　ホフリキ
法輪　ホフリン

法皇　ホフワウ
本懐　ホングワイ
末代　マツダイ
万燈　マンドウ
未進　ミシン
微少　ミセウ
弥陀　ミダ
猛火　ミヤウクワ
名利　ミヤウリ
无學　ムガク
无才　ムサイ
无始　ムシ
无文　ムモン
滅相　メツサウ
滅失　メツシツ
木像　モクザウ
沐浴　モクヨク
文案　モンアン
文選　モンゼン

影像　ヤウザウ
疫癘　ヤクレイ
野人　ヤジン
夜前　ヤゼン
勇健　ユゴン
癩病　ライビヤウ
牢獄　ラウゴク
老女　ラウニヨ
老婢　ラウヒ
羅漢　ラカン
龍馬　リウメ
利剱　リケン
吏部　リブ

霊廟　リヤウメウ
霊木　リヤウモク
暦数　リヤクスウ
麗句　レイク
霊像　レイザウ
楼観　ロウクワン
楼臺　ロウタイ
黄白　ワウビヤク
王法　ワウボフ
和琴　ワゴン
和讃　ワサン
和上　ワジヤウ
違勅　ヰチヨク

威徳　ヰトク
繪像　ヱザウ
繪圖　ヱヅ
給事中　キフジチウ
侍僮子　ジドウジ
旃陀(荼)羅　センダラ
婆羅門　バラモン
服薬仙　ブクヤクセン
佛舎利　ブツシヤリ
菩提樹　ボダイジユ
木蓮(連)子　モクレンジ
極樂往生　ゴクラクワウジヤウ
紫磨黄金　シマワウゴン

四　語義が転化した漢語

一と二で触れた『新漢辞』に見られる『今昔』の漢語には、語義や用法に変化が生じたものが見られる。それはどのように異なっているのか、『新漢辞』に記されている意味解説を中心に見ていきたい。

『新漢辞』には「日本文化を支えて来た先人が各文化創造の営みの中でどのように漢字を使用して来たかの実態を調べ、その情報も各解説の項目に加えてある」[*四]とある。それらの情報を付け加えるため、漢語の成り立ち、語義の転化等についての注記が付されている。編者の語義の転化に対する認識、及び語義の転化の実態を調査・記述する努力が認められる。すなわち、『新漢辞』の意味解説の中の語義転化に関する記述は信憑性があり、現代日本漢語の語義転化の様相を概観できるかと考える。

確認の原則について、『今昔』においての用法が、『新漢辞』の意味解説に見あたらない、または、注記の「もとは…」の部分に当たる場合、それは語義や用法に変化が生じた漢語と認める。例えば、一に示した「我慢」もそうであるが、「図書」については、『新漢辞』には、「書物。本。▼もと、「河図洛書（かとらくしょ）」の略で、絵地図と書物の意。古く「ずしょ」とも。」とあるが、『今昔』では「書き写す」という意の用法である。また、「人間」については、『新漢辞』には、「①（社会的行為の主体としての）人。②ひとがら。人物。▼もと、人の住む世、世間の意で、「じんかん」ともよむ。」とあり、『今昔』での用法は注記（▼）の部分にあたる。このように文字列で考えた上では、「人間」「図書」「我慢」という語は、『今昔』と『新漢辞』と共通する漢語ではあるが、それらは語義や用法が変化した漢語として扱うべきと思われる。

結果、『今昔』と共通する『新漢辞』の漢語の中で、『今昔』での用法と現代日本語での意味用法とは必ずしも一致しているとは限らない。それは「悪風・隠居・有心・依怙・演説・我慢・下坐・獄門・御房・相好・支度・種・出世・随喜・先生・膳部・退転・図書・人間・半紙・平等・名字・无縁・滅相・力士」などである。それらの語を、語義や用法の転化についての記述の有無、及び記述内容が当てはまるかどうかによって、次の三種類に分けられる。それぞれ『今昔』の用例と『新漢辞』の主な意味解説を並べて示す。（必要に応じて、用例の後に当該の漢語の意味を括弧でくくって示す。便宜上『新漢辞』の用例などを示さない。）

（一）語義や用法の転化についての記述がないもの

『新漢辞』の意味解説と『今昔』での意味が一致しないにも関わらず、語義の転化についての注記がない。例えば「悪風」などは、次のようになっている。

昔、一人ノ人有リ、商《アキナヒ》ノ為ニ船ニ乗《ノリ》テ海ニ出《イデ》ヌ。**悪風**俄《ニハカ》ニ出来《イデキ》テ船ヲ海ノ底ヘ巻キ入ル。（嵐のこと）
〔今昔巻第四天竺人、於海中値悪龍人依比丘教免害語第十三〕

『新漢辞』　悪い風習、弊害のある風習。良風、美風。

このように、『新漢辞』では『今昔』に見られる漢語の用法について言及していない。「悪風」などは、現代では「通行人のくわえたばこは悪風の一つだ[*五]」というふうに用いられ、本来のその文字通りの意味を失ってしまった可能性が考えられる。『新漢辞』に注記がないということは、一辞書として限界があることを否めないが、これらの漢語に関しては、現代では、現在の用法が定着しており、それは語義が転化したものと意識しなくなってしまったと積極的にとることができる。

（二）語義や用法の転化についての記述があって、注記の部分に当たるもの

（左記の語は『新漢辞』において、主に注記の部分に『今昔』の用法が該当する説明があるため、用例後に改めて当該漢語の意味解説を行わない。変わりに解説の当てはまる部分に適宜傍線を付す。）

「極《イミ》ジキ。誰《タレ》也ト云フトモ、然許《サバカリ》諍《アラソ》ヒ立《タチ》テ、祖《オヤ》ニモ非ズト名乗《ナノリ》テ、吉キ祖《オヤ》ヲ持《モ》タラムニ、更ニ、笠差《サシ》テ、多《オホク》ノ人ノ見ルニ、送ラム事ハ不有《アラ》ジ。責《セメ》テノ**有心**《ウシン》ニハ立ケリ隠レム。其レニ、此《カ》ク笠ヲ差《サシ》テ送ルハ、憐レニ難有《アリガタ》キ者ノ心也」ト云《イヒ》テ、祖《オ》ヤ有ル人モ祖《オ》ヤ无キ人モ泣《ナク》ナルベシ。

〔今昔巻第十九瀧口藤原忠兼敬實父得任語第廾五〕

『新漢辞』題意を適切に表現して深い情趣がある（和歌、連歌の作風）。（対）無心。▼藤原定家らが主唱した文芸理念の一つ。もと、思慮がある、の意。

象、敢テ一人ヲ不害《ガイセ》ズ。其ノ時ニ、大王大《オホキ》ニ驚キ恠《アヤシ》ムデ象ニ向《ムカヒ》テ云《イハ》ク、「我ガ憑《タノ》ム所ハ此レ汝ヂ也。然《サ》レバ國ノ内ニ罪人少《スクナ》ク、隣國ノ敵人《テキニン》不来《キタラ》ズ。若《モ》シ、此ノ象如此《カクノゴト》キ有ラバ、何ヲ以テカ彼ノ**依怙**《エコ》ト為《セ》ム」ト宣《ノタマ》フ。

〔今昔巻第四天竺國王以酔象令殺罪人語第十八〕

『新漢辞』①一方への肩入れ。不公平なひいき。②利益。私利。▼もと頼りとする（もの）の意。

太子ノ宣《ノタマハ》ク、「……汝、我為《ワガ》ニ生老病死《シャウラウビャウシ》ヲ断《ダン》ズル法ヲ可説《トクベ》シ」ト。仙人ノ云《イハ》ク、「衆生《シュジャウ》ノ始ハ冥初《ミャウショ》ヨリ始ル。冥

初ヨリ**我慢**《ガマン》ヲ發《オコ》ス。我慢ヨリ癡心《チシン》ヲ生《シャウ》ズ。癡心ヨリ染愛《ゼンアイ》ヲ生《シャウ》ズ。……五大ヨリ貪欲《トンヨク》・瞋恚《シンイ》等ノ諸《モロモロ》ノ煩惱《ボンナウ》ヲ生《シャウ》ズ。……」〔今昔巻第一悉達太子、於山苦行語第五〕

『新漢辞』こらえる。耐え忍ぶ。▼もと仏教で。我をたのむ高慢の心の意。転じて、意地っ張り、強情、の意に用いた。

恒世ハ、成村ハ起《オキ》ヌレドモ、不上《アガラズ》シテ臥セリケレバ、方《カタ》云ノ相撲長《スマヒノヲ》サ共《ドモ》 数《アマタ》 寄《ヨリ》テ救ヒ上《アゲ》テ弓場殿《ユバドノ》ノ方将行《カタニモテユキ》テ、殿上人《テンジヤウビト》ノ居《ヰ》タル、引出《ヒキイダ》シテ、其ガ上ニナム臥《フセ》タリケル。其ノ時ニ方《カタ》ノ大将《カミ》ニテ大納言藤原清時、階《ハシノ》 下ヨリ**下坐**《ゲザ》シテ下襲脱《シタカサネヌギ》テ、被《カツゲ》テケリ。〔今昔巻第二十三相撲人成村、常世勝負語第廿五〕

『新漢辞』①貴人に敬意を表して低い位置に平伏する。▼座を下りる意。②客席から見て舞台の左手の、囃子方の座る所。転じて、囃子方。▼もと、能舞台では一段低くしつらえてあった。③しもざ。末座。〔対〕上座。

此ノ使、「此ノ獄《ゴク》十二年ヲ経《ヘ》タル比丘《ビク》ヤ有《アル》」ト四五度 許《バカリ》 呼ブ時ニ、一人ノ優婆塞《ウバソク》苔《コタヘ》テ出来《イデキタ》レリ。**獄門**《ゴクモン》ヲ出《イデ》テ、忽ニ十八變ヲ現《ゲン》ジテ光ヲ放《ハナチ》テ虚空《コクウ》ニ昇ル。〔今昔巻第三羅漢比丘、為感報在獄語第十七〕

『新漢辞』さらしくび。▼もと、斬罪に処せられた囚人の首をろうやの門にかけてさらしたことから。

師、此レヲ食《ジキ》シ、亦、……一人ノ弟子《デシ》ニ云《イハ》ク、「汝、无動寺ノ相應和尚《サウオウワジャウ》ノ**御房**《ゴバウ》ニ行《ユキ》テ可申《マウスベ》シ。成意、只今、極樂《ゴクラク》ニ可参《マヰルベ》シ。対面ヲ給ハラム事、彼《カ》ノ極樂《ゴクラク》ニシテ可有《アルベ》シ」ト。〔今昔巻第十五比叡山定心院僧成意、往生語第五〕

『新漢辞』僧の敬称。「坊、房」は、もと、僧の住居。

法慶活《ヨミガヘリ》テ……其ノ後《ノチ》、此ノ釋迦ノ像ヲ造畢《ツクリヲハリ》テ、数年《スネン》ヲ経《ヘ》テ法慶死《シニ》ヌ。其《ソノ》釋迦ノ像、**相好**《サウガウ》圓満《エンマン》シ給テ、光ヲ放チ給《タマヒ》ケリ、于今《イマニカノ》彼疑観寺ニ在《マシマ》ストナム語リ傳ヘタルトヤ。

〔今昔巻第六震旦疑観寺法慶、依造釈迦像得活語第十二〕

『新漢辞』顔つき。表情。▼もと、仏身の立派な特徴とされる三十二相八十種好をいう。

其ノ時ニ、一人ノ人有《アリ》テ一万八千人ノ下性《ゲシャウ》ノ人ヲ勧メ仕《ツカヒ》テ、其ノ塔ヲ修治《シュヂ》シテ衣食《エジキ》・床臥《シャウグワ》ノ具ヲ以テ衆僧《シュソウ》ヲ供養《クヤウ》シテ同心《ドウジン》ニ願ヲ發《オコ》シテ云《イハ》ク、『願《ネガハ》クハ此ノ功徳《クドク》ヲ以テ當来世《タウライセ》ニ福貴ノ所ニ生レ、亦、佛ノ**出世**《シュツセ》ニ値《アヒ》テ法ヲ聞《キキ》テ勝果《ショウクワ》ヲ得《エ》ム』ト。

〔今昔巻第二金地國王、詣佛所語第十八〕

『新漢辞』①世に出て栄える。ひとかどの地位、身分になる。▼②（イ）の転用。②〘仏〙（イ）（出世間）の略。（ロ）禅僧が（高位の）寺の住持となる。③生いたら。▼もと、仏が衆生を救うために仮の姿でこの世に現れる意。

「前《サキ》ニ死《シニ》タル、二人ノ同學ナリシ僧有リ。願《ネガハ》クハ、我レ、彼等ヲ見ムト思フ」ト。神ノ宣《ノタマ》ハク、「彼《カ》ノ二人ガ姓名何《シャウミャウイカニ》ゾ」ト。僧、具《ツブサ》ニ二人ノ姓名《シャウミャウ》ヲ申ス。神ノ宣《ノタマ》ハク、「其ノ二人、一人ハ既ニ還《カヘリ》テ**人間**《ニンゲン》ニ生《ウマレ》タリ、一人ハ地獄《ヂゴク》ニ有リ、極《キハメ》テ罪重クシテ不可見《ミルベカラ》ズ。……」ト。

〔今昔巻第七震旦僧、行宿太山廟誦法花経見神語第十九〕

『新漢辞』①（社会的行為の主体としての）人。②ひとがら。人物。▼もと、人の住む世、世間の意で、「じんかん」ともよむ。

即チ、一巻ノ書《フミ》ヲ取《トリ》テ開《ヒラキ》テ、我ガ悪業《アクゴフ》ヲ勘《カムガ》ヘ給フニ、卅餘枚既ニ開キ盡《ツクシ》ヌ、只**半紙**許《バカ》リ有リ。其ノ時ニ、王、書《フミ》ヲ讀《ヨミ》給フ事暫ク止《ヤメ》テ、我レヲ見テ咲《エミ》テ宣《ノタマ》ハク、「汝ヂ、既ニ大《オホキナル》功徳《クドク》有リ、親《シタシ》キ友ノ家ニ行《ユキ》テ、不意《オモハ》ズ大品般若《ハンニャ》三行ヲ書寫シ奉レリ。此レ、无限《カギリナ》キ功徳《クドク》也。……」

〔今昔巻第七震旦天水郡志達、依般若延命語第八〕

『新漢辞』縦二五センチ、横三五センチぐらいの寸法の紙。▼もと、横長の紙を半分に切って使ったからいう。

一人ノ群賊ノ云《イハ》ク、「佛ハ**平等**《ビャウドウ》ノ慈悲《ジヒ》ニ在《マシ》マス、一子《イッシ》ノ悲《カナシミ》ヲ垂レ給《タマフ》ト、聞ク。譬《タト》ヒ三寶《サンボウ》ノ物ヲ犯用《ボンヨウ》セリトモ何《イカ》デカ利益《リヤク》ヲ不蒙《カウブラ》ザラム。猶、佛ノ御名ヲ唱ヘテ利生《リシャウ》ニ預《アヅカラム》」ト云《イヒ》テ、……

〔今昔巻第一舎衛國五百群賊語第卅八〕

『新漢辞』差別がなく、(扱い方が)みな等しい。▼もと、仏教語。

僧
ニ語《カタリ》テ云《イハ》ク、「小乗《セウジョウ》ノ滅没《メツモツ》スルハ即チ大乗ノ**滅相**《ダイジョウメッサウ》也、小乗《セウジョウ》ヲ以テ橋トシテ大道ニ登ル。此レ、汝ガ國ノ習ヒ也。而《シカ》ルニ、汝《ナム》ヂ、阿含《アゴン》ヲ軽《カロシ》メ慢《アナヅリ》テ捨テ、不崇《アカメ》ズ。此ノ故ニ汝《ナム》ヂ、大乗《ダイジョウ》ノ門ニ不可入《イルベカラ》ズ」ト。

〔今昔巻第六新羅僧
、受持阿含語第卅六〕

『新漢辞』あるはずのない事。法外。▼もと仏教で、生、住、異、滅の四相の一つ。

四十万人ノ軍《イクサ》ヲ莚《オコ》シテ、長者ノ家ヲ圍ム時ニ、長者ノ家ヲ守ル一《ヒトリ》ノ**力士**《リキジ》有《アリ》、軍《イクサ》ノ来《キタレ》ルヲ見テ忽ニ出来《イデキタリ》テ鐵《クロガネ》ノ杵《ホコ》ヲ持《モチ》テ四十万人ノ官兵《クワンビャウ》ヲ罰《ヲウ》ツ。

〔今昔巻第二樹提伽長者福報語第廾三〕

『新漢辞』①すもうとり。②「金剛力士」の略。仁王。▼もと、力の強い男の意。古くは「りきじ」とよむ。

右記の漢語については、『今昔』の用法はもとの用法とされていて、現代では異なった用法をしており、語義が転化した語として意識されていると言える。傍線を付さなかったものに関しては、その意味解説は、『今昔』の用法を示す適切な表現ではないが、含まれているものである。

(三) 語義や用法の転化についての記述があるが、いずれも当てはまらないもの

語義の転化に関する注記があるにもかかわらず、『今昔』の用法が見あたらない。それは『今昔』の用法はもっと古い用法であるか、あるいは記述されているもとの意と現代の語義の間に、複数回の語義転化が生じたことを意味する。例えば、「隠居」「名字」については、『今昔』では文字通り「隠れて住む」「仏名と文字」の意味を表しており、それは漢語の語義原点であるので、解説されているものよりも古い用法であろう。「膳部」は本来宮廷の料理人をさすが、一般の家にも使われるようになったことが考えられる。それぞれの異なった様相を呈しているが、それらの語は語義が転化した漢語と意識されていることは確かである。

廣清ト云フ僧……師ニ随《シタガヒ》テ出家シテ、……事ノ縁ニ被引《ヒカ》レテ、世路《セロ》ニ廻《メグ》ルト云ヘドモ、只**隠居**ヲ好ム心ノミ有リ。日夜《ニチヤ》ニ法花経ヲ誦《ジュ》シテ、願《ネガ》クハ、此ノ善根《ゼンゴン》ヲ以テ菩提《ボダイ》ニ廻向《ヱカウ》ス。（俗世を捨てて山野に隠遁し、修行に打ち込むこと。）

〔今昔巻第十三比叡山僧廣清髑髏、誦法花語第三十〕

『新漢辞』（家督をゆずり）現役を離れて閑居する。▼もと官仕をやめて隠れ住む意。

其レニ、或ル所ニ**膳部**シケル男、家内《ケナイ》ノ事共《ドモ》皆《ミ》ナシ畢《ハ》テケレバ、亥《キ》ノ時許《バカリ》ニ人皆静マリテ後《ノチ》、家ヘ出《イデ》ケルニ、……（料理人）

〔今昔巻第二十七或所膳部、見善雄伴大納言霊語第十一〕

『新漢辞』膳にのせて出す料理。▼もと、宮中の料理をつかさどる役。

其《ソノ》時ニ、百濟國ノ使、阿佐《アサ》ト云フ皇子来レリ。太子ヲ拜シテ申サク、

敬礼《キャウライ》救世大悲観世音菩薩《クセダイヒクワンゼオンボサツ》　妙教々流通東方日國《メウケウケウルヅウトウバウニチコク》　四十九歳傳燈**演説**《シジフクサイデントウエンぜツ》

トゾ申シケル。其《ソノ》間、太子ノ眉ノ間ヨリ白キ光ヲ放《ハナチ》給フ。

〔今昔巻第十一聖徳太子、於此朝始弘佛法語第一〕

（説法をすることであろう。）

『新漢辞』大勢の人の前で自分の意見、主張を述べる。▼「演舌」とも書く。もと、道理をおし広めて説明する意。福沢諭吉によって speech の訳語とされた。

忠恒ハ、「海ヲ廻《メグリ》テゾ、寄来《ヨリキタリ》テ責メ給ハム。舟ハ取《トリ》隠シタレバ、否《エ》渡リ不給《タマハジ》」ト、「此ノ浅キ道ハタ否不被知《エシラレジ》、我ノミコソ知《シリ》タレ。廻《メグ》ラム程ニ日来経《ヒゴロヘ》バ、迯《ニゲ》ナムニハ否《エ》責メ不給ハラム」ト静《ノドカ》ニ思《オモヒ》テ、軍《イクサ》調ヘ居《ヰ》タル程ニ、家ノ廻《メグリ》ニ有ル郎等《ラウドウ》走ラセ来《キタリ》テ告《ツゲ》テ云《イハ》ク、「常陸殿《トノ》ハ此ノ海ノ中ニ、浅キ道ノ有《アリ》ケルヨリ、若干《ソコバク》ノ軍《イクサ》ヲ引《ヒキ》具シテ、既ニ渡リ御《オハ》スルハ。何《イカ》ガセサセ給ハムト為《ス》ル」ト、横《ヨコ》ナハリタル音《コヱ》以テ周章云《アワテイヒ》ケレバ、忠恒兼《カネ》テノ**支度**《シタク》大キニ違フテ、「我レハ被責《セメラレ》ヌルニコソ有《アル》ナレ。今ハ術《ズツ》无シ、……」（予想）

〔今昔巻第二十五源頼信朝臣、責平忠恒語第九〕

『新漢辞』準備。用意。▼もと、用途にわけて（費用を）見積もる意。（仕度）とかくのは当て字。

智證。然ルニ、石龕《ガン》ノ内ニ篭《コモリ》テ行フ間ニ、忽ニ金《コガネ》ノ人現《アラハレ》テ云《イハ》ク、「汝《ナム》ヂ、我ガ形ヲ**圖書**《ヅショ》シテ懃《ネムゴロ》ニ可帰依《キエスベ》シ」ト。和尚《クワシャウ》ノ云《イハ》ク、「是、誰人《タレ》ゾ」ト。金《コガネ》ノ人宣《ノタマ》ハク、「我レハ此レ、金色《コンジキ》ノ不動明王《フドウミャウワウ》也。……」（描き写す）

〔今昔巻第十一智證大師、亘唐傳顯蜜法歸来語第十二〕

『新漢辞』書物。本。▼もと、「河図洛書」の略で、絵地図と書物の意。古く「ずしょ」とも。

此ニ依《ヨリ》テ、一人トシテ佛ノ道《ダウ》ニ趣《オモム》ク者无《ナク》シテ、数《アマタ》ノ年ヲ経《ヘ》タリ。

然ル程ニ、一人ノ寂愛《サイアイ》ノ后ノ思ハク、「我レ、大王ニ寵愛《チョウアイ》セラレテ佛法ノ**名字**《ミャウジ》ヲ不聞《キカ》ズ。今《イマノ》世ニ娯樂 恣《ホシイマ》マ也ト云ヘドモ後世《ゴセ》ニ悪道《アクダウ》ニ堕《オチ》テ出《イヅ》ル期《ゴ》无《ナ》カラム。(仏法の名前や文字)

〔今昔巻第二后、背王勅詣佛所語第廾五〕

『新漢辞』名前。特に、姓氏。▼もと、一つの氏から分かれ出た家の名をいう。俗に「苗字」とも書く。

生《イキ》タリシ時ニ法花経《ホクヱキャウ》ヲ持《タモチ》キト云ヘドモ、「願《ネガハ》クハ聖人《シャウニン》ノ廣大ノ恩徳《オントク》ヲ蒙《カウブリ》テ、此ノ苦《ク》ヲ離レム」ト思フ。殊ニ、**无縁**ノ大慈悲《ジヒ》ノ心ヲ蕟《オコ》シテ、清浄《シャウジャウ》ニシテ法花経ノ如来寿量品《ニョライジュリャウホン》ヲ書寫《ショシャ》シテ、我等二《フタリ》ノ蛇《ジャ》ノ為ニ供養《クヤウ》シテ、此ノ苦《ク》ヲ抜キ給ヘ。(広大できわまりがない)

〔今昔巻第十四紀伊國道成寺僧、寫法花救蛇語第三〕

『新漢辞』①縁もゆかりもない。②縁者がいない。▼もと、仏法に縁がない意。(対)有縁。

今《イマノ》世ニ富《トメ》ル者ハ先世《センゼ》ニ施《セ》ノ心有リシ者ゾ。今《イマノ》世ニ貧シキ者ハ先世《センゼ》ニ施《セ》ノ心无《ナ》カリシ者ゾ。子孫繁盛《ハンジャウ》ナル者ハ**先生**《センジャウ》ニ人ヲ見《ミル》コト我ガ子ノ如ク思ヒシ者ゾ。獨身ナル者ハ**先生**《センジャウ》ニ人ノ為ニ悪《アシ》カリシ者ゾ。(前世のこと)

〔今昔巻第三佛、頭陁給鸚鵡家行給語第二十〕

今昔、主計頭《カズヘノカミ》ニテ小槻《ヲツキ》ノ糸平ト云《イフ》者有《アリ》ケリ。其《ソノ》子ニ算《サン》ノ**先生**《センジャウ》ナル者有《アリ》ケリ、名ヲバ□トナム云《イヒ》ケル。……其《ソノ》□ガ未ダ若カリケル程ニ、身ノ才極《ザイキハメ》テ賢クシテ、世ニ並《ナラビ》无カリケレバ、……*六(一例のみ、算博士のことであろう。)

〔今昔巻第二十四 以陰陽術□人語第十八〕

『新漢辞』人にものを教えるひと。特に、学校の教師。▼もと、後生に対し、先に生まれた人の意。自分が師事する人の敬称に用いる。転じて、他人を親しみまたはからかって呼ぶ称とする。中国語では、年長者に付ける敬称。

本項では、語義や用法に変化が見られる漢語について、三つに分けて見て来たが、特に注目すべきなのは、（三）に示した「隠居」「支度」「図書」などの漢語である。それらの漢語については、『今昔』に見られるような用法は、後世にあまり使用されなかった可能性があり、その用法の存在は一般的に意識されなかったと言えよう。その点については、今後さらに検証したい。

ただし、（一）（三）とは対照的に、『新漢辞』では、「古代・随分」のような、『今昔』での用法が意識され、用例として引用されている漢語が見られる。それぞれ関連のある部分を示しておく。（「—」は当該語。）

古代　②古めかしい。古風。
　「その比（ころおい）までは人の心も—なりけるに」〔今昔〕
随分　①できるだけ。せいぜい。
　「—の貯へを投げすてて」〔今昔〕
重重　②いくえにも重なっている。▼「ちゅうちゅう」とも。
　「—の微妙の宮殿どもあり」〔今昔〕
不便　[二]①思わしくない。不都合。▼都合どおりにゆかない意。
　「今日を延べむも—なるべし」〔今昔〕
別所　別の場所。本寺とは別にその周辺に修行者が草庵を結び、集落化した所。▼中世に多く行われ、現在も各地に地名として残る。

「西塔の北谷の下に黒谷と云ふ—有り」〔今昔〕

右の語に比べると、(一)(三)に示した漢語の『今昔』における用法が意識されてないことがわかる。もちろん、このような意識はどこまで一般的であるかは、さらに検証しなければならない。

全体的な傾向をまとめると、それらの漢語について、語義や用法における変化はさまざまであり、語義の転化が複数回にわたることが考えられる。転化の主な傾向は、漢字本来の意味から離れていくようである。「隠居」「名字」などは、その典型的な例であるかと考えられる。

五　結び

『今昔』に見られる漢語の六割以上が『新漢辞』に収録されている。それは『今昔』の編者が受容した漢語の半分以上が現代に生きていることを意味する。

二の表一に示したとおり、『今昔』に見られる漢語は三分され、その一群である『今昔』と共通する『色葉』の掲出語である漢語は、ほとんどが『新漢辞』にも見られる。

『色葉』と『新漢辞』とは辞書であるため、辞書に収録される語をそのまま受け継ぎ、実際はあまり使用されない可能性があるのではないか。そのことに関しては、後の第三節の現代雑誌七〇種の語彙を整理した語彙表との対照の結果を見ると不安が解消されると思う。そこで、『今昔』と共通する現代雑誌に見られる漢語の割合を表二で示しておく。『今昔』と共通する現代雑誌の漢語の詳細に関しては、第三節を参照する。

表二に示したとおり、現代雑誌に見られる『今昔』と共通する『新漢辞』の漢語の割合と、『色葉』の漢語の割合の差はわずか〇・五％である。それらの漢語は確実に使用されているのである。すなわち、『今昔』と共通する『色葉』の掲出語である漢語は、現代に生きている確率が高いのである。

『色葉』に見られる仏教の術語の多くは、複数の語義をもち、仏教の術語でない用法も有する語であることも、調査によって明らかになった。

本節の**三**の語彙表は、『新漢辞』に見られる『今昔』の漢語の中で、後の第三節に入らない漢語をまとめたものである。**三**では色葉に見えない漢語は五九一語（二四八＋四四三）で、色葉に見える漢語（四百語（三四一＋五九））の約一・五倍となり、『色葉』の掲出語でない『今昔』の漢語は、現代雑誌に使用されない傾向があると言える。

語義や用法に変化が見られる漢語については、語義の転化が意識されている語（「出世・御坊」）も、意識されない語（「悪風」）もある。意識されている漢語に関しては、「隠居・名字」のように『今昔』においての用法が記されていない語も見られる。**四**に示した漢語を参照すると、漢語の語義や用法における変化はさまざまであり、語義の転化が複数回にわたる可能性があることがわかる。語義の転化は全体的な傾向として、漢字本来の意味から離れていくという可能性を指摘できるが、ひとまず予想として留めたい。

本節は『新漢辞』で確認できる範囲に限定して概観的に考察したが、語義と用法については、今後は広く用例を採取して検討したい。

表二　現代雑誌に見られる漢語の割合の比較

今昔と共通する漢語	新漢辞		色葉	
	語数	％	語数	％
現代雑誌と共通する	978	49.6%	544	49.1%
現代雑誌と共通しない	993	50.4%	564	50.9%
計	1971	100.0%	1108	100.0%

注

一 山田忠雄（主幹）・柴田武・酒井憲二・倉持保男・山田明雄（二〇〇五）『新明解国語辞典』第六版　三省堂
　当辞典は編集方針において、編集対象を明らかにしている。
二 柏谷嘉弘（一九八七）『日本漢語の系譜―その摂取と表現―』東宛社
三 中村元（二〇〇一）『広説佛教語大辞典』東京書籍
四 山口明穂・竹田晃（二〇〇〇）『岩波新漢語辞典』第二版　岩波書店
　引用の部分は「第二版刊行に際して」で述べられていることばである。
五 注一の『新明解国語辞典』による。
六 用例中に見られる「□」は本文の空白部分を示すものである。

第三節　現代雑誌に見られる漢語

一　調査語彙表に関して

「現代雑誌二〇〇万字言語調査語彙表」（本節では「現代雑誌語彙表」と称す）は、一九九四年発行の月刊誌七〇誌、約二〇〇万字分の本文を調査対象とし、現代の言葉を誌面から標本として抽出し、用語・用字に関して計量的な調査・分析を行った結果である。それは「現代日本語における書き言葉の実態解明と雑誌コーパスの構築」の調査一環として、国立国語研究所より公開された。

雑誌の選出条件は、本文の内容が専門的でなく、読者も専門的職業集団でなく、読者の年齢を高校卒業以上とし、全国で販売され、書店で取り扱われているものとしている。つまり、それらの雑誌は一般的で広く読まれているものであり、生活に密接したものである。

選択された雑誌を、「現代雑誌語彙表」で示されたジャンルで分けて示すと次の通りになる。

○総合・文芸

『世界』『Esquire 日本版』『現代』
『宝石』『文藝春秋』『太陽』
『月刊カドカワ』『歴史読本』『小説新潮』
『月刊 BIG tomorrow』『Begin』『問題小説』
『日経アントロポス』

○女性・服飾

『マダム』『with』『MORE』『LEE』『すてきな奥さん』『SAY』
『家庭画報』『婦人公論』『FIGARO japon』『婦人画報』
『ESSE』『ミセス』『25ans』『Soen』『MEN'S CLUB』

○実用

『マフィン』『栄養と料理』『新しい住まいの設計』
『ベビーエイジ』『安心』『プレジデント』
『日経マネー』『My computermagazine』『別冊 PHP』

○趣味・娯楽

『旅』『旅行読売』『GOLF digest』

『Tennis classic』『Ski Journal』『山と渓谷』
『BE-PAL』『優駿』『月刊バスケットボール』
『Volleyball』『CAR トップ』『月刊自家用車』
『CAR Graphic』『Daytona』『モーターサイクリスト』
『囲碁クラブ』『将棋世界』『猫の手帖』
『つり人』『ラジコン技術』『Airline』
『天文ガイド』『パチスロ必勝ガイド』

○芸術・科学
『歌劇』『音楽の友』『ADLIB』『Swing Journal』『カメラマン』
『短歌』『俳句』『現代詩手帖』『芸術新潮』『Newton』

右の雑誌名を見ると、これらの調査対象は生活に密接しているだけではなく、幅広く採取されていることがわかる。「現代雑誌語彙表」では、見出し（読み）、語種、品詞、区別、表記〔注記〕（見出しが通常表記される形）、全体度数（全体の使用回数）、全体度数（内訳）、使用率（‰）、出現雑誌数、本文度数（本文での使用回数）、広告度数（広告での使用回数）、出現形の内訳（実際に使用された実例）、及び右記の「総合・文芸」等の五ジャンルにおいての使用度数などが示されている。

二　現代雑誌に見られる漢語

『今昔』と共通する、本節の**一**に示した現代雑誌の漢語は、一〇〇四語あり、『今昔』における全漢語の三一％を占めている。

右の共通の漢語と認めたものは、次の条件を満たしたものである。

（一）原則的、同じ漢字で表記している漢語。ただし、「國―国　學―学　樂―楽　圖―図　繪―絵　變―変」などは、旧体字と新体字の差異があっても、同一字と見なす。また、「下坐―下座」「洲―州」などは現代の文字政策によって生じた相違も考慮し、同一語と見なす。

（二）『今昔』では漢字で書かれているが、「現代雑誌語彙表」に示されたのが仮名の場合、「出現形の内訳」「区別」「品詞」などの欄を参考にし、同一語であると判断できるものは、共通の語とする。例えば、『今昔』の「虎(琥)珀」などは、「現代雑誌語彙表」に示された「こはく」と同語とする。

（三）『今昔』では借字として用いられている語に関しては、用例を参考にし、「現代雑誌語彙表」に該当する語を求める。例えば、『今昔』の「決」(「訣」の借字)などは、「現代雑誌語彙表」に示された「訣」と同語であると判断する。

一で述べたように、取り上げられた雑誌は広く読まれており、生活に密接しているものである。そのような雑誌に用いられる語は、普遍性があり、生活に欠かせない用語である可能性が高い。つまり、このような雑誌に見られることは、それらの漢語が現代に生きている確実な証拠である。

『今昔』と共通する、現代雑誌の漢語は、平安時代から受け継がれてきた語であることはいうまでもない。それらの漢語の中では、平安時代の日常実用語が多く収録されている『色葉』に見られる語が多く占めているのではないかと考えられる。それを確かめるため、『色葉』と比較することにした。現代の漢和辞典『新漢語辞典』(第二節を参照、以下『新漢辞』と略す)には仏教の術語の印も、語義なども参考にできるので、『新漢辞』とも比較してみる。その結果を表一にまとめておく。因みに、現代雑誌にも見られる漢語は、『今昔』の漢語の三分の一を占めている。

表一に示したように、『今昔』と共通する、現代雑誌の漢語の中には、約五四%(五四四語)の語が『色葉』に見られる。その数は『色葉』に見あたらない語(四六〇語、約四六%)を八%上回っている。『今昔』の漢語は、『色葉』に見られるものが幾分現代に生き残り易いようである。さらに表一の上の欄に注目すると、『今昔』にも『色葉』にも現代雑誌にも見られる漢語で、『新漢辞』において仏教の術語とされない一般漢語が四八三語(約四八%)あり、その数は下の『色葉』に見あたらない語の総数(四六〇語)をも上回っており、表の下の欄に、対応してい

表一　現代雑誌に見える『今昔』の漢語の内訳

漢語	色葉	新漢辞	語数	%	小計／%
今昔と共通する現代雑誌の漢語	○	Y	483	48%	544 54%
		YB	35	3%	
		B	11	1%	
		H	1	0%	
		K	6	1%	
		KB	1	0%	
		×	7	1%	
	×	Y	382	38%	460 46%
		YB	35	3%	
		B	17	2%	
		K	7	1%	
		×	19	2%	
計			1004	100%	

注：「○」は『色葉』に見られる語、「×」は当該辞書にない語を示す。『新漢辞』欄の「Y」は術語の印がない一般漢語、「B」は語義が一つのみで、仏教の術語の印がある語、「YB」は複数語義の中の一つに仏教の術語の印があるものを示す。「K」は語義に変化が見られるもの、「KB」は語義に変化が見られ、仏教の術語の印があるもの、「H」は同語と判断できるが表記が異なっているものを示す。

る『色葉』に見られない一般漢語（三八二語）よりは一割ほど多いことがわかる。本節で比較した四者の共通の漢語は、やはり一般漢語に集中している。

一方、『新漢辞』に認められている仏教の術語は、約一割しか見あたらず、数が限られている。その中では、単純な仏教語（B、三%）よりは、他の語義が含まれている漢語（YB、六%）のほうが倍以上も多い。即ち、現代に生きている『今昔』の仏教漢語は、仏教専用の術語よりは、一般的用法をも備えているものが多い。これらの仏教関係の漢語は『色葉』には、僅かではあるが、見られるものよりはないものが多い。『色葉』の日常実用語を重視するという性格を反映していると思われる。

表一の下の欄を見ると、『色葉』にない漢語も、やはり『新漢辞』に見られる一般語に集中していることがわかる。また、語義や語形に変化が見られる漢語（第二節を参照）もあるが、数が限られている。上下の「Y」（一般語）が附されている欄の語数を併せると、現代雑誌に見られる漢語（一〇〇四語）の九割以上を占めることになる。言い換えると、現代に生きている『今昔』の漢語はほとんどが一般語であり、仏教専門用語や変化を遂げたと認められているものはごくわずかである

すなわち、『今昔』と共通する現代雑誌の漢語は、仏教語ではなく、ほとんどが古くから受け継がれてきた語義と語形を持つ（異体字は別として）一般語である。その中で、『色葉』に見られる漢語の占める割合が比較的に高い。現代雑誌の性格による影響も考えられるが、仏教説話である『今昔』に見られる漢語は、仏教の術語などよりは、『色葉』に見られる平安時代の日常実用語のほうが、遥かに多く現代に生きていることがわかる。

ちなみに、『今昔』と共通する、現代雑誌の漢語には、『新漢辞』に現れない語が三%ほどある。それは二種類に分けられる。一つ目は「高声・経法・最下・双樹・心経・甚深・附子・仏眼・文華」[*一]などの語である。雑誌における用例は確認できないが、「経法・最下・双樹」などは明らかに仏教語で、「附子」「文華」はある種の専門用語である。

雑誌においての使用は、何かの術語か、引用されている文章中に見えるものである可能性は十分に考えられる。『新漢辞』はあくまで一般語を対象とするものであり、取り上げている仏教の術語や専門用語はやはり比較的一般化したもので、これらの語はその範疇に入らないものであろうと思われる。二つ目は、「南方」「南北」「南海」「中国」「東方」などのような一般語である。これらの漢語は分かり易く、現代雑誌に見られるのはごく自然なことである。恐らく『新漢辞』が編集される時点では、これは説明する必要がない語と判断されたものであると思われる。なぜかというと、「南方」は「南」意味解説に使用されており、「中国大陸の南北の風土・風俗の違い」「南方の空」などのように、他の項の解釈文に見られるからである。

三　語彙表

表一に示した漢語を重複せず順に提示することを考慮して、「現代雑誌語彙表」に示されている全体度数（全体の使用度数）の高い順で示すことにする。参照のため、使用度数を示す見出しの後に、語数とその語数が一覧内における割合を示しておく。

現代雑誌に見られる『今昔』の漢語一覧・（表記は『今昔』に従う。「△」が付いているものは『色葉』と共通する語である。「b」が付いている語は『新漢辞』に仏教の術語であることを示す「〘仏〙」の印があるものである。括弧内はその直前の文字の異表記である。）

使用度数が二〇〇回以上の漢語

（二一九語、三％）

号 ガウ
感 カン
氣 キ
曲 キヨク
縣△ クヱン
後 ゴ
千△ セン
臺△ ダイ
段 ダン
中 チウ
點△ テン
度△ ド
方△ ハウ
番△ バン
分△ ブン
別 ベチ
品△ ホン
様△ ヤウ
約 ヤク
用△ ヨウ
力△ リキ
粁（料）△ レウ
會△ ヱ
以上 イジヤウ
音樂△ オンガク
現在△ ゲンザイ
世界b セカイ
大學△ ダイガク
人間△ ニンゲン

使用度数が一〇〇回台の漢語

（四四語、五％）

額△ ガク
學 ガク
客 キヤク
句 ク
期△ ゴ
権 ゴン
詩△ シ
食△ ジキ
室△ シツ
實（実） ジツ
賞△ シヤウ
上△ ジヤウ
集 ジユ
書△ シヨ
製 セイ
大△b ダイ
堂△ ダウ
圖 ヅ
法△b ハフ
府△ フ
風 フウ
表△ ヘウ
例△ レイ

院△　ヰン
繪△　ヱ
以(已)下　イゲ
學(学)生△　ガクシヤウ
氣分　キブン
決定　クヱツヂヤウ
交通　ケウツウ
冣後△　サイゴ
冣初△　サイシヨ
収納△　シユナフ
是非△　ゼヒ
先生　センシヤウ
大切　タイセチ(セツ)
大會　ダイヱ
中央△　チウアウ
同時　ドウジ
非常△　ヒジヤウ
舞臺△　ブタイ
表示　ヘウシ

便利　ベンリ
本躰△　ホンダイ

使用度数が五〇回から九九回までの漢語　（六一語、六％）

愛△b　アイ
要△　エウ
應　オウ
樂△　ガク
記△　キ
急　キフ
券　クヱン
座△　ザ
史△　シ
士△　シ
師△　シ
死△　シ
字△　ジ
質△　シチ

種　シユ
制△　セイ
道△b　ダウ
判△　ハン
盤△　バン
便△　ビン
服△　ブク
變△　ヘン
譯　ヤク
役△　ヤク
類△　ルイ
論△　ロン
案内△　アンナイ
一切△　イツサイ
一躰　イツタイ
醫療　イレウ
強力△　ガウリキ
樂器△　ガツキ
規模△　キモ

供(共)奉△　グブ(クブ)
過去b　クワコ
経営△　ケイメイ
教授△　ケウジユ
解説　ゲセツ
御覧△　ゴラン
左右△　サウ
次第△　シダイ
上手　ジヤウズ
生命　シヤウミヤウ
将来△　シヤウライ
勝負△　シヨウブ
前後　ゼンゴ
大事　ダイジ
道路△　ダウロ
誕生△　タンジヤウ
知識△b　チシキ
男子　ナンシ
男女　ナンニヨ

判断△　ハンダン
半分　ハンブン
不足△　フソク
付属△b　フゾク
不断　フダン
満足△　マンゾク
文字△　モジ
用意△　ヨウイ
不思議(儀)△　フシギ

使用度数が三〇回から四九回までの漢語　(五〇語、五%)

運△　ウン
官△　クワン
観△　クワン
業△b　ゲフ
現△　ゲン
紺△　コン
像　ザウ

産△　サン
洲△　シウ
職△　シキ
城　ジヤウ
術△　ズツ
説　セツ
選　セン
前△　ゼン
奏△　ソウ
対(臺)△　タイ
達　タツ
弾△　タン
敵△　テキ
天△　テン
美　ビ
末△　マツ
王△　ワウ
一生　イツシヤウ
兄弟　キヤウダイ

四季　シキ
食物　ジキモツ
自在　ジザイ
出現　シユツケン
修理△　シユリ
證明△　シヨウミヤウ
勝利△　シヨウリ
身躰△　シンダイ
随分△　ズイブン
寸法　スンパフ
多少△　タセウ
天井△　テンジヤウ
天皇　テンノウ
天文△　テンモン
得意△　トクイ
半身　ハンシン
秘密(蜜)△b　ヒミツ
夫人△　ブニン
不用△　フヨウ

帽子△　ボウシ
微妙△　ミメウ
未来△b　ミライ
約束△　ヤクソク
利益△b　リヤク

使用度数が二〇回から二九回までの漢語　（五〇語、五％）

悪△　アク
縁△b　エン
行△b　ギヤウ
碁(基)△　ゴ
證b　シヨウ
損△　ソン
帯△　タイ
塔△　タフ
軸△　ヂク
廳△　チヤウ
陣△　ヂン

頭△　トウ
妙　メウ
礼△　ライ
列(烈)△　レツ
和△　ワ
以後　イゴ
一旦△　イツタン
醫藥　イヤク
講師△　カウジ
學者　ガクシヤ
我慢△　ガマン
供給△　クギフ
孔雀△　クジヤク
畫像　グワザウ
観音b　クワンオン
希有△　ケウ
言語　ゴンゴ
自作　ジサク
姉妹　シマイ

将軍　シヤウグン
上旬　ジヤウジユン
上品b　ジヤウボン
證據△　シヨウコ
所得△　シヨトク
大臣△　ダイジン
大平△　タイヘイ
中旬　チウジユン
圖書△　ヅシヨ
頭痛　ヅツウ
獨身△　ドクシン
柔軟（燸耎）△　ニウナン
日記　ニツキ
女房　ニヨウバウ
農業　ノウゲフ
平安△　ヘイアン
法律　ホフリツ
文章△　モンジヤウ
文書△　モンジヨ

老人　ラウニン

使用度数が一〇回から一九回までの漢語（一〇四語、一〇%）

案△　アン
意△　イ
印△b　イン
講b　カウ
甲△　カフ
機△　キ
菊△　キク
具　グ
故　コ
公△　コウ
象△　ザウ
宗　シウ
旬　ジユン
署△　シヨ
勢△　セイ

地△　ヂ
注　チウ
住　ヂウ
難△　ナン
念△b　ネン
棒△　バウ
幕△　マク
欲△　ヨク
略△　リヤク
寮△　レウ
録△　ロク
一段　イツタン
有无△　ウム
幼稚△　エウチ
音聲△　オンジヤウ
講演△　カウエン
香水b　カウズイ
學問　ガクモン
肝心△　カンジン

儀式△　ギシキ
行事△　キヤウジ
行列　ギヤウレツ
恐怖△　キヨウフ
居住△　キヨヂウ
空中　クウチウ
皇帝　クワウテイ
見物　ケンブツ
紅葉△　コウエフ
恒例△　ゴウレイ
御所　ゴシヨ
古代　コダイ
碁盤(枰)△　ゴバン
根本△　コンボン
細工△　サイク
騒動△　サウドウ
三昧b　サンマイ
食堂△　ジキダウ
精進△b　シヤウジン

生前　シヤウゼン
正直△　シヤウヂキ
差別△　シヤベツ
修正　シユシヤウ
出世　シユツセ
壽命　ジユミヤウ
樹木　ジユモク
乗馬　ジヨウメ
諸國　シヨコク
書藉△　シヨジヤク
親友　シンイウ
真言△b　シンゴン
真實△　シンジチ
真珠　シンジユ
睡眠　スイメン
勢力　セイリキ
世間△b　セケン
大衆△　ダイシユ
大小△　ダイセウ

大地　ダイヂ
対面△　タイメン
道場△　ダウヂヤウ
地形△　ヂキヤウ
地獄b　ヂゴク
地味△　ヂミ
停止　チヤウジ
弟子△　デシ
天下　テンガ
天地　テンヂ
同行△　ドウギヤウ
東西△　トウザイ
同僚△　ドウレウ
内外△b　ナイグヱ
南北△　ナンボク
包丁△　ハウチヤウ
飛車　ヒシヤ
拍子△　ヒヤウシ
平等△b　ビヤウドウ

父子　フシ
不調△　フデウ
奉仕　ホウジ(ブシ)
犯人　ボンニン
翻譯△　ホンヤク
文句　モング
由来△　ユライ
留守△　ルス
流通△　ルツウ
論義△　ロンギ
狂氣　ワウキ
和歌△　ワカ
威力△　ヰリキ

使用度数が九回以下の漢語

（六六六語、六六％）

有　ウ
詠　エイ
宴△　エン

恩△　オン
害　ガイ
膏△　カウ
香△　カウ
抗　カウ
季△　キ
義△　ギ
歸△　キ
京△　キヤウ
経△　キヤウ
居　キヨ
禁　キン
苦　ク
口　ク
空b　クウ
功　クウ
畫　グワ
棺△　クワン
化△　クヱ

夏　ゲ
決△　ケツ
間　ケン
兼　ケン
驗　ゲン
減△　ゲン
根△　コン
才△　ザイ
相△　サウ
葬△　サウ
奏　サウ
察△　サツ
讃b　サン
散△　サン
囚　シウ
辭△　ジ
姓△　シヤウ
生△　シヤウ
朱△　シユ

衆△	シユ
誦△	ジユ
頌	ジユ
巡△	ジユン
初△	シヨ
序	ジヨ
稱△	シヨウ
乘b	ジヨウ
屬	シヨク
臣△	シン
善△	ゼン
煎△	セン
僧△	ソウ
俗△b	ゾク
賊△	ゾク
率△(卒△)	ソツ
存△	ソン
題△	ダイ
壇△	ダン

断△	ダン
談	ダン
持△	ヂ
治	ヂ
帳△	チヤウ
定△	ヂヤウ
長	チヤウ
着	チヤク
通△	ツウ
躰△	テイ
朝△	テウ
轉△	テン
動	ドウ
徳△	トク
毒△	ドク
乳△	ニウ
任△	ニン
能△	ノウ
亡	バウ

破	ハス
罰△	バツ
符△	フ
夫△	ブ
封△	フウ
遍	ヘン
弁	ベン
報△	ホウ
盆△	ボン
魔△	マ
盲	マウ
満△	マン
命△	メイ
銘△	メイ
廟△	メウ(ベウ)
没△	モツ
文△	モン
門△	モン
益△	ヤク

老△ ラウ
労△ ラウ
利△ リ
律△b リツ
領△ リヤウ
霊△ リヤウ
櫓△ ロ
楼△ ロウ
愛惜 アイシヤク
悪行 アクギヤウ
悪事 アクジ
悪心 アクシン
悪人 アクニン
諳誦△ アンジユ
安樂 アンラク
有識△ イウシヨク
異國 イコク
一ゝ イチイチ
一期△ イチゴ

一念 イチネン
一心△ イツシン
異名 イミヤウ
因縁△b インエン
隠居△ インキヨ
因果△b イングワ
引接b インゼフ
引導△b インダウ
有情△b ウジヤウ
温室 ウンシツ
幼少△ エウセウ
幼女 エウヂヨ
衣服△ エブク
演説 エンゼツ
縁日 エンニチ
延年△ エンネン
擁護△ オウゴ
憶(臆)病△ オクビヤウ
飲食△ オンジキ

骸骨 ガイコツ
海賊△ カイゾク
香氣 カウキ
高下 カウゲ
高座△ カウザ
高山 カウザン
高聲△ カウシヤウ
豪族 ガウゾク
講堂△b カウダウ
強盗△ ガウダウ
講讀 カウドク
降伏△b ガウブク
香味 カウミ
高名 カウミヤウ
郷里 ガウリ
香爐△ カウロ
樂天 ガクテン
脚力△ カクリキ
加護△ カゴ

合掌　ガツシヤウ
合戦△　カフセン
伽(迦)藍△　ガラン
感應　カンオウ
柑子△　カンジ
勘當△　カンダウ
甘美　カンビ
甘露△b　カンロ
奇恠△　キクワイ
祈願△　キグワン
寄宿　キシユク
貴賤　キセン
吉凶△　キチク
吉祥△　キチジヤウ
几帳△　キチヤウ
歸朝　キテウ
奇特△　キドク
忌日　キニチ
騎馬　キバ

給仕　キフジ
境界b　キヤウガイ
行者△b　ギヤウジヤ
軽重　キヤウヂウ
経典　キヤウデン
軽薄　キヤウハク
経法　キヤウボフ
敬礼　キヤウライ
郷里△　キヤウリ
逆風　ギヤクフウ
魚類　ギヨルイ
義理△　ギリ
氣力△　キリヨク
麒麟△　キリン
禁忌△　キンキ
禁断△　キンダン
近隣△　キンリン
宮司　グウジ
宮殿　クウデン

公卿　クギヤウ
公家　クゲ
救護　クゴ
公事△　クジ
口傳　クデン
苦悩△　クナウ
苦難　クナン
供養△　クヤウ
廣大　クワウダイ
荒廃△　クワウハイ
光明b　クワウミヤウ
荒野　クワウヤ
火事　クワジ
和尚△　クワシヤウ
果報△b　クワホウ
歓喜△　クワンギ
萱草△　クワンザウ
官職△　クワンシヨク
官人　クワンニン

觀念 b クワンネン
歡樂 △ クワンラク
化生 b クヱシヤウ
化身 b クヱシン
外道 グヱダウ
快樂 クヱラク
元服 △ グヱンブク
群臣 グンシン
軍勢 グンゼイ
孝養 △ ケウヤウ
交易 △ ケウヤク
飢餓 △ ケガ
家業 ケゲフ
下坐 ゲザ
芥子 △ ケシ
氣色 △ ケシキ
結集 b ケツジフ
下馬 ゲバ
下品 b ゲボン

下劣 △ ゲレツ
堅固 ケンゴ
嚴重 △ ゲンヂヨウ
眼目 △ ゲンモク
口實 コウジツ
洪水 △ コウズイ
紅梅 △ コウバイ
興隆 △ コウリウ
口論 コウロン
虚空 コクウ
極寒 ゴクカン
国史 コクシ
國土 コクド
五穀 △ ゴコク
五色 ゴシキ
虚實 △ コジツ
後世 △ b ゴセ
五躰 ゴタイ
胡蝶 △ コテフ

御殿 ゴテン
五徳 △ ゴトク
虎(琥)珀 △ コハク
古老 △ コラウ
娯樂 △ ゴラク
金剛 コンガウ
權化 b ゴングヱ
根元 △ コンゲン
權現 b ゴンゲン
金銀 コンゴン
金色 コンジキ
根性 コンジヤウ
紺青 △ コンジヤウ
金堂 △ コンダウ
建立 △ コンリフ
㝡愛 サイアイ
㝡下 サイゲ
再三 サイサン
妻子 △ サイシ

綵色△　サイシキ
西方　サイハウ
材木△　サイモク
相應△　サウオウ
倉庫　サウコ
雙樹　サウジユ
葬送△　サウソウ
相傳△　サウデン
作物　サクモツ
作文　サクモン
沙汰△　サタ
雑人　ザフニン
雑物　ザフモツ
作法△　サホフ
山河　サンガ
参議　サンギ
慚愧△　ザンギ
懺悔　サングヱ
参詣　サンケイ

産生　サンシヤウ
山川　サンセン
三寶b　サンボウ
散乱　サンラン
山林　サンリン
秀才△　シウサイ
縦横△　ジウワウ
紫雲　シウン
自害　ジガイ
色紙△　シキシ
食用　ジキヨウ
詩句　シク
宿所　シクシヨ
示現△b　ジゲン
始終　シジウ
使者△　シシヤ
子息　シソク
子孫　シソン
辞退△　ジタイ

支度△　シタク
七寶b　シチホウ
失火　シツクワ
湿地　シツチ
嫉妬△　シツト
實録　ジツロク
子弟　シテイ
師弟　シテイ
児童△　ジドウ
死人　シニン
自然△　ジネン
四方△　シハウ
自筆　ジヒツ
執行△b　シフギヤウ
執着　シフヂヤク
集會△　シフヱ
私物　シモツ
正教　シヤウゲウ
聖教△　シヤウゲウ

荘厳△b　シヤウゴン
障子△　シヤウジ
生死b　シヤウジ
清浄△　シヤウジヤウ
成就△　ジヤウジユ
装束△　シヤウゾク
正躰　シヤウダイ
正道　シヤウダウ
浄土b　ジヤウド
城内　ジヤウナイ
聖人△　シヤウニン
正念　シヤウネン
生年　シヤウネン
上方　ジヤウハウ
成佛b　ジヤウブツ
姓名　シヤウミヤウ
聲聞b　シヤウモン
清涼　シヤウリヤウ
庄(荘)園△　シヤウヱン

釋迦　シヤカ
弱冠　ジヤククワン
錫杖△　シヤクヂヤウ
邪氣△　ジヤケ
車輪　シヤリン
思惟△　シユイ
充満　ジユウマン
修學△　シユガク
修行△b　シユギヤウ
宿願　シユクグワン
宿命b　シユクミヤウ
樹下b　ジユゲ
守護　シユゴ
種族　シユゾク
出家b　シユツケ
受領△　ジユリヤウ
證人　シヨウニン
證文　シヨウモン
所行　シヨギヤウ

所作　シヨサ
所在　シヨザイ
所司△　シヨシ
助成　ジヨジヤウ
所望　シヨマウ
臣下　シンカ
信仰△　シンガウ
心経　シンギヤウ
親近△　シンゴン
神事　ジンジ
心性　シンシヤウ
尋常△　ジンジヤウ
甚深　ジンジン
親戚　シンセキ
神仙△　シンセン
親族△　シンゾク
進退△　シンダイ
神殿　シンデン
神童　シンドウ

新入 シンニフ
神寶 ジンボウ
神霊 シンリヤウ
随身△ ズイシン
水田 スイデン
水飯 スイハン
制止△ セイシ
青龍 セイリウ
小家 セウケ
小國 セウコク
消息△ セウソク
小児△ セウニ
小便 セウベン
小吏 セウリ
殺害△ セツガイ
攝政△ セツシヤウ
殺生△b セツシヤウ
刹那△ セツナ
説法△ セツボフ

千金△ センキン
宣下 センゲ
前生b ゼンシヤウ
前身b ゼンシン
前世b ゼンゼ
先祖△ センゾ
栴檀△ センダン
禪定b ゼンヂヤウ
仙人△ センニン
善人△ ゼンニン
煎餅△ センベイ
山野 センヤ
束帯△ ソクタイ
大河 ダイガ
大工 ダイク
大鼓(皷)△ ダイコ
大國 ダイコク
大師 ダイシ
大赦△ タイシヤ

大将 ダイシヤウ
大樹 ダイジユ
大進 タイシン
大徳b ダイトク
大便 ダイベン
題目△ ダイモク
道家 ダウカ
刀劔 タウケン
道士 ダウジ
道心△b ダウシン
盗賊 タウゾク
湯治△ タウヂ
道理△ ダウリ
達者△ タツシヤ
荼毘 ダビ
多寶 タホウ
堕落b ダラク
端正△ タンジヤウ
短命△ タンメイ

中國　チウゴク
中尊b　チウソン
中道　チウダウ
重重△　ヂウヂウ
昼夜　チウヤ
畜生△　チクシヤウ
竹馬△　チクバ
恥辱△　チジヨク
馳走△　チソウ
遅遅△　チチ
定額△b　ヂヤウギヤク
長子　チヤウシ
聴衆△　チヤウジウ
長者△　チヤウジヤ
長寿　チヤウジユ
長大　チヤウダイ
長短△　チヤウダン
長命　チヤウメイ
寵愛△　チヨウアイ

珎寶　チンボウ
頭目　ヅモク
帝王　テイワウ
調度△　デウド
天衣　テンエ
殿下　デンカ
田樂△　デンガク
天性△　テンシヤウ
天主　テンシユ
天台△　テンダイ
同音　ドウオン
同業　ドウゲフ
童子△　ドウジ
等身　トウジン
同心△　ドウジン
燈臺△　トウダイ
通天△　トウデン
東方　トウバウ
同名　ドウミヤウ

同類　ドウルイ
獨鈷b　トクコ
毒蛇　ドクジヤ
讀誦　ドクジユ
得度b　トクド
土葬　ドサウ
納言△　ナゴン
南海　ナンカイ
南方　ナンバウ
南面　ナンメン
柔和△　ニウワ
肉眼　ニクゲン
肉食　ニクジキ
日夜　ニチヤ
入道b　ニフダウ
入部△　ニフブ
如意△b　ニヨイ
女人　ニヨニン
人夫　ニンブ

人民△ ニンミン
寝所 ネドコロ
涅槃b ネハン
念佛△ ネンブツ
俳佪(徘徊)△ ハイクワイ
方角 ハウガク
防護 バウゴ
亡國 バウコク
坊(房)主 バウズ
白紙 ハクシ
八方 ハツバウ
破裂△ ハレツ
半紙 ハンシ
繁盛 ハンジヤウ
盤石△ バンジヤク
半日 ハンニチ
悲願b ヒグワン
美食 ビジキ
秘術△ ヒズツ

秘法b ヒハフ
秘法 ヒホフ
病人 ビヤウニン
屛風△ ビヤウブ
白衣 ビヤクエ
百姓 ヒヤクセイ
白檀△ ビヤクダン
譬喩△ ヒユ
便宜△ ビンギ
貧富 ヒンブ
不意△ フイ
風波 フウハ
不運△ フウン
不覺△ フカク
服飾 フクシキ
不死 フシ
附子△ ブシ
不信△ フシン
不審△ フシン

風俗△ フゾク
不定b フヂヤウ
佛教 ブツケウ
佛眼 ブツゲン
佛像 ブツザウ
佛前 ブツゼン
佛壇△ ブツダン
佛法△ ブツポフ
不同△ フドウ
不便△ フビン
武勇△ ブヨウ
不和△ フワ
文華△ ブンクワ
糞尿 フンネウ
分別△ フンベツ
陛下△ ヘイカ
平原 ヘイゲン
平地 ヘイヂ
別別 ベチベチ

別所　ベツシヨ
別離△　ベツリ
別院b　ベツヰン
變化△　ヘングヱ
返荅　ヘンタフ
朋友△　ボウイウ
奉公△　ホウコウ
方丈　ホウヂヤウ
鳳凰　ホウワウ
北方　ホクハウ
北面　ホクメン
法花(華)　ホクヱ
菩薩△b　ボサツ
菩提△　ボダイ
母堂△　ボダウ
暴風△　ボフウ
法師△　ホフシ
本意△　ホンイ
本願b　ホングワン

本尊　ホンゾン
煩惱△b　ボンナウ
盲人　マウニン
末寺　マツジ
萬歳　マンザイ
満山　マンザン
眉間　ミケン
微笑　ミセウ
密(蜜)教△b　ミツケウ
命終　ミヤウジウ
明星△　ミヤウジヤウ
明神　ミヤウジン
名僧　ミヤウゾウ
无縁　ムエン
夢幻　ムゲン
无期　ムゴ
无言　ムゴン
夢想△　ムサウ
无實△　ムシチ

武者△　ムシヤ
无上△　ムジヤウ
无常△b　ムジヤウ
无数　ムシユ
无心△　ムシン
謀反△　ムヘン
无礼△　ムライ
无力　ムリキ
无量　ムリヤウ
无為b　ムヰ
廟堂　メウダウ
面目△　メンボク
綿綿　メンメン
木馬　モクバ
没後　モツゴ
門戸　モンコ
問荅△　モンダフ
養育　ヤウイク
養子△　ヤウジ

夜行△ ヤギヤウ
薬師b ヤクシ
薬物 ヤクモツ
夜半 ヤハン
遺言 ユイゴン
遺跡 ユイシヤク
遊戯△ ユケ
用事 ヨウジ
容皃△ ヨウバウ
礼儀△ ライギ
雷電△ ライデン
礼拝△ ライハイ
礼法△ ライホフ
老師 ラウシ
郎等 ラウドウ
老母△ ラウモ
力士 リキジ
利口△ リコウ
利根△b リコン

立像 リフザウ
離別△ リベツ
領地 リヤウチ
龍頭△ リヨウドウ
臨時 リンジ
臨終 リンジウ
流罪△ ルザイ
流産 ルサン
流布 ルフ
流浪△ ルラウ
霊験△ レイゲン
料紙 レウシ
蓮華(花) レングヱ
連日△ レンジツ
戀慕△ レンボ
楼閣△ ロウカク
路頭△ ロトウ
論語 ロンゴ
往還△ ワウグワン

王家 ワウゲ
黄金 ワウゴン
往生b ワウジヤウ
王女 ワウニヨ
王位 ワウヰ
和尚 ワジヤウ
威儀△ ヰギ
遺恨△ ヰコン
威勢△ ヰセイ
繪師△ ヱシ
繪馬 ヱマ
遠近△ ヱンキン
圓満△b ヱンマン
阿彌陀b アミダ
陀羅尼b ダラニ
異口同音 イクドウオン
不可思議△b フカシギ

四　使用度数や文字数別による整理

本節でいう使用度数は「現代雑誌語彙表」に示されている全体度数（七十誌での総使用回数）を指す。**三**の語彙表に示したように、使用度数が二〇〇回以上の語が二九語、一〇〇回台の漢語が四四語、五〇回から九九回までの漢語は六一語で、併せて全体の約一三％しか占めていない。使用度数が五〇回未満の漢語は約八七％にも上り、その中では九回以下の漢語が六六六語で、約六六％を占めている。**三**に示した語彙表を参照すると、高頻度の語彙が限られていることがわかる。いわゆる使用度数が高い語は、わずかの異なり語数で延べ語数の大部分を占める（犬飼隆一九八四）[*二]様相が、『今昔』と共通する現代雑誌の漢語にも見られる。

「使用度数が二〇〇回以上」といっても、実は二〇〇〇回以上の語も見られる。「様」はその一つである。五〇〇回以上の語は「千」[*三]「様」「県」「気」「中」「度」「用」「世界」の八語である。使用度数が二〇〇回以上の漢語の中では、一字漢語がほとんどで、二字漢語は「以上・音楽・現在・世界・大学・人間」の六語のみである。一〇〇回台以下は、順に二字漢語が増えてくることは、**三**に示した語彙表を見るとわかる。

すなわち、現代雑誌において、『今昔』と共通する漢語に関しては、二字漢語より一字漢語のほうが、使用度数が高いことが明らかである。

一字漢語の使用度数に関しては、坂詰力治（一九八七）[*四]第三章「抄物の動詞について――漢語サ変動詞を中心として」は次のように述べている。

一字漢語サ変動詞の場合は、各資料ともその一資料のみに見られる異なり語数が二字漢語サ変動詞よりも少なく、反対に使用数が多いことが知られる。このことは、一字漢語サ変動詞の方が二字漢語サ変動詞よりも一語当りの使用数が多いことを意味し、併せて、二字漢語よりも一字漢語の方が単純サ変「ス」との結合度が高く、それだけ和語化している要素を強くもっていると判断することができる。一方、二字漢語サ変動詞の場合は、一資料のみに用いられる漢語が遥かに多く、一字漢語よりも素材内容に強い関わりをもった漢語であることを物語っており、その上、単純サ変「ス」との結合度は、一字漢語よりもずっと低いと言える。(p.38)

抄物の漢語サ変動詞に限定して調査した場合も、一字漢語の異なり語数が二字漢語よりは少ないが、その使用度数が高いことが指摘されている。「現代雑誌語彙表」で出現雑誌数を確認すると、一字漢語の「様」は七十誌に出ており、二字漢語の「以上」六十八誌に見られ、全体から言えば、**三**の語彙表に示した使用度数が二〇〇回以上一字漢語の出現雑誌数は二字漢語より多いことがわかった。これは抄物の一字漢語サ変動詞の傾向に一致している。すなわち、サ変動詞に限らず、『今昔』と「現代雑誌語彙表」に共通する一字漢語は、現代雑誌において、二字漢語より出現雑誌数が多く、使用度数も高いのである。確かに、二字漢語は素材内容に強い関わりをもっており、一字漢語は日本語化の度合が高い漢語であると考えられる。坂詰力治(一九八七)に指摘されているように、一字漢語は単純サ変動詞「ス」との結合度が高く、和語化している要素を強く持っている。例えば、「結婚する」に対して、「結婚をする」というように、漢語と和語単純サ変動詞「する」との間に自由に助詞が割って入るが、「罰する」に対して、「罰をする」というように間に助詞を介在させることができないほど、一字漢字と「する」の結合度が強いのである。一方、「様」「県」「気」「中」「度」「用」などの一字漢語名詞も同様に何らかの要素を持っているはずである。例えば、それらの一字漢語名詞は接辞又は接辞に近い用法がされ易いから、などである。その点に関しては、今後の課題としたい。

表二　文字数別の漢語数

字数	今昔	%	色葉	%	新漢辞	%	現代雑誌	%
一字	370	11%	260	23%	357	18%	246	25%
二字	2535	79%	827	75%	1582	80%	753	75%
三字	159	5%	15	1%	22	1%	3	0%
四字	160	5%	6	1%	10	1%	2	0%
計	3224	100%	1108	100%	1971	100%	1004	100%

では、『今昔』に見られる漢語と、『色葉』や『新漢辞』や現代雑誌とで、それぞれ共通する漢語の中の字数別漢語が占める割合に差があるのか。表にして比較してみる。

表二に示したように、『今昔』に見られる漢語は全部で三二二四語ある。その中で、『色葉』に収録されている漢語は一一〇八語があり、『新漢辞』から見いだせる漢語は一九七一語、現代雑誌と共通する漢語は一〇〇四語である。字数別で見ると、いずれも二字漢語が多く、その次が一字漢語で、三字・四字漢語は少ないという傾向である。では一字・二字漢語の割合に注目して見る。二字漢語の占める割合は、四者は近似している。それに対して、『今昔』に見られる一字漢語は総漢語数の一一%を占めているが、『色葉』と共通する一字漢語はその共通漢語の二三%を占めており、『新漢辞』と共通する一字漢語は一八%、現代雑誌と共通する一字漢語は、その『今昔』と共通する現代雑誌の漢語の二五%を占めている。辞書や現代雑誌と共通する一字漢語の割合は『今昔』の総割合との間に差がひらいており、総割合よりは、他の三者のほうが多く見られる。すなわち、『今昔』に見られる一字漢語は、二字漢語より他の文献や作品に出現する確率が高いと言える。

特に注目すべきなのは、現代雑誌に使用される『今昔』の一字漢語が占める割合が、『色葉』に見られる『今昔』の一字漢語の割合を上回っていることである。前述したように、『今昔』と共通する、現代雑誌の漢語の中では、一字漢語のほうが二字漢語よりは使用度数が高い。そのことを踏まえて考えると、『今昔』に見られる一字漢語は、多くが受け継がれ、現代においても、高頻度に用いられていると言えよう。もちろん、それらの漢語は必ずしも『今昔』によって、伝えられたものではない。ただ、『今昔』に見られる漢語は平安語彙の一群として、時代時代に受け継がれ、現代においても生きていることは間違いない。

ところで、使用度数が高い漢語は、現代ではどんな雑誌に集中しているか。三に提示した語彙の中の、使用度数が一〇〇回以上の語を中心に、「現代雑誌語彙表」に示されている「総合・文芸」「趣味・娯楽」「女性・服飾」「実用」「芸術・科学」（本節の一を参照）各ジャンル別の使用度数を比較してみる。使用度数が一〇〇回以上の漢語は全部で七四語見られる。右記の五ジャンルの中で、ジャンル別の使用度数が最も高いものが「趣味・娯楽」になっている語は、「様・約・料・会・現在・世界・以上」などの五五語である。すなわち、現代雑誌において、高頻度に使用される『今昔』の漢語は、「趣味・娯楽」に最も多く現れている。

五　現代雑誌と『色葉字類抄』と『今昔物語集』の共通漢語

二の表一に示したように、『今昔』と共通する、現代雑誌の漢語の中では、『色葉』と共通するものが大きな割合を占めている。その三者共通の漢語は、現代雑誌においては、どのように使用されているか。字数別及び使用度数の順に、それぞれの語数を表三にまとめる。比較するため、『新漢辞』に仏教の術語として認められている漢語（二の表一に「B」で示す語）についても、示しすべきと考え、現代雑誌と『新漢辞』の仏教の術語とで、共通する『今昔』の漢語をも一緒にまとめることにする。

次ページの表三に示したように、『今昔』と現代雑誌と『色葉』と三者の共通する漢語の中で、一字漢語は一八四語が見られ、約三四％を占めている。この割合は四の表二に示した割合を一一％も上回っている。すなわち、『今昔』に使用されている『色葉』の掲出語である一字漢語は、現代に生きている確率が高いと言える。

表三　現代雑誌にも『色葉』にも見られる『今昔』漢語の使用状況

字数	雑誌での使用度数	色葉			仏教		
		語数	%	小計	語数	%	小計
一字	100 以上	34	6%	184 34%	2	2%	16 16%
	10 ～ 100	76	14%		9	9%	
	10 未満	74	14%		5	5%	
二字	100 以上	13	2%	358 66%	1	1%	80 81%
	10 ～ 100	101	19%		17	17%	
	10 未満	244	45%		62	63%	
三字	10 ～ 100	1	0%	1 0%	0	0%	2 2%
	10 未満	0	0%		2	2%	
四字	10 未満	1	0%	1(0%)	1	1%	1(1%)
		544	100%		99	100%	

四の表二に示した『今昔』に見られる字数別漢語数と比較するとわかりやすいかもしれない。表三の一八四語は、**四**の表二に示した『今昔』に見られる一字漢語（三七〇語）の五〇%を占めているが、表三の二字漢語は、三五八語であり、**四**の表二に示した『今昔』に見られる二字漢語（二五三五語）の一四%しか占めていない。つまり、『今昔』に使用されている『色葉』の掲出語である一字漢語は、二字漢語より現代雑誌に使用される確率が高い。

　さらに、一字漢語と二字漢語の使用度数を比較してみると、二字漢語の大部分は一〇回未満であるのに対して、一字漢語は一〇回以上または一〇〇回以上の語が多数を占める。先に述べたとおり、「縣・千・臺・度・方・番・分・様・料・額・期・詩・書・堂・表・例・院・繪」など一字漢語のほうが高頻度に使用されている。

　すなわち、『今昔』と現代雑誌と『色葉』と三者の共通する漢語の中では、現代に生きている一字漢語が、高頻度に使用されやすいと言える。

　一方、表三に示した現代雑誌と『新漢辞』の仏教の術語とで、共通する『今昔』の漢語については、字数別の語数は、**四**の表二に示した傾向と大きな異同が見られず、二字漢語（八〇語、約八一%）に集中している。その二字漢語のほとんどは、使用度数が一〇語未満のものであることも明らかである。したがって、現代に生きている『今昔』に見られる仏教の術語は二字漢語が多く、使用される頻度が低いと言えよう。

六　結び

本節では、『今昔』に見られる漢語が現代に生きている使用例を求めるため、国立国語研究所の「現代雑誌語彙表」を使用して比較検討した。雑誌というジャンルに限界があるかもしれないが、選択された雑誌は広く読まれており、生活に密接したものであり、現代日本語の基盤を形成するものを見極められる材料であるので、三の語彙表に示した漢語は、多少の例外は出るが、現代に生きているものと見てよい。

比較した結果、現代雑誌では、『今昔』に見られる漢語の約三分の一の語を見いだすことができた。仏教説話という性格をもつ『今昔』にとっては、決して低い数値ではない。それらの漢語の中では、『色葉』に見られる語が半分以上を占めており、そのほとんどが、『新漢辞』において、仏教の術語とされていない漢語であることが明らかになった。しかも現代に生きている『今昔』の仏教漢語は、仏教専用の術語よりは、一般的用法をも備えているものが多い。『今昔』の漢語は、『色葉』に見られるものが幾分現代に生き残り易いようである。またそのほとんどが一般語であり、仏教専門用語や変化を遂げたと認められているものはごくわずかである。

字数別で見ると、一字漢語は二割程度しかないが、現代雑誌においては使用度数が高いことがわかる。また使用度数と出現雑誌数が多いことから、一字漢語は多字漢語よりは素材内容に影響されにくく、日本語化の度合が高いものであることが考えられる。それは坂詰力治（一九八七）に指摘されている漢語サ変動詞の傾向に一致する。なぜ一字漢語が日本語化しやすい理由として、単純サ変動詞「ス」と結合度が高いことが一つの原因だと考えられる。しかし、サ変動詞でない一字漢語については説明が付かなくなる。ところで、周知のように、和語の基本的な語形が短く、一音節二音節からなるものが多いのである。一字漢語も一音節や二音節のものがほとんどであり、和語の基本語形に近い要素を持っている。この点が一字漢語の日本語化しやすい基本的要因の一つであることは十分に推察できる。また、一字漢語が接辞的役割を果たしやすいという特徴も、その日本語化を助力しているのであろう。今後は更に検討を加えたい。

また、「現代雑誌語彙表」に示されている「総合・文芸」「趣味・娯楽」「女性・服飾」「実用」「芸術・科学」（本節の一を参照）各ジャンル別の使用度数を比較してみると、「様・約・料・会・現在・世界・以上」などの高頻度に使用される漢語は、「趣味・娯楽」に最も多く現れていることがわかり、非常に興味深いことである。これらの漢語が現代の日常生活に浸透していることは明らかである。

『今昔』に見られる一字漢語が、『色葉』『新漢辞』や現代雑誌と共通する一字漢語のそれぞれの割合を比較してみると、『今昔』の一字漢語は、多く現代に生きていることがわかる。

その『今昔』に見られる一字漢語に関しては、『色葉』の掲出語である漢語を中心に、字数別と使用度数を検討してみると、『色葉』の掲出語である一字漢語が、約半分を占めており、「縣・千・臺・度・方・番・分・様・粁（料）・額・期・詩・室・賞・書・堂・表・例・院・繪」などの多くが使用度数の高い語であることが明らかになった。すなわち、現代に生きている『今昔』の漢語の多くは、『色葉』の掲出語である。その『色葉』に見られる『今昔』の漢語の中では、一字漢語が現代に生きている確率が高く、高頻度に使用される可能性が高いと言える。

本節は主に語彙一覧の比較を行ったため、文脈などの確認ができず、その漢語のさまざまな意味や性格によって相異があるのかどうかを明らかにできない。従って、可能なら、今後は現代語コーパスによる調査を続けたい。

注

一　以上の語の表記は「現代雑誌語彙表」の表記に従う。

二　「わずかの語が延べ語数の大部分を占める」に関しては、犬飼隆（一九八四）「意味・語彙」宇野義方［編］『国語学』学術図書出版社 pp.95 ～ 123 を参照。

三　『今昔』では、「千」は「千の光」などのように数の多いことをいう。

四　坂詰力治（一九八〇）「抄物の動詞について—漢語サ変動詞を中心として—」『近代語研究』第六集に掲載された。後一九八七年『論語抄の国語学的研究』（武蔵野書院）に収録された。本稿の引用部分は『論語抄の国語学的研究』によるものである。

第四節　漢語の語義変化の一端——「次第」を通して見る——

一　調査の目的

本章の第二節の**四**に示したように、『今昔』に見られる漢語の中には、語義が転化したものがある。それらの漢語は本来の語義から、新しい語義に転化し（複数回にわたって転化する語も見られる）、専門分野での使用は別として、現代ではその新しい用法（あるいは最新の用法）が使用されており、場合によって本来の語義が消滅したものもある。それとは異なり、「次第・大事」などのような、本来の語義から、新しい用法が生じ、時代とともに語義や用法が変化を遂げたが、本来の用法も引き続き用いられている漢語も見られる。

本節では、『今昔』に使用されている語義や用法が、時代とともに変化した漢語の一語である「次第」を通して、漢語の語義や用法の変化の一端を見たい。

「次第」を例として取り上げたのには二つの理由がある。一つは「次第」は実質的な用法から、形式名詞としての抽象的な用法まで、多様な用法を持っているからである。

もう一つの理由は、本章の第一節・第二節で、現代に生きている『今昔』の漢語を調査し、検討した結果、『色葉』に見られる『今昔』の漢語が現代に生きている確率が高いということであり、「次第」はその『色葉』の掲出語であり、『新漢辞』にも、現在雑誌にも見られる漢語であるからである。

二　『今昔物語集』における「次第」の用法

『今昔』に見られる「次第」の用例は、「次第乞食」を除き、全部で二九例見られる。その用法を整理してみると、大きく二種類に分けられることがわかった。「名詞としての用法」と「副詞的な用法」の二つである。名詞としての「次第」については、「序列・順番」の意の用法と「段取り・手はず」をさす用法、そして「次第をとる」の用法が見られる。それぞれの用例を次に示しておく。（用例の後に適宜「次第」の意味に関する説明を加える。）

（一）名詞としての用法

①順序（序列・順番）

又我、兄弟ノ上下ノ**次第**无《シダイナク》シテ理《コトワリ》ヲ失ヘリシガ故ニ、犬ト成テ、不浄ノ物ヲ嚴フ、返《カヘリ》テ自《ミヅカラ》其汁ヲ出《イダ》セリ。（兄弟としての長幼の序を無視した。）

〔今昔巻第二十　豊前國膳廣國、行冥途歸来語第十六〕

此ノ人、世ノ中ノ事ヲ吉ク知リ心バヘ直《ウルハシゲ》ニテ公《オホヤケ》ノ御政《マツリゴト》ヲ吉《ヨキ》モ悪《アシキ》モ吉ク知テ、除目《ヂモク》有ラムズル時ニハ、先ヅ国ノ数《アマ》タ開《アキ》タルヲ、各《オノオノ》ノ**次第**《シダイ》ヲ待《マチ》テ望ム人□ノ有ルヲモ、国ノ程ニ充《ア》テ押量《オシハカリ》テ、「其ノ人ヲバ其ノ国ノ守《カミ》ニコソ被成《ナサル》ラメ。其ノ人ハ道理立テ望メドモ、否不成《エナラ》ジカシ」ナド、……（順番を待って任官を希望する人々。）

〔今昔巻第三十一　豊前大君、知世中作法語第廿五〕

②段取り・手はず

史、「此ハ何ニ」ト驚キ怖レテ傍ヲ見レバ、笏《シャク》・沓《クツ》モ血付テ有リ。亦扇有リ、弁ノ手ヲ以《モテ》、其ノ扇ニ事ノ**次第**《シダイ》共被書付《カキツケラレ》タリ。疊《タタミ》ニ血多ク泛《コボレ》タリ、他《ホカ》ノ物ハ露不見エズ。奇異《アサマシ》キ事无限《カギリナ》シ。（仕事の手順など）

〔今昔巻第二十七　参官朝廳弁、為鬼被噉語第九〕

③「次第をとる」（もと声明道の用語）

教化《ケウクエ》ニ云ク、「……鷲《ワシ》ノ山ニ坐《マシマサ》マシカバ、シオ）リヲ尋ネツヽモ登リ給ヒナマシ。不知《シラ》ヌ茸《タケ》ト思《オボ》スベラニ、獨リ迷《マド》ヒ給フ也ケリ。迴向大菩提《ヱカウダイボダイ》」ト云ケレバ、**次第**取ル僧共腹《ハラ》ヲ切《キリ》テゾ咲《ワラ》ヒ喤《ノノシリ》ケル。（導師の誦する句を、導師のあとに続けて繰り返し誦する）

〔今昔巻第二十八比叡山横河僧、酔茸誦経語第十九〕

（二）　副詞的な用法（順に）

帝釋、此ノ申ス所ノ事ヲ**次第**《シダイ》ニ具《ツブサ》ニ聞《キキ》給ヒテ、既ニ五衰《ゴスイ》現ハレテ死ナムト為《ス》ル天人ヲ見給テ召《メシ》テ宣《ノタマ》フ様、「汝ヂ既ニ命終《ミヤウジウシ》ナムトス。彼ノ大臣ノ子ト成テ願ヲ満《ミ》テヨ」ト。（順序立てて詳しくお聞きになって。）

〔今昔巻第二　波羅奈國大臣、願子語第廿五〕

章家ハ既ニ物食畢《クヒハテ》テ、下《オロ》シヲ取出《トリイデ》テ、物食畢《クヒハテ》タル侍《サブラヒ》共ノ、主《アルジ》ノ下《オロシ》シヲ分テ、**次第**《シダイ》ニ下《クダ》リ様ニ置ケル程ニ、此ノ

頼方ガ許ニ成テ、……（上席の者から末席の方へ順に）〔今昔巻第二十八　筑前守藤原章家侍錯語第卅四〕

三　「次第」の用法について

『今昔』においては、「次第」の用法が四種類見られる。それは「次第」の用法の一部にすぎないので、それを位置づけるため、「次第」の用法の全容を把握する必要があると思われる。そこで、『日本国語大辞典』第二版[*一]（以下『日国』と称す）及び『角川古語大辞典』[*二]などの辞典を参考にし、その用法を次のように整理することができる。それぞれの初出例[*三]等をも併せて示しておく。（用例の後方のカッコ内は成立年。）

Ⅰ　名詞としての用法

①順序

空間的な並びよう、時間的な前後、また価値的な上下などにいう。

我、兄弟上下の**次第**无くして理を失ひ、犬と成りて吠ひ、自ら汁を出す。〔霊異記上　三〇[*四]〕（八二四）

②段取り・手はず

奉為先后被行法會……講師、聴衆廿人、梵音十人、錫杖十人、作法**次第**具在別紙、有院御諷誦〔小右記　永延元年四月二九日[*五]〕（九八七）

③プロセス

はじめから終わりまで。一部始終。物事の由来、理由、成りゆきなど。

物のあるやうありし**しだい**など諸共にみける人なりければ、げにあやしく人々やいひたらん、などぞいひける

〔大和　御巫本附載〕（九五七）

④事柄・内容

外記・官吏等いさめさせ給ふに、あやまたぬ**次第**を弁へ申せば

〔保元上　新院御謀叛思し召し立たるる事〕（一二二〇）

⑤専門分野の用語

能や狂言で用いる語。または拍子、調子。「次第をとる。」

笏とりてもてならして、いまは春べと咲くやこの花と**したひ**をとりてはやしたりし

〔弁内侍　建長二年二月五日〕（一二七八）

（二に示した『今昔』の用例のほうが早い。）

⑥形式名詞[*六]

こと。わけ。連体修飾語を受け、断定の助動詞などを下接させていう。

信西、「是こそ難儀の**次第**なれ。義朝が先祖頼義・々家、朝敵を平げ、昇殿を許るといへども、親父爲義いまだまさしき地下の検非違使たり。其子として忽昇殿を許されん事いかゞ有べき。」とぞ奏しける。

〔保元上　官軍勢汰へ幷びに主上三條殿に行幸の事[*七]〕（一二二〇）

Ⅱ　動詞としての用法

順を追ってする。順序をつける。（動作を伴う用法）

あはれ、いかにして侍らん。はゝ宮こそは、**しだひ**し給つらめ。いと物きように、心おはせし人ぞかし

〔うつほ　蔵開上〕（九九九）

Ⅲ　副詞としての用法

①順に

序列に従って。順を追って。順々に。次々と。

聖武天皇の御世に、王宗二十三人同じ心に結び、**次第**に食を爲して宴樂を設備く。

〔靈異記中　一四[*八]〕（八二四）

②徐々に

変化が少しずつ目立たないが、時がたつと変化が顕著になっていくさま。おもむろに。だんだんに。

維行二の矢をつがひて、ひやう〳〵どしけるが、肝魂忽にくれ、正念**次第**に失しかば、矢をばからりとすて、馬より逆に落かゝりたれ共、矢にになはれてしばらく落ず。

〔保元中[*九]　白河殿へ義朝夜討ちに寄せらるる事〕（一二二〇）

夫末代の俗に至ては、三国の仏法も**次第**に衰微せり。

〔平家二　山門滅亡〕（十三C前）

Ⅳ　接尾辞としての用法

名詞や動詞の連用形に付いて、その物や事柄の事情に因る意を表わす。

①意向や事情による

名詞に付いて、その人の意向、またはその物事の事情のいかんによる意を表わす。

周の末戦国になって王の威おとろゑて諸侯がわれわれうで**次第**に人の国をとって大になったぞ

〔玉塵抄一五〕（一五六三）

②行なわれるまま

名詞または動詞の連用形などに付いて、その動作が行なわれるままにする意を表わす。放題。

ふくりう寺縄手は、はたばり弓杖一たけばかりにて、とをさは西國一里也。左右は深田にて、馬の足もをよばねば、三千余騎が心はさきにすゝめども、馬**次第**にぞあゆませける。〔平家八　妹尾最期*10〕（十三C前）

③～すんだら直ちに

動詞の連用形に付いて、その動作がすんだら直ちにの意を表わす。

手透**次第**に実否可被紏由被申候条、可被得其意候〔室町殿日記 一〕（一六〇二）

右に示したように、「次第」の用法は品詞によって、Ⅰ名詞・Ⅱ動詞・Ⅲ副詞・Ⅳ接尾辞と大きく四つの用法に分けられる。「Ⅰ①順序」には、序列、順番、目次、一覧等を含む。「Ⅰ②段取り・手はず」は『日国』にない分類である。「段取り・手はず」は単純な・物理的な順序ではなく、より複雑で、時間的な要素・空間的な要素・価値観の要素など複数の要素が含まれているため、一つの項目にした。「Ⅰ③プロセス」と「Ⅰ④事柄・内容」との違いは、Ⅰ③は事の成り行き、動的な過程を表すものであるに対して、Ⅰ④は静的な事柄をさすことである。「Ⅰ⑤専門分野の用語」は『日国』の「能や狂言で用いる語」と「拍子、調子」の二項目をまとめたものである。Ⅲ②は『日国』の「変化が少しずつ目立たない程度に進むさまをいう」の用法と、「時がたつにつれて」の用法と、を併せたものである。その両者は必ずしもはっきりと線を引けないと考えたからである。

以降の項目に関して、「Ⅰ⑥形式名詞」以外のものはすべて『日国』による。

「Ⅰ⑥形式名詞」の項目は、『角川古語大辞典』によったものである。『角川古語大辞典』では、次の用例を挙げているので、それらについて、検討してみる。

おさなき者に左右なく恥辱をあたへられけるこそ遺恨の**次第**なれ　〔平家・巻一　殿下乗合〕（十三C）

あへなく富士を討つて候。誠に不便の**次第**にて候。　〔謡・富士太鼓〕

爾余の衆は多分見舞わるる中にあまりうとうとしう音信もないは曲もない xidai ぢや　〔エソホ〕

『平家物語』の用例は、「遠慮なくわが家のこどもに恥をかかせたことこそ忘れがたい恨みである。」と清盛が怒っている。「次第」は清盛の恨み、そして恨みの原因などの要素が含まれているようであるが、「恥辱をあたへられけるこそ遺恨なれ」のように、「次第」という語がなくでも、文は成立する。『富士太鼓』の用例は、「抵抗のない富士をやすやすと殺してしまって、本当に無惨である。」と、「次第」は富士が殺された時の無惨な様子を回想させようとする表現であり、実質的な意味はないのである。『エソホ物語』の用例は、「そのほかの者は大抵見舞いにくるが、あなただけがあまりよそよそしく、来てくれなくて、面白くない（薄情だ）。」と獅子が狐を騙そうと思って、言った。「次第」は実質的意味はなく、形式名詞の「こと」に相当するものである。ただし、「こと」とは多少雰囲気が違っている。「次第」その三例の用例はいずれも、「次第」がなくても、「遺恨なれ」「不便にて候」「曲もないのぢや」というように、文が成立するのである。特に、『エソホ物語』の用例は次のような現代の用例に通じる。

「選挙のことなどをもっとオープンに語り合える世が欲しいと思いつつ、先ずは行動として皆さんに棄権はしないでとお願いする**次第**です」。
〔朝日新聞　二〇〇三年十二月一日東京朝刊[*二]〕

出光興産の天坊昭彦社長は２８日夜、苫小牧市内で記者会見し、「多くの方にご迷惑をおかけし、おわびする**次第**です」と陳謝した。
〔朝日新聞　二〇〇三年九月二九日北海道朝刊〕

右に似ている発言をよく耳にする。発言の中の「次第」はほとんど実質的意味がなく、「次第」が使われなくても、意味伝達に支障をきたさない。ただし、「次第」を使用した発言では、改まった姿勢が伝わるようである。

これらの用例を検討したところ、このような連体修飾語を受けて名詞としての機能を果たす、「こと」のような形式名詞と同様な性質を持っていることが明らかになり、「形式名詞」の項目が必要であると判断したのである。

四　用法の歴史的変遷

三で示したそれぞれの用例の成立年を眺めると、「次第」の用法の歴史的変遷が見えてくる。**二**に示した現段階で調査し得た初出例の成立年を順に並べてみると、次の表一のようになる。（用法は初出例の早い順で配列する。）**三**に示した「次第」の名詞としての用法の中で、「Ⅰ⑤専門分野の用語」があるが、それは声明道（次第をとる）、または能や狂言で用いる用語であり、やや特殊な用法であるため、その他の用法とは区別して考えるべきと思われる。後に触れることにし、表一からはずした。

表一に示したように、各初出例の成立年の前後関係から、「次第」の用法や意味の歴史的変遷を、時代によって四

表一　「次第」の用法の歴史的変遷

	時代	品詞	用法	
第一段階	平安前期	名	Ⅰ①	順序
	↓	副	Ⅲ①	順に
第二段階	平安中期	名	Ⅰ③	プロセス
	↓		Ⅰ②	段取り・手はず
	↓	動	Ⅱ	動作を伴う用法
第三段階	鎌倉	名	Ⅰ④	事柄・内容
	↓		Ⅰ⑥	形式名詞
	↓	副	Ⅲ②	徐々に
	↓	接尾	Ⅳ②	行なわれるまま
第四段階	室町	接尾	Ⅳ①	意向や事情による
	安土桃山以後		Ⅳ③	～すんだら直ちに

段階に分けることができる。

第一段階は、平安前期において、名詞としての用法「Ⅰ①順序」と、副詞的用法「Ⅲ①順に」の二つが使用され始めた。「Ⅰ①順序」は「序列・順番」などを指し、より物理的、単純な順序であり、実質的な意味を有する用法である。「Ⅲ①順に」は物や人の順に従う様子である。この段階での「次第」は、物や人について言うものである。

第二段階は、平安中期において、名詞としての用法「Ⅰ③プロセス」と「Ⅰ②段取り・手はず」、及び動詞としての「Ⅱ動作を伴う用法」が用いられ始めた。Ⅰ③は事柄の一部始終、成りゆきなどをさす用法で、Ⅰ②は事柄を進める手順等を表す。両方とも事柄について言うものであり、抽象的な用法である。この段階での「次第」は、事柄について言うようになっただけではなく、新たに動詞として用法を持つようになった。

第三段階は、鎌倉時代から、名詞としての用法は、「Ⅰ④事柄・内容」と「Ⅰ⑥形式名詞」が使われ始め、副詞としての用法は、「Ⅲ②徐々に」が使用され始めた。そして、新たに、独立した語ではなく、名詞または動詞の連用形などに付いて、その動作が行なわれるままにする意を表わす接尾辞としての用法（Ⅳ②）が、用いられ始めた。Ⅰ④はもちろん、Ⅰ⑥は形式化したが、しいて言えば、事柄をさして言うものである。いずれも抽象的な用法である。Ⅲ②は物や事の変化の様相を表すものであり、Ⅳ②は事柄の展開について言うものである。この段階での「次第」は、事柄だけではなく、物事のあり方についても言うようになり、用法が多様化してきた。

第四段階は、室町時代において、接尾辞の新しい用法として、名詞に付いて、その人の意向、またはその物事の事情のいかんによる意を表わす接尾辞としての用法（Ⅳ①）が使用され始めた。そして、安土桃山時代以後、動詞の連用形に付いて、その動作がすんだら直ちにの意を表わす接尾辞としての用法（Ⅳ③）が使われ始めた。両方とも前接の語を受け、事態の展開方向を示す役割を果たしている。この段階での「次第」は、事態の展開について言うようになったのである。

右に示した四段階は、決して切り離されたものではなく、いずれもその前の各段階を踏まえながら、時代の推移とともに、次々と新しい用法に発展していくのである。その用法の変遷を見ると、時代が下るにしたがって、「次第」の表現の対象は、物や人から、事柄に発展し、「次第」の表現の内容もそれに伴い、順序から、物事のあり方・事態の展開に拡大されていくことがわかる。その用法の展開については、**五**で改めて検討することにする。

ちなみに、専門分野の用語としての「次第」に関しては、声明道における「次第をとる」という用法は、早くも『今昔』に見られ、**三**で示した『弁内侍』の用例も鎌倉時代のものである。それに対して、能や狂言は鎌倉時代後期以降のものであったため、謡曲などの用語である「次第」もそれに対応して室町時代に使用され始めたのである。『日国』に示されている早い用例は次のようである。

先、序破急に五段あり。序一段、破三段、急一段なり。開口人（かいこにん）出でて指声（さしごゑ）より**次第**・一歌（ひとうたひ）まで一段　〔三道〕（一四二三）

まづこの歌の**次第**とやらんによしあしびきの山姥が山巡りすると作られたり　〔謡曲・山姥〕（一四三〇）

五　「次第」の用法の展開

田中謙二（一九七四）[*一二]では、語録の『朱子語類』に存する俗語としての「次第」について、本義をふまえた上、助字的性格が強い「『甚』字を冠する」ものと、「副詞的用法をもつ」ものと二類に分けて、次のように解説している。[*一三]

本義たる根幹をしかとおさえつつ、分化・引申の過程を追究しなければならない。（中略）〝次第〟の本義は〝次序〟であり、『朱子語類』にあっても、たとえば〝学問次第〟〝爲學次第〟〝節目次第〟〝等級次第〟〝蹊徑次第〟など、文言における本來の用法によるそれは、応接に遑なく出現する。

「次第」の本義を「次序」つまり「順序」とし、「次第」の語義の分化・展開の過程を追及しながら、中国語における俗語としての「次第」を捉えようとしている。指摘されている通り、「次第」の本義は「順序」である。時代の早い漢籍には単純な「順序」をさす「次第」がほとんどである。幾つかの例を次に示しておく。

長以外親居九卿位、**次第**當代根。（長は外戚であるため、九卿の位についており、位の順位では、曲陽侯の根（大司馬票騎将軍）の跡を継ぐべきである。）[*一四]〔漢書巻九十三　傳第六十三〕

旦壯大就國、為人辯略、博學經書雜說、好星曆數術倡優射獵之事、招致游士。及衛太子敗、齊懷王又薨、旦自以

次第當立、上書求入宿衛。上怒、下其使獄。（旦は、順序からすれば、自分が（太子）に立てられるべきと思って…）〔漢書[*一五]巻六十三　傳第三十三〕

此章記笛孔上下**次第**之名也。（この章は笛の穴の名前を上下の順番で記す）〔晉書[*一六]巻十六　志第六〕

若以親疏**次第**、不以授汝、當以授沖。（親戚関係の順番で考えるなら、あなたに（大司馬の位）を与えないで、沖に与えるべきである。）〔晉書巻一百十一　載記第十一〕

多少時代が後れるが、「次第」の副詞的な用法も早くから見られる。用例としてよく挙げられているのは、唐詩に見られるものである。その一、二例を次に示しておく。

『哭李常侍嶧二首』之二　杜甫（唐）

次第尋書札、呼兒檢贈詩。（手紙などを順に確認し、息子を呼んで一緒に（李嶧との間に）交わした贈答の詩などを探し求める。）〔全唐詩[*一七]〕

『送魏廣下第歸揚州』　盧綸（唐）

淮浪參差起、江帆**次第**來。（淮水の波に押し寄せられ、船は次々と（遠方から）近付いてくる。）〔全唐詩〕

田中謙二（一九七四）では、中国語に見られる「次第」の副詞的な用法について、次のように述べている。

〝次第〟が副詞的用法をもつとき、本義の〝次序〟から豫想される語義は、事態が次序をふんで漸進する過程を示す、邦語の〝次第に〟〝つぎつぎと〟であろう。

指摘されている通り、「次第」の副詞的な用法は、本義の「順序」（単純な順序）から発展したものである。**四**の表一に示したように、日本では、「次第」の副詞的な用法は、本義の「単純な順序」とほぼ同時代から使用され始めた。それは中国での「次第」の用法を受け継いだものであり、「次第」の本義が「順序」であることを踏まえた上での使用に違いない。

そのことに関しては、三巻本『色葉字類抄』には「次第　品秩分　シダイ」（「第」の字に濁声点が付されている）とあり、「次第」を順序として取っていたことが明らかである。また、平安時代の変体漢文における副詞的な「次第」よりは、本義の「順序」をさす「次第」の用例数が圧倒的に多いことからも、確認できる。

すなはち、日本では、平安前期において、第一段階として使用される「次第」の用法は、すでに中国にて「次第」の本義「順序」から「順に」の意の副詞的な用法への発展を遂げたものである。

では、日本における「次第」の用法はどのように発展してきたのか。**四**の表一に示した「次第」の用法の歴史的変遷を検討すると、時代が降るにつれ、「次第」の語義が徐々に本義の「順序」から離れてゆく傾向があることがわかってきた。

順を追って述べていく。

第一段階での用法は、右に述べたが、中国から受け継いだ「次第」の本義である「Ⅰ①順序」（単純な順序）と、本義から発展した副詞的な用法「Ⅲ①順に」である。

第二段階は、第一段階の上での発展である。「次第」の本義「順序」から、「Ⅰ③プロセス」の用法が導き出されたのである。これは物の順序ではなく、事柄の順序である。ある事のはじめから終わりまで順を追っていくと、そのことの一部始終またはいきさつが明らかになるものである。つまり、「次第」の実質的な意味を有する本義「順序」が抽象化し、「Ⅰ③プロセス」、ないし「Ⅰ②段取り・手はず」の用法に発展した。

一方、第一段階に見られる副詞的な用法「Ⅲ①順に」は、動作性が加えられ、「順を追ってする」「順序をつける」という「Ⅱ動作を伴う用法」に発展した。

ということで、第二段階からは、二つの方向へと展開していくのである。一つは抽象化する方向で、もう一つは動的な要素が加えられる方向である。

第三段階では、第一と第二の両段階の上での発展であったため、「次第」の用法が非常に多様化してきた。まず名詞としての用法について見る。より小さな事柄を順にすると物事の内容が明らかになるので、第二段階の「Ⅰ③プロセス」に含まれる事柄の縦の順序が、横の順序へと視点が変化し、「Ⅰ④事柄・内容」の用法に発展したのである。それよりさらに抽象化し、実質的な意味を失い、「Ⅰ⑥形式名詞」として使用されるようになった。

副詞的な用法は、第一段階の「Ⅲ①順に」(物事の順による)が発展し、動的要素が加えられ、その物事は順によって変化する様相を表すようになり、「Ⅲ②徐々に」の用法が生じた。

そして、第二段階の「Ⅰ③動作を伴う用法」(順を追ってする)から、「動作の順を追ってする」に、つまり「その動作が行なわれるままにする」意を表わす接尾辞としての用法(Ⅳ②)に発展したのである。その「動作の順を追ってする」には、動作を伴わず、副詞的な要素が加えられたと思われる。

第四段階は、第三段階に引き続き、接尾辞としての用法はさらに一歩踏み出し、新しい用法に発展したのである。第三段階での「Ⅰ④事柄・内容」の用法は、「抽象化した順序」であり、物事の事情を表わすのである。その「Ⅰ

図一

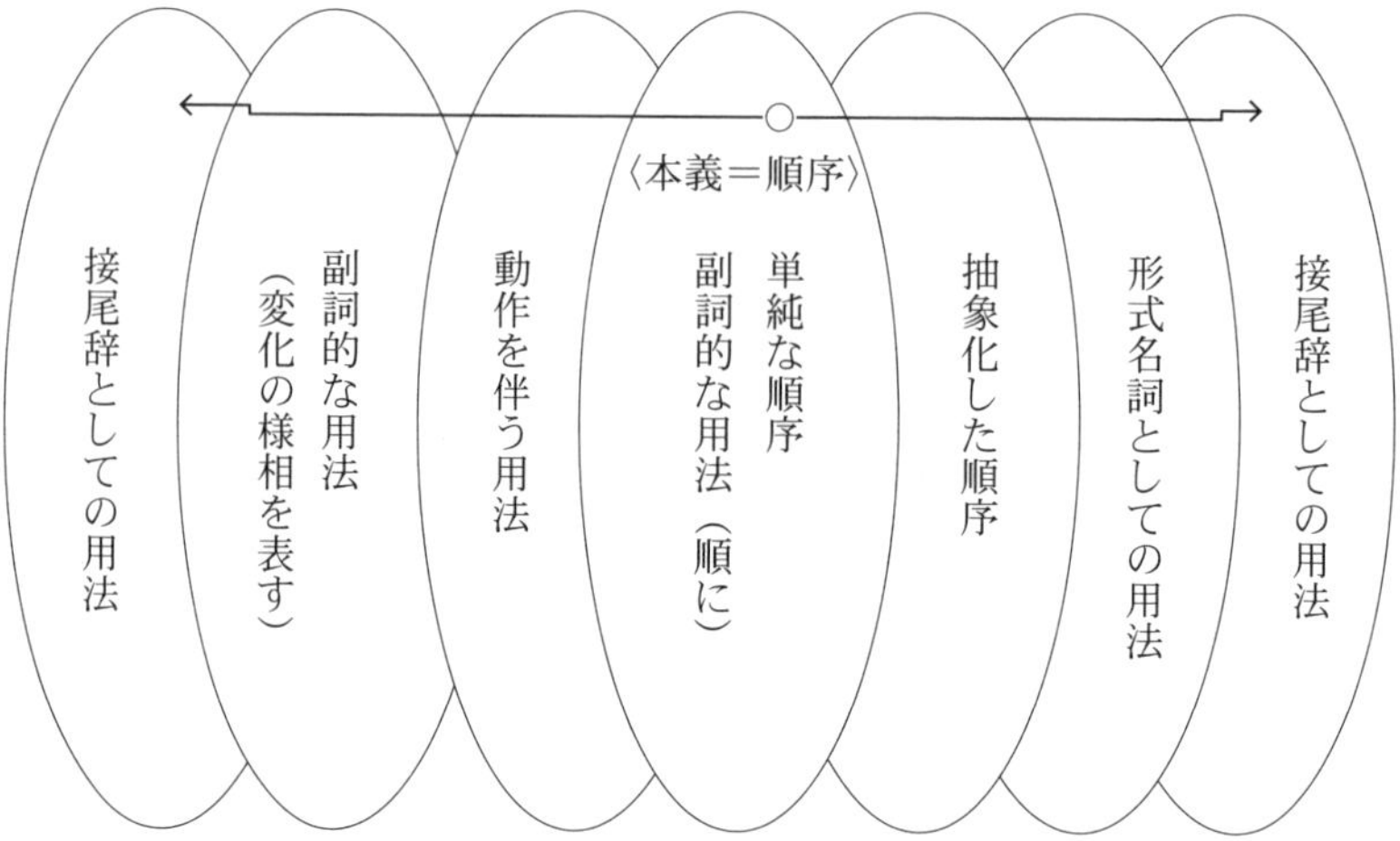

④事柄・内容」から、その次ぎに起こりうる事柄との順序が意識され、「Ⅳ①意向や事情による」の用法に発展した。

一方、「Ⅳ②行なわれるまま」から、さらに「Ⅳ③〜すんだら直ちに」の用法に発展した。「Ⅳ②行なわれるまま」は、行なわれる動作などに一貫性があるが、「Ⅳ③〜すんだら直ちに」は、一貫性がない二つの別の動作に順序をつけて言うものである。

それぞれの段階に見られる「次第」の持つ意味と「次第」の本義である「順序」との距離を図で表すと、図一のようになる。

図一に示したように、「次第」という語には、まず根底にその本義の「順序」がある。その本義を中心に、次第は二つの方向に展開していく。左側へは動的要素が加えられ、右側へは抽象化していくのである。それぞれ四次元の展開を見せている。

第一段階の用法は本義の直下にあるが、すでに中国で発展を遂げた副詞的な用法は、やや外側にずれる。本義に当たるものは、実質的な意味を有するこの「単純な順序」である。これは第一次元の展開である。

第二次元は第二段階への発展である。「単純な順序」から抽象化し、物事のプロセス、内容、事柄を表現するようになる。それを仮に「抽象化した順序」と称する。一方、副詞的な用法「順に」から

「順を追ってする」の動作を伴う用法へと発展し、動作性が加えられたのである。

第三次元は、第三段階への発展である。一方は、「抽象化した順序」がさらに形式化し、実質的な意味を表わさなくなり、形式名詞として機能するようになる。もう一方では、副詞的な用法に動的な要素が加えられ、物事の変化の様相を表し、「徐々に」などの意で用いられる「次第」に発展した。

第四次元は、抽象化した形式名詞としての「次第」と、物事の変化の様相を表す副詞的「次第」の外側には、それぞれ接尾辞としての「次第」が発展した。本義から最も離れているのは、この語としての独立性を失った接尾辞としての「次第」である。しかしながら、具体的な表現の中における意味を考えると、いずれの用法もその根底にある「次第」の本義を失ったのではなく、むしろ繋がっているのであると言える。

では、「I⑤専門分野の用語」は、図一の中なら、どこに位置するのであろう。『日国』では、声明道の「次第をとる」については次のように解説している。

声明（しょうみょう）の「対揚（たいよう）」「廻向（えこう）」などの曲で、句頭（くとう＝一人）と大衆（だいしゅう＝大勢）とが、同一の句を一定の間をおいて唱える演奏法。

「次第をとる」は句頭と大衆とが唱える際の前後の順序が重要視されているものである。能や狂言の用語である「次第」については、『日国』では、

イ、謡曲組織の一部で、七五・七五・七四の三句からなる部分。第二句は初句の繰り返しのことが多い。多くは、ワキの登場第一声として謡い、その役の意向や感慨などを述べる。また、一曲の中で、曲舞（くせまい）や

乱調子の序歌としてうたわれることもある。狂言の次第も同形式である。

ロ、登場人物が舞台へ出て次第を歌うまで、前奏される囃子（はやし）。大小鼓が主で、笛が従う。後に歌舞伎にも取り入れられた。

というように説明している。その「次第」は、「第二句は初句の繰り返しのことが多」く、規則的であり、「ワキの登場第一声」や「前奏」と謡いや囃子の順番に基づいたものである。声明道の「次第をとる」も、能や狂言の用語である「次第」も、「Ⅰ②段取り・手はず」に類似するものである。したがって、この「Ⅰ⑤専門分野の用語」としての「次第」は、本義に近いところに位置する用法である。

二に示した『今昔』における「次第」の用法は、名詞としての用法「Ⅰ①順序」（序列）と「Ⅰ②段取り・手はず」と「Ⅰ⑤専門分野の用語」、そして、副詞的な用法「Ⅲ①順に」である。いずれも「次第」の本義に近い用法である。

六　現代の用法

四と**五**で述べたように、「次第」の用法は時代が下るにしたがって、多様化してきたのである。これらの用法は現代では使用されているのか。用例を求めてみる。

まず、本章第二節にも述べたが、『新明解国語辞典』第六版[*一八]は「現代の言語生活において最も普通に用いられる日本語」を収録した辞典である。用例に関する断りがないため、その用例は現代語としての表現であることが当然のことであると考えられる。『新明解国語辞典』第六版に見られる用例を、**二**に示した「次第」の各項目に合わせて次に示す。

Ⅰ①順序（目次・一覧）

「式**次第**」

Ⅰ②段取り・手はず

「**次第**書」

Ⅰ③プロセス

事の**次第**を次のごとく語った。

Ⅰ④事柄・内容

そういう**次第**で

次第によっては捨ておけぬぞ。

Ⅲ②徐々に（だんだんに）

反対の声は**次第**に大きくなった。

人々が**次第**に集まって来る。

Ⅳ①意向や事情による
何事も人**次第**だ。
地獄の沙汰も金**次第**。
Ⅳ②行なわれるまま
言いなり**次第**になる。
Ⅳ③～すんだら直ちに
見つけ**次第**知らせる。
入場は定員に成り**次第**締め切ります。

右の各項目を確認すると、「Ⅰ⑤専門分野の用語」と「Ⅰ⑥形式名詞」、「Ⅱ動作を伴う用法」、そして、「Ⅲ①順に」の用法に関する用例がないことがわかる。

「Ⅰ⑤専門分野の用語」に関しては、現在も謡曲等の台本に書かれていることは、以前大学の『能楽鑑賞会』でもらったパンフレットに見られたので、敢えて用例を示さないが、現代でも使用されていることは間違いない。

「Ⅱ動作を伴う用法」に関しては、平安時代と鎌倉時代の変体漢文・和漢混淆文・和文に当たってみたが、わずか三例しか見いだすことができない。その用例はいずれも『うつほ物語』[*一九]に見られるものである。**三**に示した用例に似るので、ここで示さないことにする。室町時代では、抄物に次のような用例が見える。

「昼夜々ト**次第**スルガ如ク、文々共質々トモツヅカズ、文質文質トナラデハ、次第スベカラズ」

〔応永本論語抄　為政〕[*二〇]

「黄帝、帝顓、帝嚳、帝堯、帝舜ト**次第**シテ、五帝ヲ立タゾ」

〔史記抄二〕

「人ノ年ノワカイト老タノ次第ヲカイタ牌アリ。年次第ニ座ニナヲルゾ。ソレヲ以立班モ**次第**シテ立ゾ」

〔玉塵十八〕

明治時代では、森鷗外の作品に見ることができる。

此より下は巻物に年月を逐うた記事が無いから、京水の後日に家譜中に補記した所を拾ひ集めて、年月に従つてこれを**次第**する。

〔伊沢蘭軒〕[*二一]

少し後ではあるが、菊池山哉の文章にも見られる。

相模にして見れば足柄を越えて坂本と成り、それから秦野を経て箕輪駅へ入り国府を通って夷参駅となり、そして店屋、小高と**次第**する順路とし、小総、浜田は恐らく改竄である。

〔五百年前の東京〕[*二二]

また、宗教関係ではあるが、「慈恩寺へ御来山歓迎」というホームページに次のような用例が見られる。

坂東札所がこの十二番までは、その道順に何の無理もないが、浅草寺、弘明寺へと**次第**するのは、どうも鎌倉へ戻るようで腑に落ちない。順番にかまわず巡ってよいというのであろうか。

ということで、現代では、動作を伴う「次第」は一般的に使用されてはいないが、完全に見えないというわけでもない。

「Ⅲ①順に」（次々と）の「次第」に関しては、古代の変体漢文や和漢混淆文には多く見られる。『今昔』を例として挙げると、「次第」の用例が全部で二九例あるが、そのうちの二四例が「Ⅲ①順に」の用例である。現代では、普段は使用されておらず、右に述べた「Ⅱ動作を伴う用法」の傾向に似る。見いだせたわずかの用例を左に示しておく。

さう云ふ場合を書く時、一目に見わたしの付くやうに、私は平八郎の年譜を作つた。原稿には**次第**に種々な事を書き入れたので、啻に些の空白をも残さぬばかりでなく、文字と文字とが重なり合つて、他人が見てはなんの反古だか分からぬやうになつた。

〔大塩平八郎　森鷗外[*三]〕

鼻水鼻づまりに続き咳が**次第**に出てきました。

〔Yahoo! 知恵袋の書き込み〕

サウナ浴はドライ、ウェットの順にして1～4回繰り返した後、足風呂で末梢血管から血液の循環をさせて、**次第**に半身浴、全身浴を行います。

〔SPUPLUS ホームページ〕

このように、用例は非常に少なく、個人的な用語であると考えるべきかもしれないが、このような用例があることを認めざるを得ない。

なぜ、現代では「Ⅲ②徐々に」の「次第」は頻繁に使用されているのに、「Ⅲ①順に」の「次第」は普段用いられないだろうか。Ⅲ①の主な言い換え語は「順に」と「次々と（に）」がある。「順に」は漢語であるが、「次々と（に）」は和語である。普段は同義の漢語と和語がある場合、和語が使用されやすいので、「次々と（に）」が主に用いられるようになることが考えられる。一方、Ⅲ②の主な言い換え語は「徐々に」「だんだんに（と）」があるが、両方とも漢語である。同じ漢語であるので、いずれも使用されることになると思われる。この点に関しては、さらに今後の検証を待ちたい。

最後に、「Ⅰ⑥形式名詞」について見てみる。**三**に示した用例もあるが、ほかに幾つかを示しておく。

運転手遺族へ首相が弔詞　日本人外交官殺害事件

小泉首相は3日、イラクで日本人外交官2人とともに殺害された現地の日本大使館職員、ジョルジース・ゾラさんの遺族に対して「衷心よりお悔やみ申し上げます。献身的行為に対し、深い感謝と共に敬意を表する**次第**です。謹んでご冥福をお祈りいたします」とする弔詞を送った。

〔朝日新聞　二〇〇三年十二月四日　朝刊東京〕

石原知事発言録　○親バカだがご支援を　三男宏高氏の応援演説で

「……親バカではありますが、宏高へのご支援をお願いする**次第**です。みなさんにこの宏高の命を預けますから、立派な政治家に育ててください。その前に、国会に送って試していただきたい。どうかみなさん、よろしくお願いする次第です」

〔朝日新聞　二〇〇三年十一月十八日　朝刊東京〕

早朝番組で日本テレビ謝罪　視聴率「買収」問題
番組最後に、アナウンサーが「今回の不祥事は視聴者のみなさまをはじめ、スポンサー、民放各局、ビデオリサーチ社など放送業界すべての関係者に深くおわびする**次第**です。申しわけありませんでした」と頭を下げた。
〔朝日新聞　二〇〇三年十月二十七日　朝刊東京〕

右のように、連体修飾語を受け、断定の助動詞を下接させて使用されており、これらの「次第」は明らかに形式名詞である。ただし、これらの用例はいずれも公式の場における用法であり、普段はほとんど用いられず、やや改まった表現である。インターネットが発達した現在では、ウェブの上でも右に似た表現が多く見られる。それもやや改まった表現がほとんどである。その一例を示しておく。

製品品質だけではなく、マネジメントシステム全体を改善すると解釈される**次第**です。
〔EIC ネット〕

「次第」のすべての用法は、総じて現代に生きているのである。ただし、右に述べた「Ⅱ動作を伴う用法」「Ⅲ①順に」だけではなく、本義である「Ⅰ①順序」は、「式次第」が中心であり、「Ⅰ②段取り・手はず」は「次第書」等決まった表現にしか使用されず、「Ⅱ動作を伴う用法」「Ⅲ①順に」ほど用例が少なくないが、必ずしも一般的に広く使用されているとは言えない。大雑把ではあるが、ウェブ上の用例を品詞別で見比べると、副詞的な用法、接尾辞としての用法や形式名詞として用法が多く見られるが、名詞としての用法は少ない印象がある。つまり、現代では、「次第」は本義から離れている用法のほうが一般的に用いられていると言える。
『今昔』における「次第」の用法は、本義の「順序」か、または本義に近いところに位置する用法である。「Ⅰ⑤専門分野の用語」はそもそも一般的に用いられない語であり、「Ⅰ①順序」「Ⅰ②段取り・手はず」の用法は、右に述べたように、現代では、必ずしも一般的に広く使用されていない。特に、「Ⅲ①順に」の用法は、現代では個人レベルの使用になっているようである。すなわち、『今昔』における「次第」の用法は、現代では使われているが、普遍的な用法ではないのである。

七　結び

「次第」の用法は品詞によって、Ⅰ名詞・Ⅱ動詞・Ⅲ副詞・Ⅳ接尾辞と大きく四種類に分類できる。それぞれ細別すると、「Ⅰ①順序」「Ⅰ②段取り・手はず」「Ⅰ③プロセス」「Ⅰ④事柄・内容」「Ⅰ⑤専門分野の用語」「Ⅰ⑥形式名詞」「Ⅱ動作を伴う用法」「Ⅲ①順に」「Ⅲ②徐々に」「Ⅳ①意向や事情による」「Ⅳ②行なわれるまま」「Ⅳ③〜すんだら直ちに」のようになる。

「次第」の用法や意味の歴史的変遷は、時代によって四段階に分けることができる。

第一段階は、平安前期において、名詞としての用法「Ⅰ①順序」（実質的な意味を有する単純な順序を示す「次第」）と、副詞的な用法「Ⅲ①順に」の二つが使用され始めた。

第二段階は、平安中期において、名詞としての用法「Ⅰ③プロセス」と「Ⅰ②段取り・手はず」、及び動詞としての「Ⅱ動作を伴う用法」が用いられ始めた。この段階の「次第」は、名詞として用法が抽象化し、新たに動詞としての用法を持つようになった。

第三段階では、鎌倉時代から、名詞としての用法は、「Ⅰ④事柄・内容」と「Ⅰ⑥形式名詞」、副詞としての用法は、

「Ⅲ②徐々に」が使用され始めた。そして、新たに、「Ⅳ②行なわれるまま」という接尾辞としての用法が、用いられ始めた。この段階での「次第」は、抽象化が進み、事柄だけではなく、物事のあり方についても言うようになり、用法が多様化してきた。

第四段階は、室町時代以降、接尾辞の新しい用法として、「Ⅳ①意向や事情による」「Ⅳ③〜すんだら直ちに」が使用され始めた。この段階での「次第」は、事態の展開について言うようになったのである。

その四段階は、決して切り離されたものではなく、いずれもその前の各段階を踏まえながら、時代の推移とともに、次々と新しい用法に発展していくのである。

その「次第」は、中国での用法を踏まえた上、実質的な意味を有する本義の「順序」中心に、時代が降るにつれ、「次第」の語義が徐々に本義の「順序」から離れ、二つの方向へと展開していくのである。

まず用法の中心にあるのは、本義「Ⅰ①順序」である。本義から発展し、副詞的な用法「Ⅲ①順に」が生じた。この発展はすでに中国において遂げたものである。日本ではその二つの用法は第一段階で使用され始めたが、それは第一次元の展開であった。

第二次元の展開は、第二段階での用法への発展である。「次第」の本義「順序」(単純な順序)が抽象化し、「Ⅰ③プロセス」、「Ⅰ②段取り・手はず」などの用法(抽象化した順序)に発展した。実質上「Ⅰ④事柄・内容」の要素も含まれている。一方、副詞的な用法「順に」から「順を追ってする」と動作性が加えられ、「Ⅱ動作を伴う用法」に発展したのである。

第三次元の展開は、第三段階での用法への発展である。名詞としての用法は、「Ⅰ④事柄・内容」の用法を含む「抽象化した順序」がさらに抽象化し、実質的な意味を失い、「Ⅰ⑥形式名詞」として使用されるようになった。

副詞的な用法は、第一段階での用法「Ⅲ①順に」に、動的要素が加えられ、その物事は順によって変化する様相を表す（「Ⅲ②徐々に」の用法）ようになったのである。

そして、第二段階での用法に「Ⅰ③動作を伴う用法」に、副詞的な要素が加えられ、「Ⅳ②（その動作が）行なわれるままにする」の接尾辞としての用法が生じた。それは第四次元の展開につながる発展である。

第四次元の展開は（実質上第三段階での用法「Ⅳ②行なわれるままにする」を含む）、第四段階での用法への発展である。「抽象化した順序」や形式名詞としての用法から、その次ぎに起こりうる事柄とのつながり（順序性）が意識され、「Ⅳ①意向や事情による」の用法に発展した。

一方、「Ⅳ②行なわれるまま」が発展し、意識的に二つ別の動作に順序をつけるようになり、「Ⅳ③〜すんだら直ちに」の用法が生じたのである。

右のように、「次第」は、本義の「順序」から次第に離れ、四次元にわたって、抽象化したり、動的要素が加えられたりして、展開してきたのである。本義から最も離れているのは、語としての独立性を失った接尾辞としての「次第」である。しかしながら、具体的な表現の中における意味を考えると、いずれの用法も「次第」の本義「順序」を失ったのではなく、むしろその根底に顕在的あるいは潜在的に「順序」が含まれ、本義とは繋がっていると言える。ちなみに、「Ⅰ②段取り・手はず」に類似する「Ⅰ⑤専門分野の用語」としての「次第」は、本義に近いところに位置する用法である。

時代が下るにつれて、「次第」は、実質的な用法から抽象的な用法まで、多様な用法を持つようになってきた。それぞれの用法はいずれも現代に見ることができる。ただし、本義「Ⅰ①順序」や、比較的本義に近い用法（「Ⅰ②段取り・手はず」「Ⅲ①順に」「Ⅱ動作を伴う用法」など）の使用は非常に限られており、本義から離れている用法（接尾辞としての用法、形式名詞としての用法、副詞的な用法「Ⅲ②徐々に」など）のほうが、広く一般的に用いられているのである。

ということで、『今昔』における「次第」の用法は、名詞としての用法「Ⅰ①順序」（序列）と「Ⅰ②段取り・手はず」

と「Ⅰ⑤専門分野の用語」、そして、副詞的な用法「Ⅲ①順に」であり、いずれも「次第」の本義に近い用法である。そのため、現代ではその用法が見られるが、普遍的に使用されていない。

本節は、『今昔』に見られる漢語の一つ「次第」を取り上げ、その語義と用法の変遷について調査検討した。その結果から、「次第」のような多義的な漢語は、必ずしも最初から多様な用法を持ったとは限らず、時代が降るにつれて、次々と新しい用法が生じ、それが受け継がれ、現代の状態に至るのである。漢語の用法の展開は多方向なものであったり、多次元なものであったり、決して単純なものではないことが窺える。

注

一　日本国語大辞典第二版編集委員会（二〇〇〇〜二〇〇二年）『日本国語大辞典』（第二版）小学館

二　中村幸彦ほか［編］（一九八二〜一九九九年）『角川古語大辞典』角川書店

三　初出例に関しては、概ね『日本国語大辞典』（第二版）によるが、それよりも早い例を見いだせば、時代の早い例を提示する。ちなみに、Ⅰの②⑥、Ⅲの①②、Ⅳの②の用例は筆者が調べたものである。用例の表記については、『日本国語大辞典』（第二版）によったものは、それに従う。筆者が調べたものについては新たに注を加える。

四　「犬…」以下の文は日本古典文学大系の『日本霊異記』岩波書店によって補ったものである。

五　用例の表記は東京大学史料編纂所編『大日本古記録』（岩波書店）による。

六　「形式名詞」の範囲は説によって随分違ってくる。述語を受ける用法と述語を受けて連用修飾節になる用法と二種類が存在していると言われている。「形式名詞」という用語については、角川新版古語辞典の付録の「国語・国文学便覧」には、「名詞のうちで、文法上は名詞としての機能を持っているが、実質的な意味内容がきわめて薄く、常にその意味を補う連体修飾語が上に来て用いられるものをいう。」というふうに解説されている。本節はこの説に従う。

七　用例の表記は日本古典文学大系の『保元物語』岩波書店による。

八　用例の表記は日本古典文学大系の『日本霊異記』岩波書店による。
九　用例の表記は日本古典文学大系の『保元物語』岩波書店による。
一〇　用例の表記は日本古典文学大系の『平家物語』岩波書店による。
一一　「朝日新聞」の用例はいずれも朝日新聞社が提供する「聞蔵 DNA for Libraries」で検索したものである。
一二　田中謙二（一九七四）「〝次第〟攷」入矢教授小川教授退休記念会『入矢教授小川教授退休記念中國文學語學論集』筑摩書房 pp.81 ～ 96
一三　田中謙二（一九七四）では、「次第」の本義を踏まえながら、語録の『朱子語類』に存する俗語としての「次第」について、多くの用例を検討した上、「『甚』字を冠する」ものを「すばらしい（く）」に訳し、「副詞的用法をもつ」ものを「次第に」「つぎつぎと」に訳している。張相の『詩詞曲語辞匯釈』（一九五三中華書局）における「次第」の訓詁についても検証していた。
一四　班固（漢）撰・顔師古（唐）注（一九六二）『漢書』第十一冊中華書局
一五　同書、第九冊。
一六　房玄齢（唐）（一九七四）『晉書』第二冊中華書局
次の用例は同書の第九冊による。
一七　乾隆（清）（一九六〇）『全唐詩』第七冊中華書局
次の用例は同書の第九冊による。
一八　山田忠雄（主幹）・柴田武・酒井憲二・倉持保男・山田明雄（二〇〇五）『新明解国語辞典』第六版　三省堂
当辞書の「編集方針」では「この辞典は、現代の言語生活において最も普通に用いられる日本語に就いて、その多岐にわたる用法を種種の角度から内省・確認し、併せて正確・効果的な使用が可能であることを念じて編集された。」と記している。
一九　用例は室城秀之ほか［編］（一九九九）『うつほ物語の総合研究』1本文編（勉誠出版）による（三で挙げた『うつほ物語』の用例も同じ）。『うつほ物語』に見られる三例の中の一例は「しいだし」となっているが、旧大系は「次第し」と校正されているのが妥当だと判断し、数に入れた。

二〇　以下の用例は室町時代語辞典編修委員会（一九八五―二〇〇一）『時代別国語大辞典　室町時代編』三省堂による。
二一　この用例は青空文庫のデータによる。
二二　菊池山哉（一九九二）『五百年前の東京』批評社
二三　この用例は青空文庫のデータによる。

第五節　おわりに

本章では、『今昔』に見られる漢語と現代語との関連を明らかにするため、次の二つの作業を行った。一つ目は現代語を主体として収録した『新漢辞』を取り上げ、『今昔』に見られる漢語と共通する、見出し語を抽出することである。二つ目は現代に使用されている漢語の具体的使用度数等を見るため、国立国語研究所が公開した「現代雑誌二〇〇万字言語調査語彙表」を使用して、『今昔』に見られる漢語と共通する語を見いだすことである。

調査した結果、『今昔』に見られる漢語の約六一％が『新漢辞』の見出し語であり、その中の約半分は「現代雑誌二〇〇万字言語調査語彙表」に見えることがわかった。

柏谷嘉弘（一九八七）[*一]では、建武本『論語』の漢語の約五二％を占める漢語は、『広辞苑』の見出し語と共通するものであることを明らかにしている。比較する資料も方法も異なっており、一概に言えないが、現代に生きている漢語の割合については、『今昔』に見られる漢語は、建武本『論語』の漢語より低いということはなかろう。

漢文を読むため、辞書は漢語を広く収録した可能性を考慮し、雑誌というジャンルに限定しても、『今昔』に見られる漢語の約三一％を見いだすことができる。「現代雑誌二〇〇万字言語調査語彙表」の調査対象となっている雑誌は、本文の内容が専門的でなく、読者も専門的職業集団ではなく、読者の年齢を高校卒業以上とし、全国で販売され、書店で取り扱われているものとされている。そのような一般的で生活に密接している現代雑誌においても、『今昔』

に見られる漢語の三分の一を見いだすことができるのは、非常に興味深いことであり、決して少ないとは思えない。

では、それらの現代語に生きている『今昔』の漢語はどのようなものであろうか。平安時代の漢和辞典とされている『色葉』には見られるかどうかを確認した。『今昔』に見られる漢語の中では、約三四％が『色葉』の掲出語である。確認した結果、その『今昔』と共通する『色葉』の漢語（一一〇八語）は、ほとんど（約八五％）が『新漢辞』に収録されており（本章の第二節の表一を参照）、約半分が生活に密接している現代雑誌にも見られる（本章の第三節の表一を参照）。

それは『今昔』に見られる『色葉』の漢語が、大部分現代語に生きていることの証である。

現代雑誌に見られる『今昔』と共通する『新漢辞』の漢語の割合と、『色葉』の漢語の割合の差はわずか〇・五％だけである（本章の第二節の表二を参照）。平安時代の漢和辞典と、現代の漢和辞典とは、ほぼ同じ割合で使用されていることも、『今昔』に見られる『色葉』の漢語は、現代に生きている確率が高いことを示唆している。

『今昔』に見られる仏教語とすべき漢語が、現代では、仏教語と認識されていない、または、仏教語として使用されていないものがある。そのことは、『今昔』と共通する、『新漢辞』において仏教の術語とされている漢語が少ないことから窺える。

現代においても、『色葉』にも見られる仏教の術語の多くは、複数の語義をもち、仏教の術語でない用法も有することも、『新漢辞』に見られる語義解説を通して見ることができる。

本章の調査では、『今昔』に見られる漢語の半分以上が現代に生きていることを明らかにできた。現段階では、それらの漢語を全体的に層別することができなかったが、その中の約半分の漢語は『色葉』に見られ、平安時代の日常実用文を書くための用語であることがわかった。

ところで、『今昔』と共通する、現代雑誌の漢語について、字数別で比べて見ると、『今昔』の一字漢語は、多く現代に生きていることがわかる。その『今昔』に見られる一字漢語に関しては、『色葉』の掲出語である漢語を中心に、字数別と使用度数を検討してみると、『色葉』の掲出語である一字漢語が、約半分を占めており、「縣・千・臺・度・方・番・分・様・粁（料）」などの多くが使用度数の高い語であることが明らかになった。すなわち、現代に生きている『今昔』の漢語の多くは、『色葉』の掲出語である。その中の一字漢語が、現代に生きている確率が高く、高頻度に使用される可能性が高いと言える。

右のように『今昔』に見られる漢語と現代語との関連について概観してきたが、その用法についても、少し触れることにした。

まず、第二節の**四**では、『新漢辞』の語義解説を参考にし、語義や用法に変化が見られる漢語については、語義の転化が意識されている語（「出世・御坊」）、意識されない語（「悪風」）などを見いだすことができた。それを参照すると、漢語の語義や用法における変化はさまざまであり、語義の転化が複数回にわたる可能性があることがわかる。

次に第四節では、『今昔』にも、『色葉』にも、『新漢辞』にも、現在雑誌にも見られる漢語である「次第」について、その用法の展開を検討してみた。

「次第」の用法や意味の歴史的変遷は、時代によって平安前期、平安中期、鎌倉時代、室町時代以降の四段階に分けることができる。

その「次第」は、中国での用法を踏まえた上、実質的な意味を有する本義の「順序」中心に、時代が下るにつれ、「次第」の語義が徐々に本義の「順序」から離れ、二つの方向へと展開していくのである。

まず用法の中心にあるのは、本義「順序」である。本義から発展し、副詞的な用法「順に」が生じた。それは第一次元の展開であった。

第二次元の展開は、「次第」の本義「順序」（単純な順序）が抽象化し、「プロセス」、「段取り・手はず」などの「抽象化した順序」に発展した。一方、副詞的な用法「順に」から「順を追ってする」と動作性が加えられ、「動作を伴う用法」に発展したのである。

第三次元の展開は、名詞としての用法は、「事柄・内容」の用法を含む「抽象化した順序」がさらに抽象化し、実質的な意味を失い、形式名詞として使用されるようになった。副詞的な用法は、「順に」に、動的要素が加えられ、その物事は順によって変化する様相を表す「徐々に」の用法が生じた。

そして、「動作を伴う用法」に、副詞的な要素が加えられ、「(その動作が)行なわれるままにする」の接尾辞としての用法が生じ、第四次元の展開につながる。

第四次元の展開は、第三次元の展開を踏まえ、さらに新しい接尾辞としての用法に発展したのである。

というように、時代が下るにつれて、「次第」は本義から離れつつ、実質的な用法から抽象的な用法まで、多様な用法を持つようになってきた。それぞれの用法は、いずれの用法もあくまで本義を失うことなく、むしろつながっているのである。ただし、いずれも現代に見ることができる。ただし、本義「順序」や、比較的本義に近い用法(段取り・手はず)「順に」「動作を伴う用法」など)の使用は非常に限られており、本義から離れている用法(接尾辞としての用法、形式名詞としての用法、副詞的な用法「徐々に」など)のほうが、広く一般的に用いられている様相が見られる。

「次第」のような多義的な漢語は、必ずしも最初から多様な用法を持ったとは限らず、時代が下るにつれて、本義から離れつつ、次々と新しい用法が生じ、それが受け継がれ、現代の状態に至る実態を指摘することができる。わずか一語ではあるが、漢語の語義や用法の変化の一端を見ることができる。今後はさらに多くの漢語を調査し、その変遷を検討するべきと考えている。

注

一　柏谷嘉弘（一九八七）『日本漢語の系譜―その摂取と表現―』東宛社

結章　漢語の浸透と継承

『今昔物語集』における漢語の研究をなすには、次のような手順を踏まなければならない。

第一に、漢語らしき文字列を抽出し、漢語の索引を作ることである。先行研究によって索引や漢字索引はすでに出されているが、その量は厖大で、そのままでは「漢語索引」として活用することは難しい。そこで第二の手順として、抽出した文字列が音読みであるのか訓読みであるのか特定することが必要となってくる。その方法は、他の文献を参考に、多くの用例を吟味していくしかない。第三に、出来た「漢語索引」を分類していくことである。漢語は重層的であるため、意味・語構成等、実にさまざまな分類基準が存在する。しかし、それぞれは必ず一つの体系を成している。その体系を見極められれば、一つ一つの課題が明らかになり、一つずつ解決していくことになる。第四に、各論ができ上がれば、それを総括する事によって、本当の意味の『今昔物語集』における漢語の研究」が出来上がるのである。

右の研究方針に基づき、本書は、『今昔物語集』における漢語の実態を明らかにすることを主な目的とした。大きく分けて、『今昔物語集』の漢語の分布、漢語の形成、漢語の浸透と層別、漢語の伝承という四つの視角から考察した。まず、第一章では漢語の分布実態を明らかにし、『今昔物語集』の文体との関係を検討した結果、全体的には、天竺部、震旦部、本朝仏法部における漢語の使用頻度が高く、本朝世俗部における漢語の使用頻度が低いことがわかった。

漢文訓読的文体の文章には、漢語が多く使用され、和文的文体の文章には漢語の使用が少ないというのが一般的な傾向とするなら、『今昔物語集』の漢語の分布実態は、天竺部、震旦部、本朝仏法部は漢文訓読的色彩が濃く、本朝世俗部は和文体の色彩が濃いという文体の傾向と一致する。その傾向は巻毎で見た場合も、原則的に同じである。

次に第二章では、漢語の形成について検討を行った。漢語は出自によって、漢籍に現れるもの、仏典に源流を求められるものの二系統に大きく分けられる。日本に伝わった後、日本語に取り込まれて、日常生活に浸透し、日本で新たに造られた漢語と一緒になって日常の実用語になるものがある。それが独自の体系を成している。そこで、漢籍語（出自は漢籍で日常的に使用されない漢語）、仏典語（出自は仏典で、日常的に使用されない漢語）、日常実用語（日常的に用いられる漢語）と三つに大きく類別し、『今昔物語集』における漢語の使用実態を調査した。調査に際しては、『大漢和辞典』『広説佛教語大辞典』『色葉字類抄』の三つの辞書を使用した。結果、漢籍語が約四割、仏典語が約二割、日常実用語が約三割を占めていることがわかった。すなわち、『今昔物語集』では、異なり語数に着目した場合、漢籍語が最も多く使用されており、その次が日常実用語であるということが明らかになった。

『今昔物語集』での使用頻度（延べ語数）に注目してみると、漢籍語・仏典語よりは、日常実用語のほうが、頻繁に使用されていることがわかった。その頻繁に使用されている日常実用語も、全巻の漢語の分布状態に近い分布を示している。また、日常実用語の中では、複数の仮名文学作品に使用されている漢語が、『今昔物語集』での使用頻度が高い。すなわち、『今昔物語集』は、当代広く使われていた漢語を、頻繁に用いていたと言える。

仏典系漢語に関しては、「供養」「功徳」「仏法」「苦」「善根」などの漢籍にも通用するものが、比較的頻繁に用いられているが、仏典にしか見られない仏典語は、繰り返し使用される頻度はより低いこともわかった。

そして、第三章では漢語の浸透と層別について考察した。『今昔物語集』における衣食住など、生活に直結する語彙を対象に、和語を参考にしながら、漢語を調査検討した。それらの漢語を、日本語語彙への、平安時代における浸透の程度によって、「A深く浸透していた漢語」、「B日常実用語として通行していた漢語」、「C浸透していなかった漢語」の三つの層に分けることができた。そのA層の漢語が、使用頻度が高く、B層、C層の順に使用頻度が低くなっていくという傾向も見られる。

古記録や古文書に見られる漢語に関しては、衣食住に関する漢語には、七割から八割見られ、いずれも高い割合を占めている。『今昔物語集』における衣食住に関する生活漢語は、日常実用語が多いことは明らかである。

仮名文学作品に見られる漢語について、住居関係の漢語は共通する語が多い。一方、食料関係の漢語は、仮名文学作品に見られる語が少ない。それは原拠の用語を踏襲したためと考えられ、食料の総称としての漢語（総括的な語）が、顕著に多く見られることが特色である。

また第四章は、漢語の伝承に着目した。『今昔物語集』に見られる漢語と現代日本語との関連について考察を行った結果、『今昔物語集』に見られる漢語の約六一％が『新漢語辞典』の見出し語であり、その中の約半分は「現代雑誌二〇〇万字言語調査語彙表」に見られることがわかった。

『今昔物語集』と共通する『色葉字類抄』の漢語（一一〇八語）は、ほとんど（約八五％）が『新漢語辞典』に収録されており、その中の約半分が生活に密接している現代雑誌にも見られる。すなわち、『色葉字類抄』に見られる『今昔物語集』の漢語は、大部分が現代語に生きているのである。しかし、現代に生きているとは言っても、必ずしも、原義のままで使用されているわけではない。第四章の後半では、『今昔物語集』にも、『色葉字類抄』にも、『新漢語辞典』にも、現代雑誌にも見られる漢語である「次第」について、その用法の展開を検討してみた。

「次第」は、中国での用法を踏まえた上で、実質的な意味を有する本義の「順序」中心に、時代が下るにつれ、「次第」の語義が徐々に本義の「順序」から離れ、四段階に分けて、二つの方向へと展開していく。一つは抽象化していき、もう一つは動的要素が加えられていくのである。品詞で言うと、名詞の用法から、副詞、動詞、接尾辞の用法という順に展開していく。名詞の用法は抽象化し、実質的意味を失い、形式名詞として用いられるようになったのである。そのように時代が下るにつれて、「次第」は、本義から徐々に離れていき、実質的な用法から抽象的な用法まで、多様な用法を持つようになってきた。ただし、いずれの用法もあくまで本義を失うことなく、むしろつながっていることも明らかである。

本書は、第二章から第四章まで、一貫して『色葉字類抄』を用い、調査を進めてきた。『色葉字類抄』は院政期の日常実用語を主に、漢文訓読語も合わせて、広く和語・漢語を採録していることは、多くの先学によって検証されていたからである。

その第二、三、四章を併せて見ると、『今昔物語集』と共通する『色葉字類抄』の掲出語については次のことがわかる。『今昔物語集』の全巻の漢語のうち、約三四％のものが『色葉字類抄』から見いだせる。その中で、衣食住に関する漢語の約四割または五割ほど、『今昔物語集』と共通する『新漢語辞典』の見出し語の約四七％、『今昔物語集』と共通する現代雑誌の漢語の約四九％のものが『色は字類抄』の掲出語である。すなわち、『今昔物語集』に見られる生活関係（衣食住）の漢語の中では、『色葉字類抄』の掲出語の占める割合は全巻のより高い。現代の辞書である『新漢語辞典』や現代雑誌に見られる『今昔物語集』の漢語の中でも、同様な傾向が見られる。ここで、『色葉字類抄』の掲出語と生活との結び付きがを改めて確認できる。そして右に述べた『色葉字類抄』の掲出語である『今昔物語集』の漢語のほとんどが現代に生き残っているため、その掲出語でない漢語との生き残りの消長を見ることができる。

最後に、本章の始めに記した研究方針を念頭に研究を進めてきたが、現段階では、実態調査を中心としたものであり、残された課題は山積している。それらの課題を一つずつ解決していくため、本書を今後の研究を展開する契機、あるいは基盤として位置づけたい。

参考文献

浅野敏彦（一九八二）「今昔物語集の漢語語彙―避板法を手がかりに」（『日本霊異記の世界』三弥井書店）
浅野敏彦（一九九八）『国語史のなかの漢語』和泉書院
池上禎造（一九八四）『漢語研究の構想』岩波書店
池田亀鑑（一九六六）『平安時代の文学と生活』至文堂
池原悟ほか［編］（一九九七）『日本語語彙大系』1～5岩波書店
犬飼隆（一九八四）「意味・語彙」宇野義方編『国語学』学術図書出版社 pp.95 ～ 123
今野達（一九九九）『新日本古典文学大系　今昔物語集一』岩波書店
遠藤嘉基・春日和男［校注］（一九六七）『日本古典文學大系　日本靈異記』岩波書店
柏谷嘉弘（一九八七）『日本漢語の系譜―その摂取と表現―』東宛社
片寄正義（一九七四）『今昔物語集の研究　上』芸林舎
川瀬一馬（一九八六）『古辞書の研究』（雄松堂出版）
菊池山哉（一九九二）『五百年前の東京』批評社
乾隆［編］（清）（一九六〇）『全唐詩』第七冊中華書局
国語学会［編］（一九八〇）『国語学大辞典』東京堂出版
小峯和明（一九九三）『今昔物語集の形成と構造』（笠間叢書192）笠間書院（初版一九八五）
小峯和明（二〇一四）「I　東アジアの漢文文化圏と日本の文学史」『日本文学史』吉川弘文館
坂井衡平（一九六五）『今昔物語集の新研究』名著刊行会（大正十四年誠之堂書店刊の復刻版）

坂詰力治（一九八七）『論語抄の国語学的研究』武蔵野書院
坂詰力治（一九九九）『国語史の中世論攷』笠間書院
桜井光昭（一九六六）『今昔物語集の語法の研究』明治書院
桜井光昭（一九九八）「仮名交じり文4説話集―『古事談』の漢字とことば―」佐藤喜代治［編］『中世の漢字とことば』明治書院
佐藤喜代治（一九七九）『日本の漢語――その源流と変遷』角川書店
佐藤武義（一九八四）『今昔物語集の語彙と語法』明治書院
滋野雅民（一九九二）「今昔物語集における「食」の読みと用法」『山形大學紀要　人文科學』12(3)
滋野雅民（一九九三）「『今昔物語集』における『薬ヲ服ス・食う・食ス』について」『小松英雄博士退官記念　日本語学論集』
釋道世（唐）（一九一九）『法苑珠林』商務印書館
鈴木彰（二〇一四）「Ⅲ　戦争と文学」小峯和明［編］『日本文学史』吉川弘文館
説話研究会［編］（一九九九）『冥報記の研究』
高島要（二〇〇三）『日本詩紀本文と総索引』勉誠出版
高橋敬一（一九九四）「今昔物語集における漢語サ変動詞研究試論　巻十五の出典との関連を通して」（『活水日文』（上野日出刀先生退任記念号）二八
高松政雄（一九八二）『日本漢字音の研究』風間書房
田中謙二（一九七四）「〝次第〟攷」入矢教授小川教授退休記念会『入矢教授小川教授退休記念中國文學語學論集』筑摩書房 pp.81 ～ 96

田中牧郎（一九八八）「仮名交じり文3　『今昔物語集』」佐藤喜代治『漢字講座5　古代の漢字とことば』明治書院　pp.282 ～ 309
田中牧郎（二〇〇三）「語彙層別化資料としての今昔物語集―二字漢語サ変動詞を例として―」『国語語彙史の研究二十二』和泉書院
田中牧郎（二〇〇四）「今昔物語集に見る和漢の層別と意味関係―〈祈ル〉語彙の分析を通して―」『国語学研究』44
田中牧郎（二〇一五）『今昔物語集』に見る文体による語の対立本朝仏法部と本朝世俗部の語彙比較」近藤泰弘・田中牧郎・小木曽智信［編］『コーパスと日本語史研究』（ひつじ研究叢書〈言語編〉第127巻）ひつじ書房
谷光忠彦（二〇〇六）『今昔物語集の文体の研究』高文堂出版社
竹内理三（一九七四～一九八〇）『平安遺文』東京堂出版
張玉書（清）［編］（一九八五）『康熙字典』上海書店
土井忠生［解題］（一九六〇）『日葡辞書』岩波書店
土井忠生・森田武・長南実［編訳］（一九八〇）『邦訳日葡辞書』岩波書店
東京帝國大學文科大學史料編纂掛［編］（一九〇一～）『大日本古文書』家わけ文書編年文書
東京大学史料編纂所［編］（一九五二～）『大日本古記録』岩波書店、
中田祝夫・峰岸明（一九七七）『色葉字類抄研究並びに総合索引』風間書房
中村元（二〇〇一）『広説佛教語大辞典』東京書籍
中村幸彦ほか［編］（一九八二年～一九九九年）『角川古語大辞典』角川書店
新村出［編］（一九八三）『広辞苑』第三版岩波書店
西尾實［校注］（一九五七）日本古典文學大系『方丈記・徒然草』岩波書店

日本大藏經編纂會［編］（一九一四～一九二二）『日本大藏經』
李延壽（一九七五）『南史』中華書局（一九九七年再版）
芳賀矢一（一九一三～一九二一）『攷證今昔物語集』冨山房
班固（漢）（唐顔師古注）（一九六二）『漢書』第十二冊　中華書局
藤井俊博（二〇〇三）「今昔物語集の複合動詞─漢語サ変動詞をめぐって」『今昔物語集の表現形成』和泉書院
北京書同文（二〇〇一）『四部叢刊』電子版　萬方数拠電子出版社
前田富祺（一九七七）「衣の生活語彙史」『言語生活』三一四号（一九七七年十一号）筑摩書房
前田富祺（一九八五）『国語語彙史研究』明治書院
馬渕和夫（一九七三）『和名類聚抄古写本声点本本文および索引』風間書房
馬淵和夫・国東文麿・稲垣泰一［校注］（一九九九）新編日本古典文学全集35『今昔物語集』（1）小学館
峰岸明（一九七一）「今昔物語集における漢字の用法に関する一試論─副詞の漢字表記を中心に─（一）（二）」『国語学』八四・八五集
峰岸明（一九七四）「和漢混淆文の語彙」山田俊雄・馬渕和夫［編］『日本の説話　第7巻　言葉と表現』東京美術
峰岸明（一九八六）『平安時代古記録の國語學的研究』東京大学出版会
宮島達夫（一九九二）『古典対照語い表』第三版　笠間書院
室城秀之ほか［編］（一九九九）『うつほ物語の総合研究』1　本文編　索引編　勉誠出版
室町時代語辞典編修委員会［編］（一九八五─二〇〇一）『時代別国語大辞典　室町時代編』三省堂
諸橋轍次（一九八四～一九八六）『大漢和辞典』修訂版（鎌田正・米山寅太郎修訂）大修館書店
山岸徳平［校注］（一九五八～一九六三）日本古典文學大系『源氏物語』岩波書店

山口明穂・竹田晃［編］（二〇〇〇）『岩波新漢語辞典』第二版岩波書店
山口佳紀（一九六七）「今昔物語集の文体基調について―「由（ヨシ）」の用法を通して―」『国語学』（通号六十七）
山田孝雄（一九六六）「伊呂波字類抄解題」『伊呂波字類抄』風間書房
山田俊雄（一九七八）『日本語と辞書』中公新書四九四　中央公論社
山田忠雄・柴田武・酒井憲二・倉持保男・山田明雄［編］（二〇〇五）『新明解国語辞典』第六版　三省堂
山本真吾（二〇一五）『今昔物語集』話末評語の漢語の性格について」『国語国文』八十四（一）
吉田金彦（一九七六）「辞書の歴史」『講座国語史三　語彙史』大修館書店

構成論文初出一覧

（書き下ろしの部分は省略する）

第一章　『今昔物語集』の漢語の分布――文体との関わり―

「『今昔物語集』における漢語の一考察――文体との関わりから」

東洋大学大学院紀要 第四十集 pp.15～28（二〇〇四年二月）に加筆修正

第二章　『今昔物語集』の漢語の形成

修士論文「『今昔物語集』の漢語の研究――三大系統の視点から――」（二〇〇二年十二月提出）に加筆修正

第三章

第二節　衣服関係の漢語

「衣生活の語彙――『今昔物語集』を中心に」

東洋大学大学院紀要第四十三集 pp.63～80（二〇〇七年二月）に加筆修正

第三節　食料関係の漢語

「『今昔物語集』における食料関係の漢語」

東洋大学大学院紀要第四十四集 pp.119～140（二〇〇八年二月）に加筆修正

第四節　住居関係の漢語

「『今昔物語集』における住居関係の漢語」（日本語学会二〇〇七年度秋季大会研究発表会発表）

↓加筆修正して「建造物関係の語彙について――『今昔物語集』を中心に」坂詰力治［編］『言語変化の分析と理論』おうふう pp.168 ~ 189（二〇一一年三月）

第四章

第三節　現代雑誌に見られる漢語

「現代に生きている『今昔物語集』の漢語――現代雑誌調査語彙表との比較から」

東洋大学大学院紀要　第四十五集 pp.225 ~ 244（二〇〇九年二月）

第四節　漢語の語義変化の一端――「次第」を通して見る――

「『次第』考――その歴史的変遷について」

東洋大学大学院紀要　第四十一集 pp.123 ~ 137（二〇〇五年二月）

「『次第』考（続編）――ジャンル別の用法について」東洋大学大学院紀要　第四十二集 pp. 91 ~ 108（二〇〇六年二月）

両論文に加筆修正

あとがき

『今昔物語集』の漢語の研究を始めたのは博士前期課程に入った頃である。当初は恩師のお言葉で『今昔物語集』を読み始めたが、すぐにその大量かつ多様な物語に魅了された。丁度研究対象のことで悩んでいるところだったので、これは恰好な作品であることに気づき、打ち込むこととした。博士論文提出に向けて、挫折を味わい、非常に苦しんだ時期もあった。そして、博士後期課程を修了してだいぶ時間が経った今、刊行する機会を得ることができるとは、夢にも思わなかった。

刊行にあたり、博士前期課程以来の指導教官である坂詰力治先生に序文を頂戴することができたことは、筆者にとって大変ありがたいことである。それは、坂詰先生の御提言で、『今昔物語集』を読み始めたのが本研究のきっかけであり、現在も御教えをいただいている。ここに深謝する次第である。

また、学部の指導教官である谷光忠彦先生は、坂詰力治先生にお引き合わせ下さった。研究が行き詰った時、激励のお言葉を頂き、それを励みに研究を続けることができた。谷光先生の御恩を一生忘れることはない。

『今昔物語集』の漢語の研究を始めて間もない頃から継続的に御助言を賜ってきた飛田良文先生はじめ、湯浅茂雄先生、陳力衛先生と、近代語研究会の先生方には、多くの御指導を頂いたことは感謝に絶えない。また、萩原義雄先生をはじめ、その他多くの学界の先生方から御教導を賜った。

東洋大学での御講演を拝聴させていただいた小峯和明先生には、厦門で行われた読書会で再会して以来、大変お世話になっている。笠間書院を御紹介頂き、橋本孝前編集長にお引き合わせ下さった。御多忙の中、本書に関連する資料、序章の内容などにも御指導を賜った。心より感謝しており、今後も学恩に報いることができるよう精進したい。

東洋大学の先生方、先輩、同輩、後輩には、これまで直接、間接に多くの恩恵を受けてきた。副指導教官の根上剛士先生、同じく副指導教官の新藤協三先生、演習を通してお世話になった田中章夫先生と宮田裕行先生、公私共に多くの励ましを頂いた関明子氏と田貝和子氏、並びに齋藤勝氏には感謝の意を表したい。また、専門は異なっても親切に相談に乗って下さり、原稿を見て頂いた横打理奈氏には心から感謝している。そして、学会発表や重要な節目に必ず支えて下さった木村一氏には特に御礼を申し上げたい。今回も本書の校正段階でお目通し頂いた。

国立国語研究所でのアルバイトを通して、田中牧郎先生、山口昌也先生をはじめ先生方には、いろいろな面でお世話になった。何度も仕事の後に田中牧郎先生に御指導を仰いだことは記憶に新しい。また、田中牧郎先生、冨士池優美氏のお陰で、「通時コーパスの設計」プロジェクトの共同研究員として名前を載せて頂いた。その頃に知り合った河井雅子氏、鈴木佐知氏には、本書の校正などに何度も御尽力下さったこと、特に謝意を表したい。そして、論文の雑誌掲載に際して、原稿の校正をお引き受け頂いた藤本三輪氏への感謝も絶えない。その他のアルバイト仲間にもこの場を借りてお礼を申し上げる。

東京大学国語研究室の月本雅幸先生には外国人研究員としてお引き受け頂いた上に、貴重な御指導を賜った。また、来日機会を得たことで、多くの資料を改めて確認することができ、本書の整理・修正に大変有益な御助言を仰ぐことができた。心より御礼申し上げる。国語研究室の諸氏からも多くの助けを頂いた。

笠間書院の橋本孝前編集長には、本書の刊行に御助言を折々に頂戴し、また御尽力いただき、感謝している。

なお、本書の刊行に際して、華僑大学院生教改プロジェクト「果香読賞会」（华侨大学研究生教改项目〝果香读赏会〟）（18YJG57）と華僑大学「語用修辞研究クリエイティブチームプロジェクト」（华侨大学〝语用修辞研究创新团队项目〟）（20017007）の援助を頂いた。記してお礼を申し上げる。

最後に、困難な組み方、印字を見事にクリアしていただいたステラ様の御苦労に謝したい。そして、これまで筆者の研究を見守ってくださった全ての方に、感謝を申し上げる。

二〇一八年四月

泉州にて　郭　木　蘭

著者プロフィール

郭　木蘭（かく　もくらん）

郭木兰（GUO MULAN）

1970年生まれ。
中国福建省出身。博士（文学）。
2000年　明海大学外国語学部日本語学科卒業。
2003年　東洋大学大学院文学研究科国文学専攻博士前期課程修了。
2008年　同　博士後期課程修了。
現在　華僑大学外国語学院専任講師　華僑大学翻訳研究センター（Center for Translation Studies of Huaqiao University）研究員
（华侨大学外国语学院。华侨大学翻译研究中心）

主要既発表論考
「『今昔物語集』における食料関係の漢語」『東洋大学大学院紀要』44、pp.119-140、2008年2月。
「“登廊”读音辨讹（「登廊」の読みの検証）」『華僑大学学報（哲学社会科学版）』2010年02期、pp.116-122、2010年6月、など。

『今昔物語集』の漢語研究

2018年8月31日　　初版第1刷発行

著者　郭　木蘭

発行者　池田圭子

発行所　有限会社　笠間書院
東京都千代田区神田猿楽町2-2-3［〒101-0064］
NDC分類：913.37　　電話　03-3295-1331　Fax　03-3294-0996

ISBN978-4-305-70869-4　C0093　組版：ステラ　印刷／製本：モリモト印刷